“大多数人都有很多不同的面孔，就如同钻石能够反射光线的不同界面，
但我的情况不同，我是项链上五颗珍珠中的一颗泪滴。”

湖岸
Hu'an *publications*®

5个莎莉

THE FIFTH SALLY

[美] 丹尼尔·凯斯——著
刘绯——译

DANIEL KEYES

中信出版集团 | 北京

图书在版编目（CIP）数据

5个莎莉 / (美) 丹尼尔·凯斯著；刘绯译. -- 北京：中信出版社，2020.10
书名原文：The Fifth Sally
ISBN 978-7-5086-9049-0

Ⅰ. ①5… Ⅱ. ①丹… ②刘… Ⅲ. ①长篇小说－美国－现代 Ⅳ. ①I712.45

中国版本图书馆 CIP 数据核字 (2018) 第 121234 号

5个莎莉

著　　者：[美]丹尼尔·凯斯
译　　者：刘　绯
出版发行：中信出版集团股份有限公司
（北京市朝阳区惠新东街甲4号富盛大厦2座　邮编　100029）
承 印 者：三河市紫恒印装有限公司

开　　本：880mm×1230mm 1/32　　印　　张：11.5　　字　　数：165千字
版　　次：2020年10月第1版　　印　　次：2020年10月第1次印刷
京权图字：01-2020-5746
书　　号：ISBN 978-7-5086-9049-0
定　　价：48.00元

献给一直给予我鼓励和帮助的
妻子奥蕾娅、女儿希拉里和莱斯利

目 录

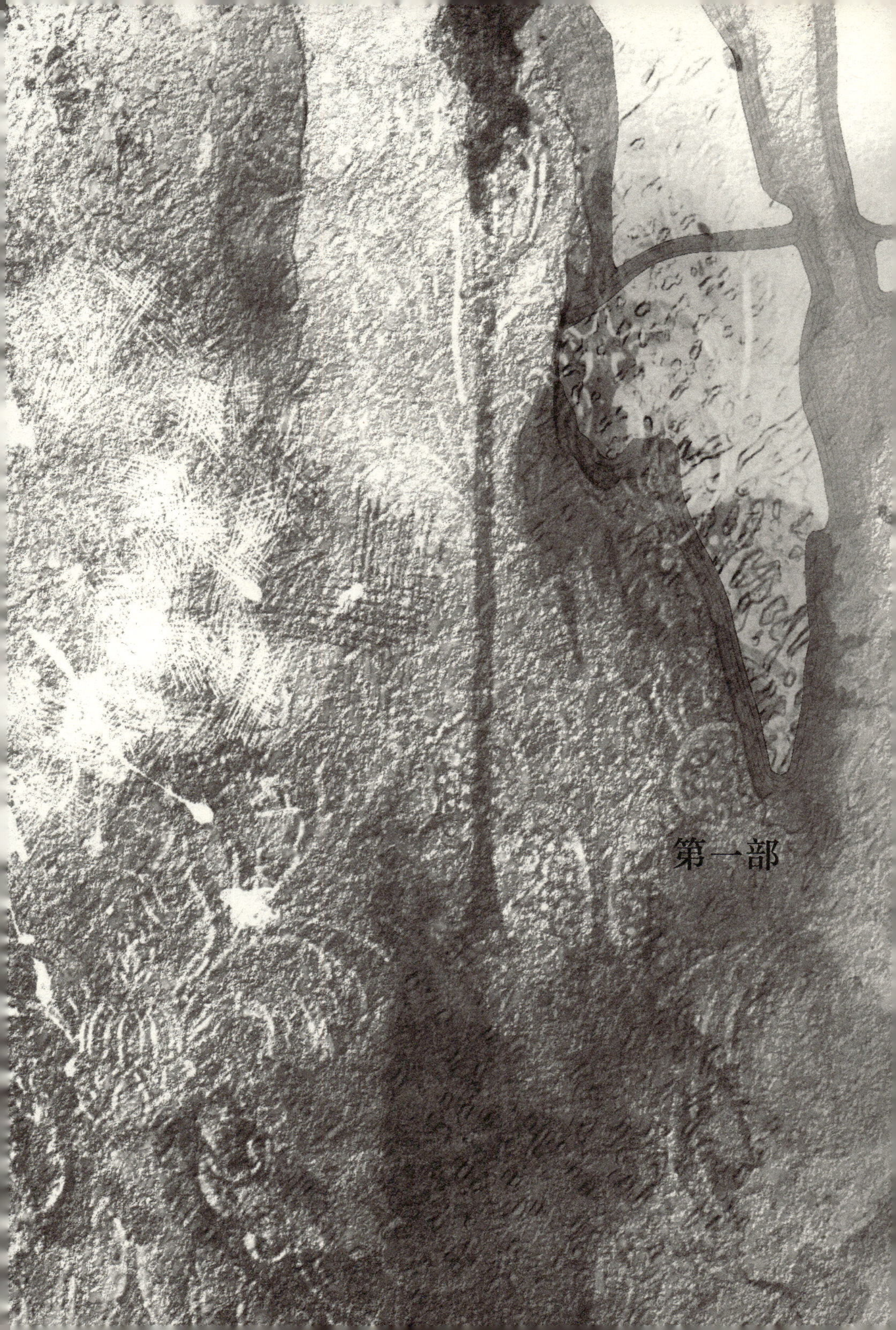

第一部

第一章

我是戴瑞。我之所以被选中将发生的一切记录下来，是因为只有我知道大家都发生了什么事。总得有人把这些记录下来，好让人们了解吧?

首先，我必须说明，在四月份的那个雨夜从公寓里跑出来并不是我的主意。事情的缘由是，诺拉想起了她经常阅读的那些希腊悲剧，因而情绪沮丧。后来，她想起了童年时在海边嬉戏的情景，于是决定到海边去走走。她从曼哈顿乘地铁到了科尼艾兰，然后开始步行。那时候，海边所有的游戏设备都已停止运行，尼普顿和莫梅德街上空空荡荡，只有几个穷苦的醉汉用报纸裹着身体蜷在门洞里。时间就好像停顿了，等待着喧嚣的夏日来临。目睹此情此景，诺拉的心情更加沉重。她觉得雨夜中的科尼艾兰是世界上最荒凉的地方。

内森不会如此吧？她记得内森以前一直是终年开放的。她仿佛看到了一线光明和一片温暖的绿洲，便追随着幻象飘然而去。她想象着那儿有几个人坐在路边，手里端着泡沫塑料杯喝着咖啡，还吃着薯条和“世界最著名的热狗”。倘若不是正在节食，她一定会买个夹着芥末酱和德式泡菜的热狗尝尝。然而，在那个细雨蒙蒙的夜晚，那里根本没有什么香喷喷的热狗和薯条。不过，诺拉还是想去看看大海。她停下来看了看表，记住了时间：十点四十五分。

我看见三个穿着补丁牛仔裤、斜纹粗布夹克的年轻人正在传递一个棕色的手提包。他们把包里的东西倒出来的时候，正好瞥见走过幽暗小巷的诺拉。那条小巷位于内森和冰激凌店之间。诺拉一面向海边走，一面回忆着二十年前的夏天在海滩嬉戏的情景——她在到处是人的海滩上用沙子搭了一个城堡，然后到海水里去冲洗身上的沙子。

诺拉在漆黑的木栈道下走着，嗅到了一股海沙的咸湿味。于是，她踢掉鞋子，将两只脚插进沙里，让脚趾感受着海沙的抚摸。到海边去死的想法一直在她心中挥之不去。她走向海的深处，脑海中浮现出荷马笔下酒红色的海水。她摘下塑料雨帽扔在沙滩上。沙滩上布满了垃圾，还有被海水冲上岸的动物粪便和避孕套。这些东西经年累月地漂浮在海上，似乎承载着来自另一个时空的信息。她还是个处女，在即将结束生命之际为什么会想到避孕套？或许她该留下遗言，说明自己再也无法忍受这种支离破碎的生活，选择以溺水的方式结束生命，是因为它没有割腕那么痛苦。

想到这儿，她感到一阵头痛，但继续沿着荒凉的海岸迎着海浪向前走去。她脱掉上衣和裙子，让雨水拍打在皮肤上，好让自己感觉舒服些。她穿过湿漉漉的沙滩，脚底下的沙子变得坚硬、泥泞，海水冲刷着她的脚趾，退去时带走了趾间的泥沙，留下几道细细的沟痕。她看了一眼表确认时间：深夜十一点二十三分。

她觉得在水里比较暖和，脚开始缓过劲儿来，但身体的其他部位却变得冰冷、麻木。诺拉心想，这与苏格拉底喝下毒药后的感觉正好相反，他是腿和脚先逐渐变得僵硬的。

这个时候头痛可真糟糕。她努力与颈部的疼痛和脑海中“不，不要，不要……”的声音抗争着。似乎有人正在与她搏斗。

她的膝盖和大腿感觉到了海水的温暖。她停了下来，让海水浸润、安抚着自己。再过一会儿，她就将投入众神的怀抱。她和雅典娜一样都是从宙斯的脑袋里蹦出来的。她颤抖着继续向大海深处走去。她发现，决心赴死之时，人的肚脐便成了宇宙的中心。

将咸海水吸进肚子会是什么感觉？如果自己是一条美人鱼，摇摆着尾巴和尼摩船长[1]一起潜入海底世界，而不是像现在这样溺水身亡，又会怎么样？上帝，《白鲸》还没有读完！留下一本尚未读完的书是不是一种罪恶？会因此被遣送到地狱边缘，在那里无止境地飘浮吗？抑或是被迫迎着翻滚的书页奋力拼搏，却永远被打回无边的马尾藻海[2]？

海水像邪恶的恋人一样亲吻着她的胸部，但是她没有理会，继续向深处走去。海水淹没了双肩，随着缓慢的动作，她感觉自己的身体越来越温暖，昏昏欲睡。

突然，岸边传来了喊叫声：“嘿！她在那儿，在水里！快拦住她！”

---

1 尼摩船长：法国作家儒勒·凡尔纳的小说《海底两万里》中的人物。（本书脚注如无特别说明，均为译者注。）

2 马尾藻海：美国佛罗里达半岛以东大西洋中的一片水域。

诺拉转过头，看见三个黑影从岸边向自己游来。

“不要管我！”诺拉尖声叫道。

他们在她身后奋力游着。她拼命向下沉，吞下海水，却沉不下去。她感到一阵晕眩，海水从鼻子里喷出。她感觉有人抓住自己的头发和胳膊使劲向上拉。她被拉上了岸，一边急速地喘着气，一边放声大哭。

上帝！让我去死吧……

诺拉还以为他们要给自己做人工呼吸，便瘫倒在海滩上。但是，他们把她拖到木栈道下，其中一个人脱下了裤子。那个拉着她右臂的人说：“嘿！我先来。”

“妈的，”脱了裤子的那个人骂道，“是我先看见她的。我先来，你第二，他第三。”

“我第三？你放屁！”

诺拉这下明白了，这几个人并不是来救她的，于是大叫道：“放开我，让我走！”

第三个人咧嘴笑着说：“别急，你早晚会被喂鱼的。让我们先玩儿一会儿，然后再把你扔回海里。别担心，误不了事。”

第二个人接着说：“我们不过是借用你一会儿。”

诺拉仍然感到一阵阵头痛，但是强忍着。她曾多次摆脱困境，这次也必须与他们周旋，设法摆脱。

另外两个人按住她的胳膊，将她的两腿分开，让排第一的那个人爬到她身上。

“你们不会是想在沙滩上干这种事吧？要不然去我的公寓吧，我有酒和陈年奶酪。我们还可以放点儿音乐……”

可是那个人根本不理会，张开一股酒气的嘴开始吻诺拉。她不停地扭动着身体，试图挣脱。

“好像在和鳄鱼搏斗啊！”第三个人说。

“我们刚才应该等到她淹死。”第二个人说。

“救命！”诺拉大声呼叫着，“有人想强暴我！来人啊！”

就在这一刻，诺拉分裂了。

金克丝发现自己赤身裸体、湿漉漉地躺在沙滩上，被两个人按着，另一个人脱了裤子，正要进入自己的身体。她顿时明白发生了什么事。

“你们要干什么？”

“别急啊，”压在她身上的那个人笑着说，“一会儿你就痛快了。”

“畜生，给我滚下来！”

金克丝使劲摆动身体，不停地挣扎着。她猛地抬起头，张开嘴紧紧地咬住了第三个人的手。等他疼得尖叫着松开手，她便迅速用挣脱的手向压在身上的那个人的命根子击去，然后张开五指抓住他的睾丸使劲地挤。那个人立刻疼得拱起身，滚了下去。

第二个人见状吓得松开了手，像螃蟹一般拼命向后退，但没等他跑开，金克丝便抓起一把沙子向他的眼睛撒去，旋即爬起来去追赶他。

金克丝在第二个人身上又踢又踹，然后咬住他的肩膀直至血流不止才松口，他赶紧爬起来落荒而逃。第三个人这时也跑开了，只剩下第一个人还躺在地上，昏迷不醒。金克丝用拳头猛击他的脸，打断了他的鼻梁，然后又四下寻找从海上漂来的树枝和破木板，想要断了他的命根。她要将他变成一具发臭的死尸，让海鸥去啄食。

就在这时，金克丝听见栈道上面传来汽车的声响。她抬起头，从缝隙中看见一辆闪着红蓝灯的警车向栈道驶来。金克丝最讨厌和警察打交道。她可不想被带到警察局去回答那些问题：是你先勾引他们的？你有意让他们发现自己？你独自一人，赤裸着身体在海滩上干什么？你向他们要钱了吗？以前是否与陌生男子发生过性关系？

她原本只是想出来散散心，偷部车去兜风或者看场赛车，没想到却遇见这种事。她觉得自己还是赶紧离开为妙。每次都是这样，别人闯了祸，却要自己出来应付。她听到栈道上传来了脚步声，又从缝隙中看到了亮光，于是心想：还是让别人来收拾残局吧。

* * *

莎莉在科尼艾兰总医院的病房里醒来时，对昨天晚上发生的事全然不知。她看到一个胖胖的、面容慈祥的护士站在床前微笑着看着自己。根据这几年的经验，她知道从昏迷中苏醒后最好先保持沉默，这样才能知道到底发生了什么事，以及过去了多长时间。她可不想被人视为怪物。她迅速地瞥了一眼挂在墙上的钟：九点五十三分。

那个护士望着她，似乎是在等她先开口。这是在哪儿？究竟发生了什么？莎莉看见护士身上戴着一块黑底白字的牌子，上面写着“瓦尼丽护士”，于是猜出了这是什么地方。

“你知道自己在哪儿吗？”瓦尼丽堆着笑容的胖脸与她尖细的嗓音极不相称。

莎莉皱着眉说：“我为什么会不知道？”

“你差点被强暴，而且你几乎把那几个人撕成了碎片，所以我想你现在一定是心慌意乱。”

“没错，”莎莉平静地说，“我确实感到不安。”

“还记得发生了什么吗？”

“我为什么会不记得？”莎莉握紧了床单下的拳头。她确实很害怕，但知道如何掩饰自己。

“警察发现你的时候，你已经失去了知觉。”

莎莉转过头松了一口气：“所以我当然不会记得，对吗？一个昏迷的人怎么能记得发生了什么事情。”

“我需要知道你的有关信息，”瓦尼丽边说边从口袋里掏出笔，调整了一下夹子上的纸，“姓名和地址？”

“莎莉·波特，西六十六街六百二十八号。”

瓦尼丽扬起眉毛，似乎是在问她为什么从那么远的地方跑到科尼艾兰来，但是没有说出口，继续微笑着问道：“家属？丈夫或者其他家人？”

“我一年前离了婚，十岁的双胞胎由我前夫监护，此外没有其他亲人。”

“有工作吗？”

“目前没有，出事的时候我正在找工作。”

“有医疗保险吗？”

莎莉摇摇头：“把账单寄给我，我能支付，我有赡养费。”

“医生说你没事了，随时可以出院。”瓦尼丽放下手中的夹子，细心地将笔插回口袋。

“我想找个人谈谈，”莎莉说，“精神病专家或者心理学家都可以，我分不清他们。”

“精神病专家是医生，”瓦尼丽说，“为什么想找他们谈？”

莎莉叹了一口气，躺到床上：“因为这个月我已经三次企图自杀，身体里有一股力量驱使我这样做。上帝！帮帮我吧，要不然我会疯的。”

瓦尼丽拿起夹子，有条不紊地从口袋里拿出笔，调整好，开始记录。“这样的话，”她的声音像金属片摩擦一样刺耳，“我安排精神科的社会工作者和你谈谈。”

半个小时后，瓦尼丽用一部轮椅推着莎莉上了电梯。她们来到五楼，走过洒满阳光的长长走廊，来到社会工作者办公室。门口的牌子上写着：波奇维尔女士。

“我把莎莉交给你了，”瓦尼丽将莎莉的病历放到桌上，“她是急诊室接诊的。”

波奇维尔女士大约六十岁，身材娇小，戴着一副造型滑稽的眼镜，头发染成了蓝色。莎莉觉得她要是被自己说的话吓着了，一定会立即逃跑的。

“我先了解一下你的情况，”波奇维尔女士问道，“你的年龄？”

"二十九岁，离异，高中毕业，有两个孩子——龙凤胎，监护权属于我前夫。"这段话莎莉已经重复过多次，所以听起来就像录音一般。她知道波奇维尔女士一定会感到奇怪，为什么双胞胎的监护权会属于自己的前夫。

"我需要帮助，"莎莉说，"想找人谈谈我的感受。"

波奇维尔女士扫了一眼病历的首页，皱着眉头说："在我们开始之前，莎莉，你必须明白自杀解决不了任何问题。这里有张表需要你签字，表示你同意在接受我或我推荐的人治疗期间，不会尝试自杀。"

"我不能签字。"莎莉说。

"为什么？"

"我怕自己无法恪守承诺，无法控制自己。"

波奇维尔女士放下笔，直视着莎莉说："能说得详细点吗？"

莎莉握紧双手："我知道这令人难以置信，但有时候我觉得自己体内还有其他几股力量。什么东西或什么人做的事都要我承担责任。"

波奇维尔女士把身体靠到椅子上，用笔敲着桌子，然后在纸上写了几行字递给莎莉。

"这是我认识的一个精神病医生的姓名和地址，他在曼哈顿中心医院心理健康中心工作，也有自己的私人诊所。他一般不接受曾经企图自杀的病人，不过，因为你认为无法控制自己，他或许会破例为你诊治。"

莎莉看见字条上写着"精神病医生罗杰·阿什"，于是问："你认为我有精神病？"

“我可没这么说。我没有接受过这方面的训练，没有资格处理你的问题。你需要去找能为你提供更多帮助的人。”

莎莉静静地坐在那里，点了点头。

“我会给罗杰医生打电话说明你的情况，但是，你必须先在这份不自杀协议书上签字。”

莎莉拿起笔缓慢地写下“莎莉·波特”。这时，我偷偷地溜出来，也跟着签下了“戴瑞·霍尔”。波奇维尔女士假装没看见，但是惊讶地睁大了眼睛。莎莉站起来准备离开的时候，发现波奇维尔女士已经消失不见了。

莎莉离开医院，穿过两个街区走向布莱顿海滩线地铁站。一路上，她努力回想自己是怎么到医院去的，又究竟发生了什么，但是脑海里一片空白。在乘地铁返回曼哈顿途中，她一直处于精神高度紧张的状态。

一小时后，莎莉在七十二街下了车，从那里乘巴士到了第十大道，然后向南穿过六个街区向自己的公寓走去。那时天色已晚，向那幢棕色大楼走去的时候，莎莉一直紧紧地抓着手提包，紧张地四下张望着。幸好，大楼旁边的格林伯格裁缝店里还有几个顾客。她通常都是赶在裁缝店关门前回家。尽管格林伯格先生已经七十五岁了，但是看到他还是让莎莉略感心安。

莎莉一口气跑上三楼，确认房门完好之后才开门进屋。她仔细地检查了所有房间，衣柜、床下都搜了个遍，还反复察看了窗户上的锁。确信不曾有人破门而入后，她重新锁好三道门锁，又插上保险栓，这才瘫倒在床上。

莎莉心想，明天就要去见那个精神病医生了。他是医生，应该知道怎么办。她要把一切都告诉他。

我原想明天出来去街上买点东西，但后来还是决定不干扰莎莉，看看她会怎么做。听莎莉向医生述说我们的事一定很有趣。

第二章

莎莉到位于列克星敦大道五十七街的私人诊所去见罗杰·阿什医生。她穿上自己最喜欢的印花连衣裙，将深色的长发盘在脑后。这个发型与老照片中她波兰裔的祖母一样。换了我，一定会戴个金黄色的假发。

莎莉坐在候诊室里，双手交叉着放在腿上，就好像在等待服务。护士把她带进诊室，她惊讶地发现面前的男士竟然如此英俊。我也觉得这个医生长得很帅，是我喜欢的那种出类拔萃型的人。他四十出头，四肢修长，我猜他上大学的时候一定是个篮球队员。他头上的一撮儿黑发不时垂落下来遮住眼睛，但真正引起我注意的，却是他那两道几乎连在一起的又黑又浓的眉毛。我觉得稳重、成熟的男人很有魅力。我会尽量配合他的。

我真想跑出来和这个男人聊聊，但是莎莉一直不停地揉着脖子（是我让她头痛的），搞得我不能如愿以偿。莎莉不让我出来，令我十分嫉妒，因为我真想见见他。从他看莎莉的眼神，我想象得出她现在一定是面无表情。他深邃的黑眼睛透出专业人士常有的那种平静的目光。大多数男人看莎莉的时候都是这个样子。莎莉的表情总是冷冰冰的，不会有人对她感兴趣。我对自己说："戴瑞，你的机会要来了，她不可能永远不让你出来。"

"波奇维尔女士打电话介绍了你的情况，"他说，"我一直在等你过来，莎莉。我可以叫你莎莉吗？"他低沉、浑厚的声音就像晚间新闻的播音员一样。

莎莉点点头，眼睛盯着地板。这让我很气愤，因为我想看看他那双黑眼睛。

"我会帮助你的，莎莉。先告诉我，你为什么感到烦恼？"

她耸了耸肩。

"你一定遇到了让你烦恼的事，莎莉。你告诉科尼艾兰总医院的瓦尼丽护士，这个月你曾三度企图自杀，而且感到自己的行为是被体内一股力量所驱使的。"

"我可不想让你觉得我疯了。"莎莉说。

"我不认为你疯了，也没有理由这么想。但是，要想获得帮助，你首先需要了解究竟是什么事令自己烦恼。"

"我觉得自己失落了时间。"

罗杰医生仔细观察着莎莉："你是什么意思？"

莎莉浑身颤抖起来，没想到自己竟然会把这个秘密告诉他人。这时，她脑海中有一个声音在不停地说："信任他，是该讲出来的时候了，现在应当寻求帮助！"

"我知道这听起来很奇怪，"她说，"可是每当有男人接近，或是遇到危险、感受到压力时，我都会头疼，随后就会失去知觉。等我恢复知觉再看表时，往往会发现失落了一段时间，而且不知道自己身在何处。”

“你觉得这是为什么？”

“我起初以为每个人都会遇到这种情况。比如说，我目睹一个人怒气冲冲地跑出房间，回来的时候却满面笑容，或者是相反的情况；也曾见过两个人本来在和和气气地聊天，可突然间却愤怒地互相攻击起来。我以为他们也像我一样失去了知觉，醒过来才发现自己失落了时间。可是现在，我发现事实并非如此，而且自杀的念头令我感到恐惧。罗杰医生，我一定出了问题，但我不知道是什么问题。这令我十分痛苦。”

“放松点，莎莉，现在谈谈你的过去吧，我需要尽可能地了解你。”

正如每次不得不对别人谈起自己时一样，莎莉顿时不知所措。她深吸了一口气定了定神，开始讲述起来。

“我今年二十九岁，没有兄弟姐妹，离了婚。为了摆脱继父，高中毕业一年后我和拉里结了婚。我的生父奥斯卡原来是个邮递员，但有一天他突然消失了，从此再也没有回来。他失踪六个月后，我的母亲嫁给了弗雷德。我没有朋友，从很小的时候起就总是一个人独处。”

说到这儿，她停下来喘了口气。罗杰微笑着说：“莎莉，别着急，慢慢说。谈谈你的母亲吧。”

莎莉盯着地板：“她不能容忍我生气，我一生气，她就打我。我快满十九岁那年离开家后不久，她就割腕自尽了。我很长时间都不相信这是真的，因为她是天主教徒，而弗雷德是浸礼会教徒。”

“你是教徒吗，莎莉？”

“我现在已经很少去教堂了，”她答道，“我觉得自己无法理解宗教，很多事情都令我困惑。”

“谈谈你的前夫吧。”

“拉里是一个服装推销员。他的业绩相当不错，因为他是个大骗子。天啊，他在法官面前说了那么多关于我的谎话。他说我曾经一连失踪好几个星期，还说我性格暴虐。他告诉法官，有一次我冲出公寓跑到大西洋城去赌博，输光了家里五千元的存款。上帝！他撒谎，这些都不是真的！他是个骗子，一个大骗子，但是法官居然把双胞胎的监护权判给了他。上个月他又去法院告诉法官，说我晚上经常打电话骚扰他，对他和孩子的生命构成了威胁。你能想象吗？他还说我在夜总会当舞女，真是胡说八道！我在店里不过是负责清理桌子而已。我可以保证，我一向穿得规规矩矩，而且我到那里干活也不仅仅是为了钱。我是说，他给我的赡养费足够用。我出去工作不过是想找点事情做。可是法官竟然相信了他的谎言，取消了我探望孩子的权利。”

莎莉突然意识到自己讲话声调过高，连忙用手捂住嘴：“对不起，罗杰医生……”

“没关系，莎莉，表达自己的情感没有什么可抱歉的。”

“我从来不高声喊叫的。”

“你并没有喊叫。”

她眨了眨眼睛：“真的没有吗？可是我觉得自己在大喊大叫。”

罗杰说道："今天我们已经谈了你的许多往事。看得出来，回忆往事令你十分痛苦，所以我们每次不要谈得太多。"

如果莎莉让我出来，我一定会把一切都告诉罗杰·阿什医生，省得浪费我们的时间和精力。我又尝试了一次，但还是被莎莉阻止了。她脖子和头部的肌肉绷得很紧，不停地抽搐着，我担心她会痉挛，只好作罢。上帝！我不过是想帮忙而已。看来我只能等待时机了，这位罗杰医生早晚会来找我的。

"罗杰医生，我得了什么病？"她问。

"这正是我们需要搞明白的问题，莎莉。今天我给你做几个测试，再做一个全面的体检，明天你到中心医院心理健康中心来找我做异戊巴比妥测试。"

"异戊巴比妥测试是什么？"

"异戊巴比妥是一种药物，就是所谓的'测谎药'……"

"我不需要做这个测试，我不会说谎。"

"你当然不会，莎莉，但这不是问题的关键。这种药能够帮助你放松，让我们顺利地探索你情感和意识的深处，发现究竟是什么在困扰你。"

"我希望能恢复正常，罗杰医生。我可不想抬头看表时总是发现自己又失落了时间，五分钟、一小时，甚至是一天，而且不知道这些时间去哪儿了。你不知道这种感觉有多么恐怖——不知道自己去过哪里又做过什么。罗杰医生，你一定要帮帮我！"

"我会尽力的，莎莉，但是你要遵守你和波奇维尔女士签的这份不自杀协议。”他拿起桌上的卷宗摇着头说，“相信她已经告诉你了，我通常不诊治有自杀倾向的病人。我之所以对你的病例感兴趣，是因为你说自己失落了时间，而且感觉有内在压力。这种情况非常特殊，与我以往治疗的患者不同。我想帮助你，但你必须保证不伤害自己。”

莎莉热泪盈眶地点头答道：“我尽量。”

“这还不够，”罗杰用手指敲着桌上的卷宗说，“不是尽量，而是要明确保证。”

“好吧，”莎莉说，“我保证不伤害自己。”

我希望莎莉问问他为什么不诊治有自杀倾向的病人，但是她没有问。其实她保证也没有用，因为想自杀的是诺拉，而不是她。我决定盯着诺拉，不让她采取行动，等着看这位罗杰·阿什医生会怎么治疗我们。

* * *

我感觉莎莉在离开罗杰医生的诊所时心里非常害怕。她叫了一辆出租车直接回家，付过钱就向自己的寓所走去。这时，她看见格林伯格先生站在裁缝店的玻璃窗前向自己招手。格林伯格先生是个满头白发的瘦老头，因为驼背，站在那儿看起来就好像在鞠躬行礼一样。

由于不确定他是什么意思，莎莉迟疑了一下。格林伯格先生走到门口喊道：“波特小姐，你有几件衣服在这里放了很长时间，不取回去吗？把它们拿走？”

"什么衣服？我的？我不记得了。"

莎莉跟着他走进店里，转身时被一个假模特儿吓了一跳。那个假模特儿是个男的，身穿警察制服，戴着警帽和警徽，手中握着警棍。

莎莉笑道："我还以为是真的呢。"

由于驼背，格林伯格先生的头转到某个角度才抬得起来："他叫墨菲，我刚买的二手货。英俊吧？我打算晚上把他摆在玻璃门后面，吓吓那些小偷。我已经被偷了四次，四次啊！他们连顾客的衣服都偷，真可怕。"

"摆个假人管用吗？"

格林伯格从架子上找出几件衣服摆在柜台上："假人是没多大用，但那身警服会让人产生心理作用。小偷见了他说不定会改变主意——光顾其他店铺。"

"为什么叫他墨菲？"

格林伯格耸耸肩："总比叫科恩好吧，叫这个名字似乎更容易和其他警察相处。"

他把衣服递给莎莉："总共十八元九角八分。"

莎莉看着鲜艳的红裙子、量身定做的黑制服和蓝色紧身衣："这些衣服都不是我的。"

格林伯格瞟了她一眼："你说什么？这三张单子上都写着波特小姐，西六十六街六百二十八号。"

莎莉察看着那几张粉红色的订单，极力掩饰着自己的困惑。她过去经常在衣柜里发现几件自己不记得买过的衣服，还有信用卡消费凭证和现金收据。不过，忘记把衣服送到裁缝店还是第一次。她可不想让格林伯格先生知道。

“而且，”格林伯格说道，“我记得你还让我拆掉红裙子的绲边。你不该拿我这个老头子开玩笑，我都可以做你爷爷了！我之所以记得，是因为你让我把蓝衣服放长、把黑制服修补好的时候，说自己不喜欢那个绲边。”他打开缝在黑制服上的小塑料袋，“你把飞鱼胸针忘在制服口袋里了。”

他把胸针递给莎莉，咧嘴笑的时候假牙碰得直响：“不过，你随时可以找我来拆绲边，我很愿意为你效劳，愿意效劳。”

莎莉真的什么都不记得了。她慌慌张张地付了钱，拔腿就跑，差点撞翻穿着警察制服的假人。她拎着衣服跑上楼，大脑一片混乱，竟然跑到二楼就停下来去开门，抬头发现门上写的不是自己的名字，才转身向三楼奔去。

像往常一样，她检查了门锁和金属片是否有被撬过的痕迹，然后才打开厚重的灰色金属门走进屋。她环顾四周，一时间竟不知道该如何处置这几件衣服。她仔细检查着衣服，但怎么也想不起自己曾经买过。她把衣服挂在衣柜里最不容易看到的地方，心想总有一天要搞明白那几张粉红色的订单上怎么会有自己的名字，还有格林伯格先生把自己当成了什么人。格林伯格先生不但年纪大而且近视，一定是他看错了。

莎莉把鞋脱下来仔细地放进鞋袋，将衣服平整地挂在衣架上就去洗袜子。洗好后，她给自己做了一份鸡肉晚餐，边吃边看电视，饭后又吃了一块奶油夹心蛋糕作为甜点。尽管房间已经十分干净，她还是把家具掸了一遍，用吸尘器吸了地板，又把床上的毛绒玩具重新摆整齐。

莎莉不明白为什么才晚上八点钟自己就这么累，为什么早晨一起来就感到疲倦，而且一整天都精神不振。她决定明天就去找份工作，因为赡养费不足以支付看精神病医生的费用。她正准备考虑一下该找什么工作，却忍不住打起了哈欠。她想，那就明天早晨再想吧！于是，她冲了澡，喝了杯热牛奶，便上床睡觉。她拿起一本侦探小说准备读，但头刚挨到枕头便睡着了。

可是莎莉不知道我可不想这么早就睡，因为我要看午夜电视节目。这个星期美国广播公司正在播放鲍嘉主演的系列电影，所以等她睡熟后我就跑出来，给自己做了爆米花，然后蜷在扶手椅里边吃边看鲍嘉和赫本主演的《非洲女王号》。那些老电影真让我着迷。

第二天早上，莎莉醒来，惊奇地发现自己蜷在扶手椅里。于是，她赶紧打电话查询当天的日期，得知自己并没有失落一整天的时间，才松了一口气。

莎莉喝了咖啡，吃了一些松饼，便准备出去找工作。她不知道从何处着手，只是不停地想着上一份工作——操作机器将塑料把手压到螺丝刀上。

我本想和莎莉说点什么，但还是放弃了，因为怕她听到脑海中有人说话会受到惊吓。但是我发现，如果我使劲地想，还是可以对她产生影响。我想起前几天到外面闲逛时，曾看到东区一家名为“黄砖路”的餐厅正在招聘女服务员，就将意念集中在餐厅的名字上。刚开始好像不起作用，因为莎莉拿起黄色电话簿（至少颜色对得上），从A那一栏开始拨打电话，问他们是否需要有经验的服务员。我觉得照这样下去，她永远也打不到Y[1]那一栏，于是又加了把劲，而且感觉到她越来越迷糊。最后，我终于忍不住大声叫道：“黄砖路餐厅需要一名女服务员！”

莎莉吓得扔掉了电话，眼睛直勾勾地盯着地上的话筒。过了一会儿，她才拾起话筒，连续“喂”了几声。她还以为是接线员或者什么人在电话里和自己讲话，但听到的只是“嘟嘟”的声音。她把电话放好，手指在餐饮业一栏逐条搜索着，最后总算是找到了黄砖路餐厅。谢天谢地，餐厅打了一行显眼的广告：咖啡厅－餐厅－娱乐场所－夜总会，第三大道七十二号。她终于拨通了电话，一个叫托德·克莱默的人接了电话。他告诉莎莉，自己是餐厅的合伙人之一，如果她对这份工作感兴趣，可以过去谈谈。

莎莉翻遍了衣柜，想找件适合面谈的衣服。我想让她选诺拉那套咖啡色套装或者我那条蓝色的裙子，可是她却选了那件老气横秋的格子衣服。我只好作罢，坚持又有什么用？

1 Y：“Yellow”（黄色）的首字母。——编者注

* * *

黄砖路餐厅长长的黄色遮阳棚从街上一直延伸到双层玻璃门前。莎莉在遮阳棚下沿着黄砖图案的地毯走下楼梯，穿过走廊，经过标注着“男芒奇金人”和“女芒奇金人”[1]的洗手间，来到了翡翠城酒吧装饰着黄色螺旋图案的背景墙前。她看见一个胖胖的调酒师正在擦酒杯。酒吧里光线昏暗，只有舞池对面的一张桌子上方亮着灯，几个男人正围在桌前打牌。

眼前奢华、舒适的环境令莎莉感到害怕，不由得想转身离开。

“需要帮助吗，小姐？”调酒师抬头问道。

“我是来见托德·克莱默先生的，准备应聘服务员。”

调酒师用手中的抹布指了指牌桌：“金发的那个。”

“他们在打牌，我还是不打扰了。”

“要是这样，你就没有机会和他说话了。”调酒师端详着玻璃杯上的污点说道。

莎莉不知道是该打断他们的牌局，还是该放弃这个面试机会。犹豫了一下，她还是紧握着手包向牌桌走去，鞋跟踏在舞池空旷的地板上，发出的声响令她感到十分尴尬。

听到脚步声，几个正在打牌的男人抬起了头，其中一个金色头发的十分英俊。他的前额很高，长着一双她从未见过的深蓝色眼睛。他

1　芒奇金人是《绿野仙踪》中的小矮人。这家餐厅以《绿野仙踪》为主题，黄砖路和后文的翡翠城都出自这本小说。——编者注

斜叼着一根牙签，让莎莉想起了电影里在船上打牌的赌徒，不同的是，他穿着牛仔裤和一件皱巴巴的衬衣。

“克莱默先生吗？”

他抬起头毫无兴趣地上下打量了她一番，又接着看自己的牌。“跟五根。”他说着把几根牙签甩到桌上。出乎莎莉的预料，他的声音竟是那般柔和、低沉。

“真抱歉打扰您，我是莎莉·波特。我打过电话应聘服务员，要是您没空，我稍后再来……”

“等等，”他俯身环视桌面，咧开嘴笑着说，“三张十。”

“那对不住了，托德，”那个脸长得像海豹似的矮个男人说，“我是同花顺。”他得意扬扬地揽走了桌上所有的牙签。

托德气愤地将手中的牌甩到桌上，推开椅子猛地站起来骂道：“他娘的，臭牌！我连输了好几把！”

他向莎莉勾了勾食指，起身走在她前面，但没有回头看她，嘴里还一面骂着：“什么他妈的同花顺，作弊！”

他把莎莉带到酒吧的一个高脚凳前，然后在她旁边坐下。不知所措的莎莉知道自己一定会把面试搞砸，所以我准备随时冲出来。莎莉通常都会使劲抗拒头痛——每次面试都会出现这种情况，但是这次她因为过度恐慌而没有采取行动。她感到身体变得冰凉，随后看着自己慢慢退出了。退出前她做的最后一件事就是抬头看了一眼酒吧上方的钟。这一招我们从小就学会了，目的是在恢复知觉后得知自己失落了多少时间。时间是三点四十五分。

感谢上帝！轮到我出来了。

托德·克莱默皱起眉，歪头看着我，就好像在看着手中的牌："你没事吧？"

"没事，能有什么事啊？"我答道，"您要招个三十岁以下的女服务员，而我不但手脚麻利还有丰富的经验，正是你们需要的人——西区最抢眼的辣妹。"我盯着他的眼睛，微笑着蜷起腿，故意露出肉来吸引他的目光。

他的喉结颤动了一下："你变得可真快。"

"我总是这样的，因为我做过模特儿，"我骗他说，"我们要等摄像机和灯光准备好才会开始表演。我发现你们这里也有娱乐表演，这太好了。虽然比不上朱迪·嘉兰[1]，可是一旦进入角色，我也能歌善舞。我穿上短裙还是很迷人的。"

"我相信。"

"准备试用我吗？"

看样子我已经引起了他的兴趣。他用那双蓝眼睛仔细地端详着我："五点半再来见一下我的合伙人艾略特，因为聘用人必须经过他的同意，而且你以后与他合作的时间要比我更多。这儿的业务我不管，我还有其他的事。"

"什么事？"我问。

"各种各样的事。"

1　朱迪·嘉兰：美国电影演员、歌唱家，曾主演《绿野仙踪》。

“我很好奇，”我说，“因为我总想知道别人都在干什么。”

“也没什么，赛马季节我主要待在纽约赛马场，此外大部分时间我都会到这儿来。”

“赛马呀，我也很喜欢。你在那里做什么？你这年龄大概当不了骑师了。”

他笑起来：“我有个朋友在那儿做项目主管。需要组织政治集会、会议或筹款活动的时候，我就帮忙做些宣传工作。”

“听起来挺有意思的。”

“工作而已。”

“我可以问问别的事吗？”我说，“不是想刺探，就是感到有点儿好奇。”

他点头应允。

“这些牙签值多少钱？”

他从口袋里掏出一根牙签塞进嘴里：“一盒牙签四角九分钱，但我们都是整箱整箱地买。”

“我是说玩牌的时候，你们不是用牙签代替筹码吗？那么一根值多少钱？”

“没这回事。”

“真的没有？”

他望着我，就如同透过眼镜片在观察。“我早就不赌钱了，”他咬着牙签说，“不过是和朋友打牌消磨时间而已。”

“对不起，请别介意。”我说。

他摇摇头，但看起来仍然很困惑，似乎想搞明白我究竟是哪种人。“我们五点半见吧。”

离开的时候，我决定在与托德的合伙人见面之前，绝不让莎莉出来捣乱。而且我觉得，既然大部分事情都是我在做，那我就有权上街去买几件自己喜欢的衣服。我真不明白，为什么莎莉的服装品位那么糟糕，穿的衣服又总是落后潮流两年。我每次出来的时候，都被别人怜悯的目光搞得十分尴尬。有一次，我从《星期日时报》的时尚版剪下了几张图片，还给莎莉留了一张字条，提醒她注意自己的服饰。没想到她看了之后大发雷霆，所以我再也不敢多嘴了。

我到布鲁明戴尔百货店挑了一套蓝色的春装，准备与艾略特见面时穿。我硬是把自己塞进了十码[1]的裙子，然后决定晚餐只吃点酸奶干酪。其他几个人根本不注意自己的身材，都是靠我来节食减肥。

* * *

我五点半回到黄砖路餐厅的时候，那里正准备营业。天花板上的水晶吊灯已经开始旋转，在墙壁、地板和天花板上投下斑斓的绿色光点。一群服务员正在摆桌子，她们身穿露肩上衣和短裙，上面镶满了翡翠色的亮片。

我进去的时候牌局刚刚结束，托德正在往一个小塑料袋里装牙

1 十码相当于 M 号。

签。“艾略特一会儿就来，”他对我说，“你为什么不去办公室等他？”

“希望他会喜欢我。”

“你是个女人，不是吗？我可没恶意啊。”

我笑着说：“我不会在意的。”

托德把我领进后面的办公室。房间的墙上挂满了照片，其中大部分都是漂亮的女明星与一个头发灰白、身穿条纹西装的胖男人的合影，照片下写着：送给好友艾略特。

五分钟后，门打开了，走进来一个与照片中的人并不太像的男人。他现在很瘦，穿着一条棕褐色的休闲裤，蓝色丝质运动衫的领口敞开着，露出了脖子上戴的厚重的金牌。他的两只手上都戴着闪闪发光的钻戒，头发染成了黑色。

“我是艾略特·尼尔森，”见我惊讶地张着嘴，他冲着墙上的照片点点头说，“变化很大吧？我去年努力减肥，轻了一百多磅[1]。像换了个人似的，对吧？对于一个四十五岁的人来说，这可是件好事。”

艾略特微笑着，眼睛眯成一条缝，下巴撅起。除了松垮的脸颊、双下巴和眼袋，他全身都皮包骨。他的样子真像是一头和蔼可亲的斗牛犬。

“您看起来年轻了二十岁。”我撒谎道。我觉得他一定经历了某种意义上的中年危机，因而对他的节食减肥颇感同情。

“想当服务员？过去干过吗？”

1　1磅约合0.454千克。

“从脏兮兮的小饭馆到高档餐厅，什么样的地方我都干过。我的上一份工作是在纽瓦克的狂野青春餐厅做服务员。”

他点点头，贪婪地看了我一眼说：“那好，我们让你试试，就从今天晚上开始吧。托德一定对你印象不错，他一般不多看女人一眼的。”

“你不会后悔的，”我说，“我会做得又快又好。”

他用胳膊搂住我的腰说：“我喜欢干活麻利的人，不过别干得太卖力气。”

我拍拍他的脸说：“我可是高手，手脚都麻利。”

他大笑着松开了胳膊：“开个玩笑嘛，找一天我们比试一下功夫。来吧，我给你介绍一下埃维，她是这里的领班，会告诉你该怎么做。”

埃维给我拿来一套镶着翡翠色亮片和金边的制服，并告诉我更衣室在哪里。然后，她把我介绍给其他服务员、厨师、小工和传菜员，告诉我菜单放在哪儿，以及点菜的程序。

“你唯一需要提防的就是艾略特。”她嘱咐道。

“什么意思？”

“他减肥成功后变得十分好色。老色鬼长着罗马人的手，手指却像俄罗斯人的一样，还真是个联合国。”

“我会提防他的。”我笑着说。

“让他在柜台后面或厨房里拦住，你就倒霉了。我的大腿和屁股都被他掐得青一块紫一块的。他娶过三个妻子，还跟七个女服务员有关系，据我所知她们都尚未结婚。”

“另一个也这样？”

“你是说托德？他忙着赌博，没时间顾及女人。不过他最近加入了戒赌俱乐部，谁知道他会不会突然改变兴趣？”

“谢谢你的忠告。”

由于是初来乍到，我被分配到离舞池最远的区域，因此有机会看其他服务员为顾客领座。我注意到埃维将客人点的东西记下来后就走到吧台叫饮料，然后将单子送到厨房。整个过程一点儿都不难。

过了一会儿，终于有六个人坐到了我的服务区。他们是三对中年夫妇，一看就知道是些不好伺候的客人。

“要点喝的吗？”我问。

“来杯带劲的伏特加马提尼！”其中一个男人边回答边冲我挤了挤眼睛。他身材臃肿，脖子像橄榄球运动员的一样粗壮。我猜他大概是个二手车商。

“不能点。”他夫人说，“伦纳德，你要是敢喝一口，我马上就走。”

伦纳德极不情愿地取消了马提尼。其他几个人也不准备点饮料，于是我就请他们点了菜。在去厨房的路上，我告诉吧台准备一杯伏特加马提尼，不加橄榄，而且要装在水杯里。从厨房出来到吧台取酒时，我尽量避开艾略特，免得被他撞见。

回到那几位顾客的桌前，我假装发现伦纳德的水杯上有脏东西：“先生，你的杯子脏了，给你换一只吧。”我把装满马提尼的水杯递给他，朝他眨了眨眼睛：“白开水不要钱。”

为他们上海鲜和龙虾时，伦纳德将杯子递给我，也朝我眨了眨眼：“再来一杯水。”

结账时，伦纳德多付了一些钱，权当马提尼的费用，还给了我不少小费。他离开时，我问他从事哪个行业，他说自己拥有一个渔市。

我为其他几桌顾客提供的服务也是又快又好。我和女客说笑，对那些冲我调情的男客则以无伤大雅的笑话回应。我觉得这个工作十分有趣。在莎莉干过的活儿中，我最喜欢服务员的工作。因为无论地点，我都可以接触到各种各样的人，猜猜他们从哪儿来又从事什么职业。而且我得承认，看到客人对你的服务感到满意并留下可观的小费，总是令人兴奋。

但是我不喜欢干收拾碗碟、换桌布，还有补充调料、擦拭瓶瓶罐罐之类的杂活，所以我决定让莎莉出来代劳。我则把小费换成纸钞塞到胸罩里——安全起见，然后退出了。

* * *

莎莉出来后，感到一阵晕眩。她记得自己正坐在吧台前的高脚凳上与托德·克莱默谈工作的事，可是抬头看看墙上的表，她发现已经是晚上十点钟了。也就是说，已经过去了六小时十五分，而且自己还穿着镶满了亮片、袒胸露背的上衣和一条超短裙。刚才这里还空空荡荡的，现在却杯盘狼藉，过道的地板上到处都扔着纸屑和餐巾，几个女服务员正在吧台边数着她们的小费。

“来呀，宝贝，再来一杯苏格兰威士忌加苏打。”

莎莉听到喊声，瞥见一个矮胖的男人正大声叫着，但不知道是不是在叫自己。她想走过去，身体却无法移动，似乎不听大脑的指挥。

“身体不舒服吗？”身后传来低沉而轻柔的声音。

她抬起头，看见托德正关心地望着自己，嘴上仍然叼着牙签。“没什么，就是有点儿头痛，我……”她发现自己手里拿着菜单，于是说：“我忘记把铅笔放哪儿了。”

“在头上。”托德把笔拿下来递给她，然后赞许地拍拍她的胳膊，“你今天晚上干得棒极了，是个好服务员。我觉得那个顾客一直想吸引你的注意力。”

莎莉不情愿地向那个冲着自己晃酒杯的胖男人走去。他点了杯苏格兰威士忌加苏打。她刚准备转身离开，就感到那个男人的手滑到自己的屁股上狠狠地拧了一把。

莎莉大叫一声扔掉了酒杯，酒杯掉到地上摔得粉碎。她慌忙跑出服务区冲进了女洗手间，想让自己镇定下来。

莎莉也真是的，至于这么当真，把自己吓成这样吗？对付这种男人，只需开个玩笑敷衍过去就行了。这样什么事都没有，还能得到一笔可观的小费。被摸一下真没什么了不起的，但是莎莉却无法忍受，只要胸部被男人碰一下，她就会立刻火冒三丈。她躲在洗手间里不敢出去。类似这样的事过去屡屡发生，而现在罗杰医生正要帮助她找出原因，让她学会控制自己的情绪。

莎莉觉得胸罩里好像有什么东西，伸手一摸，竟掏出一把纸钞。她数了数，一共四十三元。于是她想，无论今晚自己做了什么，活儿应当是干得不错。托德刚才说的话和眼前这沓钞票就是证明。

她从洗手间出来时，虽然仍有些紧张，但情绪已经平复了下来。可是当艾略特问她是否出了什么事的时候，她一下子愣住了。因为她根本不知道眼前这个人是谁，以为他就是一个来跳舞的中年男人。

“就是有点儿累。”她谨慎地答道。

艾略特微笑着对她说：“收拾一下回家去吧，我让别的服务员帮你收拾桌子。第一天干难免压力大。不用担心，我和托德已经同意聘用你了。”

莎莉这才明白他是老板，自己刚才没有想到。

道过谢之后，莎莉看见两个女服务员走进一扇写着“只限员工使用”的门，便跟着走进去。因为找不到早上来时穿的衣服，她刚开始以为自己走错了地方。她只好待在那里，等着别人换衣服。后来衣柜里只剩下三套衣服，分别是一套绿色套装、一条蓝色的裙子和一套红黄相间的裙子和毛衣。她不知道哪套是自己的，只好又回到洗手间，坐在那里等着。等最后两个女孩换完衣服，衣柜里只剩下那条蓝色的裙子。她换上裙子，感觉有点儿紧，不过她希望这是自己的，否则这一切就无法解释了。

莎莉换好衣服走出来，艾略特冲她挤挤眼说：“明天晚上见。”

她点了点头，心里却决定以后不再来了。他们人不错，但这份工作对她来说太过紧张、忙乱了。

第三章

第二天，莎莉来到位于列克星敦大道五十二街的中心医院。心理健康中心的外观与那些玻璃上镶着镀铬框架的办公楼看起来差不多。她走进去，罗杰医生瘦小的护士玛吉·霍尔斯顿把她带到诊室，并等在一旁准备做记录。

“我现在尽可能详细地向你做些解释，”罗杰说，“异戊巴比妥测试可以帮助你突破心理盲点，回忆起忘记的事。产生药效后，我将启动所谓的年龄退行程序让你回到童年，想起那些可能导致你目前问题的人和事。”

莎莉非常害怕。我感觉到她在颤抖。罗杰给她注射了药，然后让她从一百倒数。数到八十八的时候，莎莉开始乱套，无法按顺序数下去，而且声音含混，就好像嘴里塞满了棉花。

“莎莉，不要睡着，”罗杰说，“保持清醒，集中精力回想你的童年。我数到五时，你会回到昏厥或失去记忆前的某个时刻。等你睁开眼睛，往事便会历历在目，就像在电视屏幕上看到的一样。你需要做的就是把看到和听见的一切都告诉我，明白吗？”

莎莉点了点头。

“好，一、二、三……四……五！”

莎莉张开眼睛，向罗杰医生述说看到的往事。

那时候莎莉年纪很小。她的父亲奥斯卡身材瘦削，有点儿驼背，留着稀疏的胡子，总是一副睡眼惺忪的样子。他常带着莎莉去送信，让她将信投入信箱，或者直接送到那些等在门口的女人手里。那些女人接过信，总会拍拍莎莉的头，称赞她是一个懂事的小姑娘。有一次，一位太太给了莎莉一块苹果派。她吃的时候，不小心让热乎乎的苹果馅流到了绿色的裙子上，但奥斯卡没有注意，依旧笑呵呵地继续往前走。他的笑声就如同在睡梦中发出的一般。奥斯卡发完邮袋里的信，就让莎莉坐进空袋里。莎莉高兴极了，她知道爸爸非常爱她，而且每天晚上都会从那个神奇的邮袋里找出童话故事讲给自己听。那个邮袋就好像装满了取之不尽的故事。但是莎莉四岁的时候，有一次奥斯卡到三叶草酒吧喝酒，将坐在邮袋里的莎莉放在吧台上，把她吓坏了，他曾经两次因为喝醉酒而忘记带她回家。还有一次，他把莎莉一个人留在麦迪逊广场花园的马戏团，也是因为喝醉了。有一次坐地铁，他忘记把莎莉抱上车，害她独自一人在拥挤的人群中大哭大叫。警察来抱她的时候，她大声哭喊着：“爸爸不见了，我要找爸爸！”

后来有一天奥斯卡丢失了一袋邮件，从此就消失不见了。妈妈告诉莎莉，爸爸因为喝醉了酒掉到哈得孙河里淹死了，但她不相信。时至今日，莎莉一看到穿着邮递员制服的人还会冲过去，看看他是不是留着稀疏的胡子，尽管疲倦伤心，但仍然对自己微笑的爸爸。莎莉相信爸爸一定是认为自己把女儿丢在什么地方了，所以才会到处寻找。

“好了，莎莉，现在放松一下。你都回想起来了。你能看见母亲和继父吗？”

莎莉的脑海中换了一幅场景。她看见自己只有一间卧室的家，开始描述在那里发生的事情。那是一个夜晚，屋里乱七八糟的，一张大双人床上堆满了东西，旁边放着莎莉的小床。柴在炉子里烧得噼啪作响。妈妈在做针线活，她的身体已经发福，穿着一件宽大的袍子，深棕色的头发扎在脑后。她的眼睛下面布满了皱纹，让人觉得她一定是经常泪流满面。

坐在地板上玩娃娃的莎莉看见继父弗雷德·怀恩特关上了电视，然后从柳条摇椅上站起来说：“薇薇安，把孩子抱走。”

她母亲说：“我累了，弗雷德，我头痛……”

弗雷德瞪了她一眼，怒气冲冲地扯了一下帽子，露出了光秃秃的后脑勺。他在屋里也总是戴着帽子。

“听见没有，把孩子抱到床上去！”

母亲垂下肩膀，叹了口气。她的脸曾经非常温柔、漂亮，但现在已经变得浮肿不堪，颧骨和眼睛下面的肉耷拉着，好似一个被压扁的面团。

她将手里的针线活放回篮子，把莎莉和她的四个娃娃抱进衣橱，锁上了门。莎莉在衣橱里小声地哭起来，因为黑暗令她感到害怕。

莎莉说她脑海中的屏幕变成了黑色，还听到了什么声响，大概是椅子抵住衣橱时发出的。她用力推壁橱的门，但是推不动。几分钟后，她听见弹簧床发出咯吱咯吱的声响，心想他们一定是在床上蹦来蹦去，因为她在床上蹦的时候也会发出这种声音。她每次蹦的时候，母亲都会大叫着阻止她。她觉得大概是因为这样蹦不好，所以母亲才不想让自己看见。

母亲打开衣橱放她出来时，弗雷德已经像往常一样躺在床上睡着了。他张着嘴大声打着呼噜，露出了残缺不全的牙齿。莎莉爬上了自己的小床。

莎莉接着回忆起那次母亲忘记用椅子抵住衣橱的门或者忘记锁门时的情景，不禁泪流满面，浑身颤抖起来。她推开衣橱的门，看见母亲和弗雷德赤身裸体地躺在昏暗的灯光下。他们不是在床上蹦。母亲跪在床上撅着屁股，让弗雷德压在她身上，就像小狗那样。弗雷德的脸涨得通红，粗声喘着气，大脑袋与他瘦小的身体不成比例。

弗雷德下来时，莎莉看见他插进母亲体内的东西，吓昏了过去。

回忆到这里，莎莉终于忍不住号啕大哭起来，身体剧烈地前后摇晃着，汗水浸湿了她的脸。她感到脖子和眼睛一阵刺痛，眼前一黑，在检查室里昏了过去。

* * *

贝拉睁开眼睛四下张望着，不知道发生了什么事情，但是看到罗杰后，她立刻挺直了腰板、抿了抿嘴唇，模仿着梅·韦斯特[1]的腔调说道："嗨！帅哥……"

罗杰大吃一惊，刚想说什么，又忍住没有开口。他迅速瞥了一眼张大了嘴巴的玛吉，轻轻地摇了摇头，暗示她不要说话。

贝拉发现自己躺在检查台上，于是起身将两条腿靠到一旁，顺势将手滑到臀部下，模仿着梅·韦斯特沙哑的嗓音说道："医生，不管我怎么了，希望你还会继续来看我。"

看到罗杰和玛吉都不作答，贝拉不再装腔作势，笑着说："你俩就好像是起死回生的病人，希望你们没有得反社会病。"

罗杰终于张开了嘴，声音嘶哑地说："能告诉我姓名吗？我们好记录。"

"录唱片？我怎么没听到音乐声？"

"我是说记录我们的谈话。"

"哦，原来是这样。我叫贝拉，贝拉在意大利语中是'漂亮'的意思。我不会讲意大利语，是一个对我很有兴趣的士兵告诉我的，他非常有才华。"

罗杰点了点头。我感觉到他在极力保持镇静。

"你的年龄可以告诉我吗？"

"满十八了。"她说着咯咯地笑起来。

"知道自己在哪儿吗？"

1　梅·韦斯特：美国女演员，出生于纽约布鲁克林，后来在好莱坞发展，凭借天赋和身材红极一时，被称为"银幕妖女"。

她四下看了一眼："我躺在检查台上，而你又穿着白大褂，这里应该是电视剧《综合医院》的拍摄现场，我正在试镜吧。"说完，她将双手垫到脑后，舒展身体摆出极具挑逗性的姿势。"我会尽一切努力获得这个机会。我有表演天赋。"

"我是个医生，贝拉。我是来帮助你的。"

贝拉大笑道："是吗，我以前听说过你吗？"

"这位是玛吉·霍尔斯顿，我的护士。我是罗杰·阿什，你的精神病医生。"

贝拉突然坐直了身体："精神病医生？等等，伙计，我可没疯。"

"当然没有，"阿什说，"我是来帮你解决问题的。"

"我没有问题。"

"莎莉·波特这个名字对你意味着什么？"

贝拉躺下身，盯着天花板，脸上露出厌恶的表情："哦，原来是这样，真浑蛋！"

"这么说你认识她。"

"没见过她本人，但是听人说过。"

"听谁说的？"

"戴瑞。"

"谁是戴瑞？"

"我只知道她叫戴瑞。我发现过莎莉的衣服，还读过她的一些信件。我告诉你，她是我听说过的最愚蠢、最直肠子、最无聊的人。"

"为什么？"

“戴瑞告诉我，莎莉只想待在家里操持家务，满脑子想的就是如何从她那个浑蛋前夫手里夺回双胞胎的监护权。她从不去跳舞或看演出，什么乐趣都没有。上帝，这么活着有什么意思！”

“她和你是什么关系？”

贝拉想了一会儿，说道：“我不知道。”

“那你们如何相处？你俩同时出现过吗？莎莉在场的时候，你也同时出来？”

“情况是这样的，”贝拉解释道，“就好像你想上厕所，但发现洗手间里所有的门都关着，都在‘使用中’。你只能等里面的人上完厕所出来，因为每次只能一个人使用。我刚才说过，是戴瑞对我提起她的。”

“就是说你不知道莎莉脑子里在想什么？”

“我不知道她是否有脑子。”

“没出来的时候，你知道发生了什么事吗？”

“只能猜想。比如，去年离婚前我出来的时候，发现莎莉正在参加一个婚礼。这种情况很少见，因为通常都是由我参加聚会活动的，但那次却是莎莉和她的前夫拉里应邀参加婚礼。可是后来，我突然发现自己身处舞池中，被一个男人紧紧地抱着。我立刻明白了自己为什么会在那里，因为莎莉不知道该如何应付男人。

“整晚我都在和那个男人跳舞，后来才知道他是新郎的朋友，我连新郎和新娘都不认识。那个男人非常热情。跳完舞，我们去了他住的旅店。他把我抱到床上，脱下我的衣服，开始吻我的胸部。接着发生了什么我就不记得了。第二天早上，我被雨水拍打窗户的声音吵醒，发现那个男人已经走了。后来我听戴瑞说，莎莉和拉里为这件事大吵了一架。我猜想，就是此事最终导致他们离婚的。”

“你知道莎莉企图自杀吗？”

贝拉显得十分惊讶：“她想杀死自己？”

“你没有听说过？”

“我有些日子没和戴瑞联系了，所以不知道最近有什么新闻，但是她以后会告诉我的。她对每个人和她们干的事情都感兴趣，也喜欢议论。你应该见见她，我觉得你会喜欢她的。”

“我会的，但不是今天。现在太晚了，下次吧。贝拉，谢谢你的帮助。”

“随时愿意效劳，医生。我觉得你挺可爱的。”

罗杰尴尬地望了一眼玛吉，不好意思地笑着对贝拉说：“谢谢你，贝拉，现在闭上眼睛睡觉吧。我数到五，莎莉就会醒过来，而且会感觉良好。她会尽可能回忆起今天谈话的内容。莎莉，你能够记住自己想记得的事情，全部或其中的一部分，但也可能什么都想不起来……”

罗杰数到五，莎莉醒了过来。她环顾四周，感到一阵晕眩。刚才发生的事情她一点儿都不记得了，就好像又昏过去了一样。她为此感到惶恐不安。

“我再也无法忍受了！”莎莉抽泣着，“我要过正常的生活。我想每天晚上都能安然入睡，清晨醒来时不会有这种糟糕的感觉！罗杰医生，我是不是疯了？”

罗杰答道：“千万别这么想，你没有疯。”

"那我是怎么了？"

他停顿了一会儿，瞥了一眼玛吉，又看了看莎莉，似乎不知道该说什么。

"我知道这大概令人难以接受……"

"说吧，没关系，"莎莉说，"我感觉自己快要崩溃了。"

"当然，我无法确定，但我认为，你现在的精神状态近年来越来越常见。在二十世纪四十年代，这种状态在精神病学中被称为'分离性歇斯底里症'。当时有这种症状的患者大概只有一百五十人，但后来又出现了几千个病例。现在这种症状被重新界定为'分离性障碍'。"

莎莉皱着眉头摇了摇头："我不明白，这是什么意思？"

罗杰顿了一下，然后倾身向前说道："你看过一部叫作《三面夏娃》的电影吗？"

莎莉摇摇头："我从来不去电影院。"

"那你看过《人格裂变的姑娘》这本书吗？"

她又摇了摇头，身体开始颤抖。"没看过，不过我听说过这本书，可是这些与我有什么关系？"

"关于《人格裂变的姑娘》，你听说过什么？"

"一个拥有多重人格的女人……"她睁大了眼睛望着他，"你是说……？"

"我不能确定，莎莉，但我有理由相信，多重人格可能是你的问题之一。"

莎莉感到十分惶惑。她觉得罗杰完全搞错了，这是她听说过的最可笑的事，但是她不想反驳，因为那样做没有什么好处。如果表示不相信，他可能会请她离开，而且不会再帮助她。莎莉知道自己需要帮助，只有状况好转了，法官才会让她拥有孩子的监护权。所以她必须小心，不能惹怒罗杰医生。

“你诊治过很多这类病人？”她问。

“你是我的第一个病人。”他答道。

“因为我有多重……因为有你刚才说的症状，你才同意为我治疗？尽管你通常不诊治有自杀倾向的病人。”

“坦率地说，是这样。”

莎莉不知道让一个没有经验的医生为自己治疗究竟好不好，她确信自己没有所谓的多重人格。可是她不想和他争论，因为她觉得，只要他对自己的病情感兴趣，就会继续提供帮助。这才是最重要的。

“莎莉，在昏倒并失去控制之前，你是否会感觉到什么征兆？”

“在头痛之前，通常会有一种奇怪的感觉，很冷，空气中好像有电光闪过。”

罗杰做了记录。“这种征兆很像是癫痫病的症状。”他将身体靠在椅背上，用铅笔若有所思地敲着桌面，“我们一起来解决你的问题。在此期间，你应该能够正常地工作、生活并应付周围的事物。找到解决问题的方法可能需要一段时间，不过我们会尽量帮助你。开始时我每周为你治疗两次——周一和周五早上十点，然后再看看是否有必要调整。我们星期五见吧。”

“我信任你，罗杰医生。无论我得了什么病，相信你都能找到治疗方法。”

“我们会的，莎莉，”他说，“至少会尝试。”

离开医院的时候，莎莉想象着拥有多重人格、体内存在着不同的人会是什么情景，但是她觉得这很荒唐，即使只是想想。

她认为罗杰医生一定搞错了。不过，她相信只要他继续为自己治疗，就一定能发现真正的问题，这样就能设法挽救自己。

环城公交车十分拥挤。莎莉抓着把手，感到身后有一个高大的年轻男人正在用身体蹭自己。他的脸上长满了疙瘩，双手插在口袋里。她换了几个地方，但他一直尾随着她。她感到十分尴尬，不知道该如何是好——羞于启齿，也不好意思做什么动作来阻止对方。这个男人越来越嚣张，用力在她身上摩擦着。莎莉感到一阵寒意——正是罗杰医生所谓的那种癫痫病的症状，接着头痛起来。此时，我虽然知道接下来会发生什么，但只能待在一旁沉默不语。

金克丝迅速现身了。她用鞋跟使劲踢那个男人的脚踝，同时用我不好意思在此重复的脏话咒骂着，随即又用膝盖狠狠地撞击他的下身。那个男人疼得大叫起来，车上的几个妇女见状纷纷叫好。等我们该下车的时候，金克丝已经悄悄溜走，将莎莉独自留在那里。她茫然地发现，车上几乎没有人了。

莎莉下车的时候，司机微笑着对她说：“你刚才狠狠地教训了他一顿。我敢说，他以后再也不敢骚扰妇女了。”

莎莉只是一言不发地望着司机。

有时候，我真替莎莉感到难过。当她最终真正意识到，而且不得不承认罗杰医生已经发现了我们时，一定会大受打击。我们就像几条纠缠在一起的虫子，挤在一只罐子里。我知道罗杰医生最终一定会把我们分开的。他非常聪明。可是，他会怎么做呢？我是说，他会怎么对待我们？当然，他可以把我们杀死，而且不留痕迹。这将是一桩完美的谋杀案。

* * *

这个星期过得很快。我在餐厅工作得很愉快，而且拿了不少小费。艾略特对我产生了好感，想和我约会，但被我婉言谢绝了。我焦急地等待着周五的到来，因为我很想见罗杰。

莎莉在十点钟准时出现在罗杰医生的私人办公室。

“今天我们要做一些与以往不同的事，莎莉。”罗杰说，“今天不注射药物，而是采用催眠法帮你回忆童年的往事。你觉得这样可以吗？”

莎莉点了点头。

“现在，注视这只金笔的反光，盯着它并仔细倾听我的声音。注意力集中在笔和我说的话上，你很快就会感到困倦。”

这太令人向往了。除了在电影里，我还从未见过催眠的情景。说实话，我并不觉得这个办法有用，因为我听说催眠只对非常聪明的人才有效，莎莉可不聪明。不过，莎莉为了讨好罗杰，紧盯着闪烁的金光。听着他低沉、柔和的声音，她逐渐迷糊起来。紧接着，她的脑海中一片空白，就像是要睡着了一样。我一般都是在这个时候跑出来，但这一次我却留在原地没有动。我想看看罗杰下一步要干什么。

“我数到三，你就睁开眼睛，但仍然处于催眠状态。然后，我会问你一些问题，你只需要放松、不假思索地回答我。我刚才说要数到几？”

“三……”

“很好，一……二……三……”

“现在告诉我，莎莉，你认识贝拉吗？”

“我小时候有个娃娃叫贝拉。”

“给我讲讲那个娃娃的故事。”

“我假装她是个真人，经常和她说话。”

“她和你说过话吗？”

莎莉沉默了片刻，然后轻声说：“学校排演了一出叫作《白雪公主和七个小矮人》的戏，戏里的贝拉王后既可笑又邪恶。我假装娃娃贝拉就是那个王后，从那以后她就开始和我说话了。”

“你给其他的娃娃也取过名字吗？”

她点点头。

罗杰停下来等待她补充，但莎莉只是坐在那儿，等他先开口。

“那是什么时候的事？”

“在不同的时间。”

“她们都叫什么？”

“诺拉。”

“还有呢？”

“戴瑞。”

“还有其他的吗？”

她叹了口气。终于有机会说出来，让她松了一口气：“金克丝。”

“还有人知道这些娃娃的名字吗？”

她摇摇头：“我没有告诉过别人，她们都是我秘密的朋友。戴瑞的名字取自灰姑娘辛戴瑞拉中间的那两个字。”

“明白了。你为什么叫她灰姑娘？”

“因为我的小猫叫这个名字。”

他等着她继续说下去，但是她停住了。

“你的小猫怎么了？”

“她死了。据说猫有九条命，可她才用了一条就死了。继父弗雷德骗了我。”

“戴瑞是你给娃娃起的第一个名字吗？”

“不是。”

“告诉我这些名字的先后顺序。”

“第一个是金克丝，然后是戴瑞、贝拉，最后是诺拉。”

“现在认真听我说，莎莉，我想和排第一的金克丝谈谈。你认为她会同意吗？”

莎莉耸耸肩。

“那好，当我说‘到亮处来’的时候，你就退下去睡觉，让别人出来和我说话；我说‘回到黑暗中去’的时候，她们就会退回原来的地方。我会说什么？”

“‘到亮处来’，还有‘回到黑暗中去’。”

“很好，莎莉。现在我要和金克丝说话，让金克丝到亮处来。”

罗杰医生想和金克丝谈话，让我感到十分意外。我原以为他会先和我谈，因为贝拉对他提起过我，没想到他会按照顺序来。这可不是让金克丝出来的恰当时间。先让金克丝出来，他是自找麻烦，因为他根本不了解金克丝，也没有做好见她的准备。这样大概不好，但是他说出“到亮处来”的时候，我还是抢着跑出来了。金克丝一定气坏了。

“你好，”我说，“我知道你想和金克丝聊聊，可我觉得你应该先见见我，让我来告诉你金克丝的事，因为她是个非常危险的人物。”

“你是谁？”

“戴瑞。”

“戴瑞，你好吗？”

“不怎么样。”

“怎么了？”

“我过去出来要比现在容易多了。那时候我只需要溜进莎莉的脑海就行，就像把手伸进手套那样。可我现在出来的机会越来越少了。”

“你想要什么，戴瑞？”

“我想做一个真正的人。要是能随时出来，我就可以去滑雪、驾驶帆船和滑翔机。我还想尝试一下跳伞。”

“你以前做过这些运动吗？”

“有一次周末到佛蒙特度假，我滑过雪。我还扭伤了左脚踝，但莎莉不知道是怎么回事。我现在做慢跑运动。”

“你觉得莎莉是个什么样的人？”

“在我认识的人中，数她最无聊。你想象不到，她整天就知道看肥皂剧和娱乐节目，要不然就打扫房间，给房间吸尘，洗衣服，擦玻璃，等等。真是的，打扫完了很快就会脏，然后又得重来一遍。我可不想这样过日子，我只有在招待客人的时候才能感受到乐趣。”

“你为什么代替金克丝出来，能告诉我吗？”

“我听说你想和她谈谈，就觉得应当出来给你提个醒。你想象不到金克丝心里的仇恨有多深。她既聪明又狡猾，能把你玩弄于股掌之间，然后毁灭你。”

“她会伤害我？”

“我只能告诉你，和她谈话的时候，要先确定她手中没有武器。”

“金克丝杀过人吗？”

“迄今还没有，不过她有这个能力。她现在变得越来越强大了。她觉得生活就是一场盛大的撞车比赛，所以就应当坐进车里，在被撞倒之前，先把前面的人都撞得粉碎。”

“你似乎知道很多关于金克丝和莎莉的事，可是莎莉只记得你是她童年时的一个娃娃。你能解释这是怎么回事吗？”

“只有我知道大家心里都在想什么。我知道她们出来的时候都干了什么、想了什么。我是唯一能够看到所有事情发生经过的人，即使我待在里面没有出来。但是我无法控制她们，每个人出来都会做自己想做的事，因为她们是不同的人。除了莎莉，其他人都知道我，我还会告诉她们别人在做什么。莎莉至今都不知道有我们存在，不过她知道出了问题。”

“但你在里面，要如何知道发生了什么？”

“我出来的时候，就能凭感觉知道发生了什么事。如果是她们出来，我就躲在角落里窥视她们的内心，所以也能知道发生了什么。不过，我只知道她们看到的事。比如说，金克丝不怕疼，所以当她控制身体的时候，我就不怕挨揍；诺拉是个近视眼，如果她没戴眼镜，我就什么也看不清；要是贝拉出来跳舞，我也能感觉到音乐的节奏。因此，我能以不同的眼光看这个世界。虽然没受过多少教育，但我通过其他人学到了很多东西。”

罗杰冲我点了点头，又拉了一下耳朵：“戴瑞，你们是从哪里来的，能告诉我吗？”

“我们就在这里啊！”我答道，“自从莎莉给娃娃起了名字，我们就一直在这儿。我不知道是怎么发生的，但有了名字之后，我们就成了活生生的人——只不过莎莉不知道。我现在能问你一个问题吗？”

他似乎很吃惊，但还是点头同意了。

“我想知道，”我说，“用这种方法给莎莉治病，是不是意味着我们其他人都得死？”

罗杰惊讶得不知如何作答，他似乎从来没有想过这个问题。“不，当然不是。我的意思是，你们不会死。是……这么说吧，我会让莎莉意识到你们的存在，先从理智上，再从感情上接受你们。然后，我会让莎莉和其他人格沟通，这样你们就能共同合作，和谐地生活在一起。最后，在催眠术的帮助下，我会让你们融合成一个人，而不再是五个独立的人格。”

“听起来真可怕！”

“为什么？”

“因为我就是我！”我回答，“如果有人剥夺了你的自由，然后把你和另外四个人一起扔进一口大锅——就像炖菜一样，还告诉你不必担心，因为你们会融合成一个健康的新人，那你会怎么想？”

“不会这样的，戴瑞。”

“你怎么知道不会？你告诉过莎莉，你没有治疗过我们这种病。”

“我确实没有治疗过。”

“别的医生治疗这种病似乎也不太成功，”我对他说，“诺拉看过《人格裂变的姑娘》和《三面夏娃》，那些医生的办法就是消灭其他人格。至少他们自以为成功了。诺拉还读过一篇文章，里面说消灭其他人格根本无济于事，因为不同的新人格还会分裂出来。”

“正因为如此，我不想清除你们任何一个。在分裂之前，你们只有一个人格。所以我想让你们恢复到原来的状态，融合成一个人格。”

“无论如何都办不到！”

他皱起了眉。我知道自己让他感到不安，于是向他道歉，并表示愿意提供帮助。

“与莎莉合作对你有利，”他用食指敲着桌面，“帮助她保住这份工作吧。你是第一个出面的人，对吗？”

我点点头。

“那就帮助她继续在那里工作，挣钱生活，让一切都稳定下来。”

“然后你就可以让我消失了？”

“不是这样的。”

“莎莉才是那个应当消失的人。”

“为什么？”

“因为，”我说，“她对我们的存在一无所知，也不知道发生了什么事情，可是我什么都知道。我了解每个人的想法和感觉，难道最后留下来的人不应当是我吗？”

“并不完全是你想象的那样，戴瑞。根据这个领域众多医生的经验，大多数多重人格障碍患者都会发展出一个人格，他知道其他人格的存在，就像你一样。我们称之为‘共享意识’，并把这个人格称为‘记录者’。事实上，医生一般都会尽快与‘记录者’接触并合作，以便了解其他的人格，但‘记录者’毕竟不是患者本人。”

听了他的话，我感到十分沮丧。我原以为我才是那个“真正的人”，因为我知道其他所有人格的事情，而莎莉不过是自以为是。“‘记录者’戴瑞，这么说我很重要啊！那好，我同意合作，但是不能没有回报。我得提个条件。”

他似乎感到意外：“什么条件？”

“你得让她改变生活方式，换掉那个过时的发型，买些高雅的衣服，还要戒掉甜食帮助我减肥，这样我才同意合作。在担任‘记录者’的同时，我至少也要享受生活。”

“我会告诉莎莉的。”他转了一下身体，然后注视着我。我知道他要叫我回到黑暗中去，便自行退出了。

莎莉回来后，他把我刚才提的条件告诉了她，然后又告诉莎莉，以后进行催眠时他会说“他知道黑暗中发生的事情”，让她退到脑海的深处，而原来的“回到黑暗中去”和“到亮处来”，将会用于人格的转换。

“但是，只有我说这些话你才会做出反应，其他人说起不到催眠作用。清楚了吗，莎莉？”

莎莉点头表示听明白了。罗杰告诉她，他数到五，她就会醒过来，而且会感觉精神舒畅。他还告诉她，她也许能够回忆起治疗的全部或部分过程，但也许什么都想不起来。

莎莉真的什么都想不起来。

* * *

这个周末真难熬。我期待莎莉身上出现变化的迹象，就像罗杰为了争取我的合作所承诺的那样，但是，她走起路来还是那么慌慌张张、蹑手蹑脚的，我几乎不抱什么希望了。然而，大概一个星期之后，有一天艾略特在莎莉走出餐厅时叫住了她，想约她出去。我倒是无所谓，因为他约的是莎莉，而不是我或者贝拉。他真是找错了人。莎莉刚要一口回绝，突然想起罗杰对她说过的话，就红着脸答应了。

“你星期三晚上不用来上班了，”艾略特说，“我们先到狮冠酒吧喝几杯，然后再出去好好玩玩。”

星期三，莎莉在公寓里转来转去，感觉头有点儿痛，身体也似乎失去了平衡。她把约会的事抛在了脑后，开始清理窗户。她抬头望着公寓楼顶上反射出的耀眼阳光，突然觉得自己好像应该做什么事。到什么地方去？见什么人？

我按着她的手指在窗户的灰尘上写下“艾略特”几个字。她以为那是自己写的，终于想起了应该去狮冠酒吧和艾略特见面。

莎莉低头看了一眼身上穿的黑白方格裙子，第一次意识到自己的衣着有多么邋遢。买这条裙子的时候她很喜欢，可今天却突然觉得不好看……特别是不适合穿着它去酒吧见艾略特。不知道为什么，她突然觉得应该穿上那条蓝色的裙子。她总是压制着自己做事情的冲动，但此刻她想起了罗杰让自己尝试不同服饰的劝告。为了信守对罗杰的承诺，她决定换上那条自己认为很粗俗的蓝裙子。她希望艾略特不要以为这条裙子是为他穿的。

* * *

莎莉在六点钟准时到达了狮冠酒吧。这是一家坐落在麦迪逊大道上的英式酒吧，墙板和木质桌椅都是深色调的，里面十分拥挤。艾略特从后排的座位上向她挥手打招呼。他穿着一件宽松的紫色丝衬衫、一件白色的夹克，敞开的领口处露出戴在脖子上的鲨鱼齿项链。

“喝点什么？”男服务员操着布鲁克林意大利移民的口音问道。

“我要一杯无糖百事可乐。”

艾略特点了一品脱苦啤酒。

服务员端来了他们的饮料。艾略特指着那杯无糖百事可乐说："我原来就是靠这个度日的。你见过我挂在办公室墙上的照片，那时候我特别胖。"

莎莉点点头，小口喝着可乐："你就像换了一个人。"

艾略特的脸上泛出光彩："你知道别人是怎么说的吗？每个胖子体内都有一个瘦子嚷嚷着要出来，里面的那个才是真实的我。现在我出来了，让那个胖子在里面喊叫吧！"

莎莉莫名其妙地打了一个冷战，杯子里的冰块被抖得咔咔作响。她只好放下杯子。

"你现在一定感觉好多了。"她说。

"我感觉自己又成了年轻人。后来我去了趟瑞士，因为有个客户告诉我，那里有个青春之泉诊所。那些瑞士医生有让人永葆青春的秘诀，他们采用节食和毛孔收缩之类的方法，让我花了一万美金！不过，能够恢复青春，花这么多钱是值得的。给我治疗的医生后来惊讶地告诉我，我的身体棒极了，就像三十岁的小伙子一样。"

他边说边挑逗地盯着莎莉的眼睛。

"身体健康就好。"她说。

"这些天我一直都在想你，莎莉。你真是太棒了，风趣、神秘，而且变化莫测，让人猜不透下一刻你会变成什么样子。上一刻你还拒人于千里之外，好像被人碰一下就会崩溃，但转眼间你又变得镇定自若。顾客满座的时候，我从没见过像你干活这么麻利的人；对付那些公子哥的时候，你又像个深谙世故的女人；可有的时候，你又像个不知所措的小女孩。我真搞不明白，一个女人怎么会有几种不同的性格。你懂我的意思吗？”

莎莉喝了一口可乐，慢慢地放下杯子，身体向后靠在冰冷的皮椅上。“我……我没什么好解释的，尼尔森先生。女人就是善变……情绪化……”

艾略特望着她摇摇头：“我感觉事情没有那么简单，请叫我艾略特。”

“听着，尼尔森先生，我不知道你想要我怎样回答。我答应和你出来，可不知道你准备和我讨论个人情绪这么严肃的问题。你应该知道，女人有时候会紧张和情绪化，就是这么简单！”

“对不起，我可不想让你感到不安。”

“我头痛，而且很厉害。对不起，尼尔森先生，我要去下洗手间。”

莎莉站起来，踉踉跄跄地向洗手间走去。

她感到眉间和脑后都开始痛。一阵寒意袭来，她不禁颤抖了一下，身体似乎发生了变化。她走进洗手间，站在洗脸池前用冷水冲脸。她知道，只要放松下来，只要退回到黑暗之中，疼痛就会消失，但是她不想退出。她必须稳住，抑制想躲到什么人身后的冲动——每次遇到与性相关的事她都会如此。她必须留在外面去面对这个世界。她必须……必须……上帝！请……不要……

贝拉微笑着望着镜子中的自己。

她用舌尖舔了舔嘴唇，又看了看牙齿。她伸手到包里找口红或者唇膏，但是没有找到。包里甚至连眉笔都没有，真是糟糕透了。她的脸上没有化妆，毫无光彩，好在身上这条裙子还过得去，尽管不是自己的。她把胸前的拉链向下拉了拉，露出乳沟。她想去看表演和跳舞……她要好好享受一下。

她绕过艾略特·尼尔森的座位，径直走出了狮冠酒吧。

“莎莉，你到哪儿去？”艾略特叫道。

她应声回头看了一眼，转身走回来。她知道自己没有见过这个男人，不过看得出来他已人到中年。从他身上穿的紫色丝衬衫就可以看出，他一定是个放荡的人。

“嗨！”她说道，“你好，你很可爱呀。”

艾略特露出惊讶的表情。

“你怎么了，莎莉？看起来怪怪的。”

“你干脆叫我的小名吧，贝拉。”

“贝拉？”

“我该怎么称呼你？”

他四下望望，似乎想确定是否有人在看着他们：“大多数朋友都叫我艾略特。”

“没戴结婚戒指，艾略特？”

他笑着说：“没错。自从第三任妻子两年前离开后，我就成了一个快乐的单身汉。”

她用指尖上下抚摸着他的丝衬衣，噘着嘴说：“快乐就是青春常在的秘诀。我猜你一定很会跳舞，艾略特。我突然想去跳跳迪斯科，我已经很久没跳了。想陪我一起跳吗？”

“你又变了个人。”

她微笑着用舌尖舔了舔嘴唇：“这样更容易让你着迷，亲爱的。”

“你去洗手间之前我们说了什么，你还记得吗？”

她想了想：“不太记得了，我没用心听。说这些干吗？我们不是出来玩儿的吗？我是说，我不喜欢谈论严肃话题。艾略特，想跳舞吗？”

“那当然。不过，我们是不是先去吃饭，然后再看场电影？”

“哦，电影就算了吧，我还是喜欢看现场表演。我们去看场表演，然后去跳舞，再去喝上几杯，好好享受一下……不按这个顺序也行。”

“那好，贝拉，先吃饭？”

“我什么时候都有食欲。我想来点音乐、灯光和节奏。我可是有几千年没跳过舞了。”

“那就去跳舞，宝贝，”他说，“我突然也想跳了。我知道有个特别棒的地方，经常去。”

艾略特付完账，两个人就跑到外面叫了一辆出租车。艾略特拉开门让贝拉进去，随即钻进车坐到贝拉身旁，并告诉司机去黑猫俱乐部。

“我真搞不明白，你怎么突然像变了个人似的。”

贝拉紧紧地靠着他的身体，抱着他的脖子开始吻他。

贝拉终于松开他时，艾略特喊道：“哎，我以为你想去跳舞呢。”

“我是想去跳舞啊。”

“你让我这么兴奋，还怎么跳舞？”

她咯咯地笑着："我忘了，对不起。"说完，隔着裤子捏了他一把。

"哎呀！"

"冷静，冷静点。"

"说得倒容易。"他伸开双臂抱住贝拉，但是她闪开了。

"好吧，我们先去跳舞，然后去看场表演，最后再去你住的地方玩玩。"

她探过身去，用舌尖舔着他的嘴唇。

"你倒是事先给个信号啊！"艾略特抱怨着。

到了黑猫俱乐部，没等艾略特付完车费，贝拉便径直冲了进去。这里显然是单身青年男女经常出入的地方。

"哎，等等！"艾略特喊道。

"等不及了，"她说，"我得在幕布落下之前赶到。"

艾略特付了入场费，气喘吁吁地赶上她。"天啊！你怎么突然变得这么急不可耐！不用着急，夜还长着呢。"

"得赶快！"她的声音被扩音器巨大的声响淹没，身体却早已随着旋律扭动起来，"时间一去不复返，我必须抓住当下伸展自己的身体，因为没有未来。"

"你说什么？"他大声叫着，也随着音乐摆动起来，就好像上了发条的玩具。

"没事！"她大叫着回答。

贝拉沉浸在音乐之中，越跳越起劲，整个身体都随着音乐的节奏扭动着，胸部也随着音乐的节奏与内衣摩擦着。她真想脱掉衣服，赤身裸体地跳舞。

“你太漂亮了！”好不容易把她拉回桌旁，艾略特对她说。

“再说一遍。”

“你是我见过的最刺激、最惊艳、最狂野、最性感的女人！”

“那当然。”她低声说。

“而且还是最令人困惑、最神秘、最善变和最有诱惑力……”

“谁？你在说我吗？是我这个可爱的贝拉吗？”

“不过，有件事让我感到害怕，贝拉。”

“什么事？”

“我怕你变化。怕你走进洗手间，出来时就变成了另一个人；或者我刚转个身、眨下眼，还没来得及抱你，你又变成了另一个人……”

“那是因为我是世界上最棒的演员。不过，我不想谈论这么严肃的话题，今天是来享乐的。”

“但是我们必须谈谈。”

她站起身：“要是你非得这么认真，那我就走了。我可不是严肃认真的人，艾略特。如果你真喜欢我，就得接受我现在这个样子。如果你坚持要问我是谁、是什么样的人，我就不得不走。”

“别急啊，灰姑娘。我只是随便说说，别走。”

贝拉坐下来：“我可不是灰姑娘辛戴瑞拉，别再这么叫我。我可以扮演各种角色，就是不想当灰姑娘。”

“好，好的，对不起。”

“说说你自己吧，艾略特。你靠什么生活？”

他仔细地端详着她。贝拉立刻意识到自己犯了个错误，起身想要离开，但被艾略特拉住。“你工作的餐厅归我所有，贝拉。我是黄砖路餐厅的老板之一。”

“我当然知道，”她试图掩饰自己的错误，“我只是和你开个玩笑。”

“你可真是世界上最伟大的演员。”

“这是我的梦想。只要给我机会，我一定能靠唱歌、跳舞一举成名，还能挣很多钱。”

“这我相信。”

“我不仅会跳舞，”她说，“我还在舞台剧中扮演过几个角色，在外百老汇的乡村咖啡馆里朗诵过诗歌。大家都夸赞我演得非常棒。”

“是吗？”他说，“那你为什么不在黄砖路餐厅表演呢？我们那儿也经常有表演秀。你可以唱歌、跳舞，或者展示其他才艺让顾客欣赏。”

“那太好了，我就喜欢表演。”贝拉把他拉过去，又给了他一个吻。

“你想走吗？”

“去哪儿？”

“去我那儿，或者到你家去？”

“我想跳舞。”

“天啊！你不会是想跳一晚上吧？”

“那又怎么啦？晚上最适合跳舞，总不能清晨或者下午跳吧？”

“可是我的脚已经跳疼了，”他说，“我渴望食物，也渴望得到你。”

“可是我只想跳舞。”

贝拉起身独自跳起来，接着又和其他男人跳。她的身体和手臂随着音乐的节奏急速舞动着，似乎是想借此摆脱其他人，让自己留在当下这个世界。她觉得自己一旦停下来，周围的场景就会变换，一切都会停止，而幕布亦会在她尚未做好准备之前落下。这种感觉令她感到害怕。突然，她感到一股压力冲着脑后而来，于是拼命挣扎着。这太不公平了，才出来这么一会儿！但是她已经被压得喘不上气来，周围的一切都在旋转。她昏倒在地板上。

* * *

莎莉睁开眼睛，闻到一股呛鼻的氨水味。

她望了一眼四周，脑子里一片空白。她感到害怕："我这是在哪儿？发生了什么？"

"你在舞厅里昏倒了，"舞厅老板边说边拧紧氨水瓶盖，"你没事吧？要叫医生吗？"

"舞厅？我不是在洗手间里吗？"

舞厅老板看了一眼艾略特："洗手间？"

"对，她刚才是去了洗手间，她感觉不舒服。我去叫辆车送她回家，一会儿就没事了。"

"现在几点了？"莎莉问。

"十一点半。"

"上帝！艾略特，快送我回家，现在就走。"

前厅服务员帮他们叫来一辆出租车。上车后，艾略特仔细地端详着她。

“想告诉我究竟发生了什么吗？”他终于开口问道。

“我昏倒了，就是这样。”

“不仅如此吧？贝拉，一定还发生了其他的事。”

她赶紧扭过头：“你为什么叫我贝拉？你在我的饮料里下了药？”

“上帝，你在说什么呀？”

“我们去了狮冠酒吧，你给我点了一杯无糖百事可乐，然后我就昏倒在舞厅的地板上。我的可乐里一定被人下了药。”

“听我说，贝拉……”

“别这么叫我，你知道我叫莎莉。”

“那好，莎莉，听我说，我不知道该如何处理这种事。今天晚上我一直在仔细观察你，我觉得托德说得对，你拥有双重人格。你明白这是什么意思吗？刚才你还是莎莉，然后你去了洗手间，从那里出来你就变成了贝拉。你在舞厅里整整跳了三个小时的舞，昏倒在地板上。等你醒来，就又变成了莎莉。你大概是个非常棒的演员，但是……”

“我根本不会跳舞，艾略特。我从来都不跳舞！”

他盯着莎莉：“别再和我说你不会跳舞了！”

“我说的是实话。我笨手笨脚的，根本没有乐感，也跟不上节奏。”

“你答应在我们餐厅表演，说自己演过戏，还朗读过。这些又如何解释？”

“我没说过。让我当众表演，会吓死我的！”

艾略特把头靠在椅背上：“真不敢相信，如果不是亲眼看见……

亲耳听见……你今晚的两种表现与在餐厅里的言行完全是两回事……”

莎莉沉默不语，强忍住泪水，感觉自己快要窒息了。

“你去看过医生吗？你需要帮助，去看看精神病医生吧。”

她点点头：“这就是我出来工作的原因，仅靠赡养费我看不起医生……”

车开到六十六街和第十大道的交叉路口，在她居住的棕色建筑前停下。艾略特一直没有说话，付完车费便跟在莎莉身后。他在楼旁已经熄了灯的裁缝店窗前停下了脚步。

“那儿有个警察。”他说。

“不是，”她说，“那是格林伯格先生的假人，墨菲。”

“什么？”

她带着他走近玻璃门，墨菲就站在后面，左手握着警棍，右手高举着，摆出警察的姿势。“他是格林伯格先生的警卫。这家店去年被偷过四次，连顾客的衣服都被偷走了。格林伯格先生打烊后，就让墨菲站在显眼的地方值班。”

“要是走近看，就哄不了人了。”

她耸耸肩说：“格林伯格先生说大部分人都不会细看。偷东西的人都是慌慌张张的，看见穿着警服的墨菲，第一反应就是转身逃跑。他说这是心理作用。”

艾略特大笑起来：“上帝，他可真吓人。晚安，墨菲警官！”

莎莉走到旁边的大门前，在最上面的一级台阶上坐下。艾略特低头望着她。

“你没事吧，莎莉？”

她点点头，示意他坐到自己身旁。“我现在不想上去。和我聊一会儿吧，谈谈你自己。”

艾略特在台阶上坐下：“我最喜欢聊自己。你想知道什么？”

“你和托德是怎么成为合作伙伴的？你为什么从事餐饮业？”

他微笑着将手臂搭在台阶上：“直到七十年代中期，这家店一直属于我。我的老父亲把我送到学校去学兽医，我拿到了学位，可是后来却对动物皮屑过敏。”说到这里，他重重地拍了一下膝盖，“那时候我贪图享乐，想过一种更刺激的生活。”

“你怎么找到这家餐厅的？”

“从西弗吉尼亚山上沿着黄砖路一直找下来。”

“什么意思？”

“所谓黄砖，其实就是假金砖，骗子用它来忽悠那些愚蠢的投资者。我父亲也干过骗人的勾当，不过不是卖假金砖，而是在全国各地推销毫无价值的煤矿股票。那些煤矿开采的煤含硫很多，只有在地狱里才能燃烧。后来他到了纽约，就在他失去所有的一切并被抓进监狱之前，他以我的名义买下了这个餐厅。所以说，餐厅是我继承的家产。”

“那托德怎么成了你的合伙人？”

“七十年代经济不景气的时候，我的生意状况很糟。记得第一次阿拉伯石油禁运的事吗？那时候我差点丢了这个餐厅，而托德却靠扑克赌博赚了不少钱。看到我快要破产了，他就投资帮了我一把。后来他的赌运一直不好，直至六个月前洗手不干时，已经输得只剩下这个餐厅。你大概想象不出，两个不同年代的人竟然能成为合作伙伴。不过，我们合作得很好。”

“真不错。”

停了好一会儿他才说道：“现在该你了，今天晚上究竟发生了什么？”

莎莉脸上的笑容消失了。

“从走进狮冠酒吧的洗手间到躺在舞厅经理办公室这段时间发生的事，你真的不记得了？”

她摇摇头说：“一片空白。”

“贝拉这个名字与你有什么关系？”

莎莉看着自己的双手说：“有些人叫我贝拉，把我当作她，但这些人我根本不认识。也许是一个长得非常像我的人吧。”

“你从洗手间出来，就说自己叫贝拉。”

“不可能！”

“而且你完全变成了另外一个人，既狂野、性感，又精力充沛。你昏倒之前一直在不停地跳舞。”

她凝视着他，然后放声大哭起来。

“哎！上帝，我不是有意伤害你。我只是觉得应当让你知道发生了什么事，这样你就可以想办法解决。你应该把这些告诉医生，他会给你治疗，让你的大脑恢复正常，这样你就没事了。我想告诉你，有什么困难可以找我这个朋友。你可以随时给我打电话，无论白天还是夜晚。工作的事不必担心，遇到困难我会帮助你。”

“谢谢你，艾略特。”莎莉微笑着擦拭泪水，“你是我认识的最善良的人。”

莎莉在艾略特的注视下走到门口，伸出手来和他道别。他抓住她的手说了声晚安。

莎莉走进公寓，四下查看并确认没有别人后，才走到镜子前端详着自己，看看是否还是自己熟悉的那张脸。她害怕忘了自己的长相。

“你真的是要疯了。”她对自己说。

然后，她躺在床上盯着天花板。

好不容易睡着之后，她梦见自己和艾略特在海滩上跳舞。不对，那不是艾略特，是墨菲，另一个人也不是她，而是一个叫贝拉的假人。她和艾略特一起舞入了大海，直至被浪花淹没。他们被海浪冲散，沉入了海底。

第四章

第二天晚上，莎莉又做了同样的梦。星期五去医院的时候，她把这件事告诉了罗杰。他让她躺到沙发上，回想自己在梦中看到了什么。她断断续续地想起了一些情景：假人……衣服……平滑……坚硬……分开……裸体……死亡……辛戴瑞拉……

回想到这里，她遇到了阻力，无法继续下去。

“我们退回去一点儿，‘分开’让你联想到了什么？”

“什么也没有。”

“你的潜意识在试图与你沟通，莎莉，你应该敞开心扉，接纳自己体内想帮助你的力量。”

“我不明白你的意思，罗杰医生。”

“我愿意帮助你，莎莉，但是，认识问题和寻找解决问题的办法只能靠你自己。‘辛戴瑞拉’让你联想到什么？”

“死亡。”

“为什么？”

“她是我养的小猫，但是死了。”

"怎么死的？"

"我不记得了，"她说，眼泪开始往下淌，"很多事情我都不记得。"

"'跳舞'又让你想到什么？"

她不安地回避了这个问题，沉默了好一会儿才答道："等一下，我想起了关于灰姑娘辛戴瑞拉的事。我给一个娃娃起名叫戴瑞，用的是灰姑娘名字中间的两个字……哦，我以前告诉过你吗？"

"你记得和我说过吗？"

"不记得，只是觉得可能告诉过你。我说过吗？"

"说过，"罗杰答道，"你被催眠时提起过这件事，可是你清醒后就什么都不记得了。"

"我不记得被催眠时自己说过或者做过什么，只是有些模糊的感觉。"她再次沉默了。

"你在回想跳舞的事。"

她呆呆地望着他："是吗？"

罗杰微笑着点头说："可是你终止了联想，转移到其他事情上去了。"

她向后靠到沙发上，感觉身体重重地压在上面，就好像要钻进去一样。

"我不会跳舞，"她说，"从来都不跳。我很笨，也没有节奏感。我不喜欢跳舞。"

他点点头，等着她继续说下去。莎莉扭动了一下身体，眼前浮现出梦境——一个黑影疯狂地舞动着，长长的红头发随着身体飘荡……

她突然想起了“贝拉”这个名字。

“昨天晚上我和老板艾略特在一起。他说我一直在跳舞，还说自己叫另一个名字。”

“什么名字？”

“贝拉。”

“你用过这个名字吗？”

“当然没有。我以前有个娃娃叫作贝拉……”

“怎么停下来了？”

“我觉得以前对你说过。”

他点点头：“你确实告诉过我那些娃娃的名字。”

“被催眠的时候？”

“是的。”

“我怎么不记得？”

“因为这些事让你感到痛苦，所以你不想记起。”

“为了治好病，我必须回忆这些事，对吗？”

“到时候，”他说，“你会想起来的，不必着急。”

莎莉低头看着地板：“这些娃娃后来变成了我想象中的朋友，我告诉过你吗？我和她们说话，还假装她们也和我说话。”

“你提起过和贝拉说话的事。”

“这些娃娃彼此不说话，她们只和我说。我从来没有对别人提起过这件事。我假装成立了一个俱乐部，叫作‘神秘五人组’。成员有戴瑞、贝拉，还有诺拉，另外一个我不记得了……她到处惹麻烦。我想象我们经常聚会，我用茶和松饼招待她们。我们一起谈论学校里的事，还有男孩子以及其他一些重要的事。”

“你想象中的朋友后来怎么样了？”

“我不知道。”

“你最后一次和她们说话或者见面是什么时候？”

“大概是我和拉里开始约会之后，这个俱乐部就解散了。”

“什么时候？”

“高中毕业以后。”

“你是怎么解散这个俱乐部的？”罗杰问道。

莎莉转过头看了他一眼，不明白为什么自己如此信任他，竟然说出了自己从来不与人分享的秘密。他皱着眉头，关切地注视着她。

“我说自己不想再见到她们了，”她继续说道，“可是戴瑞说没那么容易，她们一旦被创造出来，就不会消失。诺拉也说她们有权存在。”

“那你怎么办？”

“我尽量忙碌着，强迫自己不去想她们。”

他点头示意她继续说下去。

“从那以后我就越来越爱忘事，有时候会忘记很长一段时间发生的事。别人说我做过的事情，我一点儿都不记得。我知道自己根本不可能做那些事，例如……”

“例如什么？”

“艾略特说，那天晚上我说自己叫贝拉，还跳了整整一晚上的舞……”

“你认为这是怎么回事，莎莉？”

“我不知道。我觉得自己疯了，可是你说我没有。”

罗杰摇摇头，坚决地说：“你没有疯，也没有精神失常……那些与现实脱节、无法正常生活，或者对自己和他人构成威胁的人才被视为精神失常。”

“那我是怎么回事？”

“你的情况过去被称为神经官能症，但现在专业人士认为病情要更为严重，属于‘分离性障碍’，包括遗忘症、神游症、梦游症，以及最近经常被提及的多重人格。”

她点点头：“我的遗忘症，可以治好吗？”

罗杰起身走到桌旁：“我认为可以治好，但你首先要理智地承认，并在感情上接受自己有这些症状。你必须认识和了解自己，并相信这些都是自己的行为，这样我们才能设法改变。”

她知道他是想让自己明白什么事，于是问道：“你的意思是我不只是有遗忘症？”

他点点头。

“那是不是也有……多重人格……？”

他把双手放在她的肩上，确定地说：“我认为我们面对的就是这个问题，莎莉。你那些想象中的朋友已经具有了独立的人格。别人看到你做过一些事情，但你毫无记忆，就是这个原因。你做这些事情的时候受到了其他人格的控制。”

莎莉点头说：“这么解释我就明白了，我从来没有想过……”但她心里却不相信这是真的。罗杰没有说服她。

“我们要做很多艰苦的努力，”他说，“因为我们对多重人格所知甚少，这个治疗方法也只是个尝试，但是，如果你深入了解了自己的情况，我们就能找到解决办法，或许能治愈你。”

“谢谢，罗杰医生。我会按照你说的去做。”

“下周见。”

然而，莎莉走出医院的时候却决心不再回来，不把大把钞票送给那个试图让她相信自己拥有多重人格的医生。毫无疑问，她的病一定有其他原因。

* * *

那天晚上，莎莉躺在床上翻来覆去，无法入睡，于是起身想找本书看。书架上摆满了书，但她不记得都是什么时候买的，例如康德的《纯粹理性批判》、乔伊斯的《芬尼根的守灵夜》。她拿起来翻了几页，困惑地眨了眨眼。她发现自己根本看不懂书的内容，于是将书扔到地板上。既然看不懂，为什么还要买？

她又拿起一本名为《新女性：现在要争取平等》的小册子，翻到扉页，赫然发现诺拉大大的印刷体签名。她连忙拾起刚才扔到地上的那几本书，发现上面都有诺拉的签名。

也许是自己写完又忘了，她自我安慰着。

她在几本书的后面发现了一个装着按摩器的盒子，里面还有一张皮肤护理说明书。她也不记得曾经买过这个东西。后来，她又发现了两本卷起来的《花花女孩》杂志。翻到中间的插页，她被眼前的画面惊呆了，不禁喘着气倒退了一步。真恶心！这是自己买的？绝对不可能！她甚至从来都不看男人的裸体图片。

拉里倒是常看《花花公子》杂志和裸体女人照片，还有性手册中的淫秽图片。嫁给一个心灵肮脏的人真可怕。

她努力让自己入睡，但每次一睡着就会梦见海滩的情景。然而那天晚上，她梦见的不是墨菲和贝拉，而是自己的双胞胎。漂浮在海面上的他们被冲上沙滩，身上缠满了水草，头和腿不自然地扭曲着。

她从梦中惊醒，气喘吁吁地坐起来。她虽然知道时间太早，但急于知道孩子是否平安，还是忍不住拨了拉里家的电话。睡梦中的拉里接了电话，非常不高兴。

“别生气，拉里。我刚才梦见彭妮和帕特了，是个噩梦，我看到他们受伤了。”

“他们什么事都没有。”

“我可以和他们说话吗？”

“他们还在睡觉。上帝，现在可是夜里两点啊！”

“我有权和他们说话。”

“你已经没有权利了，莎莉。”

“拉里，麻烦你去看看，我有种不祥的预感。”

“你总是有预感。等一下，我去看看再告诉你。”

拉里放下电话走开后，她等待了几秒，听着话筒那边的动静。她听见有个女人在问是谁打来的电话。

接着，安娜拿起电话问道："你为什么总是纠缠他？你没日没夜地打电话，快把我们逼疯了！你要是再这样，我们就报警！"

"胡说！我已经好几个月没有给他打电话了。"

"你这个骗子，昨天和前天晚上你都打过电话。就是你打的那些猥亵电话。一会儿想让他回到你身边，一会儿又威胁说要杀死他和两个孩子。我告诉你，法官说如果你再这样，就剥夺你探视孩子的权利！"

"不行！"莎莉尖叫道，"你不能这么做，绝对不行！他们是我的孩子，是我和拉里的孩子，你无权这么做……"

"没有权利的是你。你这个精神失常的疯子！如果你不停止骚扰和威胁……"

莎莉听见拉里低声说："别说了，安娜。不要理她，她疯了。"

"她会让我们提前丧命的。"

他们两人争吵了一会儿，然后拉里拿起电话说："听着，莎莉，两个孩子都没事，睡得很好。我知道你状态不好，但安娜说得没错，你必须停止没完没了的电话骚扰。"

"可是我没有打过电话，拉里。这是我几个月来第一次给你打电话。我不知道她在说什么。我仍然爱你，拉里。"

"你又来了？我的天！我以为你已经改了说谎和操纵别人的毛病。这个月你在夜里两点到四点之间吵醒了我三次。你不分昼夜地往我办公室和家里打电话。你把我当成自己的什么人了，莎莉？正是你的疯狂行为破坏了我们的婚姻。我们已经离婚一年了，你为什么还来骚扰我？我还以为你已经悔过自新了。”

“我在努力，拉里。我正在找精神病医生治疗，已经好多了。我还在一家餐厅找了份服务员的工作，不会再向你要赡养费。我不想打扰你，只是无时无刻不在想你。我很痛苦，也很担心孩子。”

“够了，没什么好担心的。我们照顾得很好。”

“安娜不是他们的母亲。我才是他们的妈妈和你的妻子。”

“听着，一切都已经结束了，莎莉。现在安娜是我的妻子，而且把他们当作自己的孩子。”

“不，”莎莉啜泣着，“不，她不能这样。他们是我的孩子，我不能让别人抢走，宁愿他们……”

她的脑海中再度浮现出孩子受伤的身体。她在说什么？她究竟在想什么？

“对不起，拉里，我不是这个意思。我只是想让一切都恢复正常……”

对方咔嗒一声挂断了电话。莎莉放下话筒，把头靠在枕头上。至少孩子安然无恙。她终于睡着了。

我觉得此时正是自己出来的好时机。我毫无困意，心里不断想着罗杰白天在办公室里对莎莉说的话。于是我起身穿上衣服，下楼去找墨菲。找一个假人聊天听起来有点儿不可思议，但我无法向别人倾诉最近发生的事。我当然也可以去找罗杰，不过我觉得和墨菲说话要轻松得多，因为他是我想象中的朋友。

墨菲正站在玻璃窗后面“值勤”，左手握着警棍，右手高举着。

“我需要找个人谈谈，墨菲。”我对他说，在他面前的台阶上坐下来。

“我明白你的感受，墨菲，”我说，“日复一日地站在这里，看着别人享受生活，自己却要在这儿站岗，守护这片地方。我猜你也和我一样，梦想着上帝有一天会把自己变成一个真正的人。记得《木偶奇遇记》吗？奥斯卡给莎莉讲这个故事的时候，我就爱上它了。小木偶后来变成了真人，你也会的。世界上一定有成千上万想象中的朋友和我们一样，希望自己有朝一日变成真人。”

墨菲一言不发，我也没指望他和我说话。有人倾听，我已经心满意足了。“现在的问题是，墨菲，莎莉根本不相信罗杰说的话。让莎莉接受自己拥有多重人格的事实并意识到我们的存在，对她是福还是祸？罗杰说治愈莎莉并不意味着我们就得死，我相信他，可是他自己确信吗？”

墨菲倾听着，笑容中透着悲哀。

“如果莎莉或者诺拉自杀了，我们其他人会怎么样？我过去以为人死之后，灵魂——我们所有人的——就会得到解脱。然后，我们每个人都会因生前的行为而获得救赎或者受到惩罚。我相信上帝不会因为金克丝或者贝拉的恶行而惩罚我。莎莉和我是无辜的，我们应该去天堂。你说呢，墨菲？

“我现在还不清楚诺拉的为人。她基本上是个好人，受过良好的教育，但她是个无神论者。她不相信上帝，还经常抨击政府。她赞同群居和激进思想，例如自由与平等。我赞同诺拉的观点，可是贝拉激烈地反对她的言论。贝拉说只有她那种人才能改变现状，因为只有女人能让男人去做符合女人心愿的事。贝拉那么一说，我又觉得她的话有道理。诺拉赞成堕胎，大概进不了天堂。除了偶尔在商店里偷点儿东西外，她倒没干过什么坏事。她还有一些坏想法，但没有实施。她这样的人会下地狱吗？企图自杀但没有成功，结果会怎样？”

我知道如果墨菲能说话，一定会告诉我“不知道”，因为没有人知道确切的答案。

“有时候我想，”我继续说，“像我们这样的怪异心理组合——就是罗杰所谓的多重人格，如果其中一个人死了并进入来生，其他人大概还能继续活下去。倘若如此，我即使没有亲身体验，也能知道死后会发生什么事。这将是一件……”

我觉得墨菲赞同我的想法。

“墨菲，那个真正的人应该是我，对吧？上帝啊，我想成为一个真正的人！”

那天我和墨菲一直聊到将近夜里四点，真正深入到了精神层面的问题，就好像我在乞求帮助。

高举着右手的墨菲像是在祝福我，令我颇感欣慰。同墨菲谈话，我对自己有了更多的了解，并相信在莎莉接受事实之后，我在这个世界上仍然会有一席之地。

第二天清晨醒来，莎莉为自己昨天晚上给拉里打电话的事感到羞愧。她本想再给他打个电话表示歉意，但想到这样会让他更生气，于是作罢。她去找衣服，竟挑不出一件满意的。她需要买几件新衣服来振奋情绪。

莎莉决定到霍顿商场转转。在乘地铁前往三十四街的路上，她一直紧张地坐在那里，心中充满了恐惧。她曾经看过很多有关地铁攻击事件的报道，因此仔细地审视着车内每个男子的脸——特别是年轻男子。现在的青少年暴力倾向越来越严重，让人失去了安全感。他们还偷钱去买毒品，让纽约变成了一座充满罪恶的城市。换车时，她紧张地将红色的大手提包夹在腋下，观察着是否有人跟踪自己。

走进霍顿商场熟悉的大门，她才松了一口气，但仍然将手提包带挂在肩上，用手紧紧按住，像电视里打击犯罪宣传片中提示的那样。

莎莉买了两条裙子、一条休闲裤和一件浴袍，款式与她平常穿的都不同。她感觉自己的着装风格变得年轻和时髦了。买这些东西，她几乎掏空了腰包，剩下的钱仅够买回去的车票。她决定过几天到霍顿商场开个账户。

乘自动扶梯下楼的时候，莎莉发觉一个身穿牛仔裤和棕黄色风衣的麻脸男子一直跟着自己。她在二楼下了扶梯，向电梯走去，那个男子也尾随她进了电梯。他站在她身后，双手插在裤兜里。莎莉紧靠着电梯，脖子后面开始疼痛起来。她想等他先下电梯，然后自己再到另一层下去。可是直至电梯升到顶层，男子仍然留在电梯里。就在这个时候，头痛消失了，她感到浑身发冷，不禁颤抖起来……

诺拉走出电梯，搞不清楚自己到霍顿商场来干什么。

从海滩回来后，这还是她第一次出门。她还记得内森的海景、雨夜、脚趾间潮湿的海沙，还有三个男人将自己拖到栈道下面的事。她得去问问戴瑞，从科尼艾兰回来之后究竟发生了什么。

她打开手提包，发现里面有一件短浴袍，因而断定出来买东西的一定不是莎莉。这些东西大概是贝拉或者戴瑞买的。她心想，既然都已经来了，何不买些绘画用品？可是她打开钱包，却发现里面只有一元五十美分，连乘出租车回家都不够。真该死，连支票本都没带！

诺拉对那个让自己陷入困境的人十分恼火。她走到绘画用品区，趁店员转头之际，将三大管颜料偷偷放进购物袋，然后又巧妙地偷了两把刷子，因为她觉得自己也需要。

确信没人看见自己的举动，她便乘自动扶梯下了楼。这时，她发现一个身穿牛仔裤和棕黄色风衣的麻脸男子尾随着自己。她心想，这个无赖要是想偷钱包，那可要失望了。

那个男子追上诺拉时，她已经走出了大门。

“小姐，”他开口道，“我是店里的警卫，请你跟我回店里去。”

诺拉瞪着他：“你说什么？”

“麻烦走一趟。”

“我怎么知道你是不是警卫？”她说，“我倒觉得你是个扒手。”她说完便继续向前走，希望能强行摆脱他。

“小姐，”他和她并排走着，“等等！”他掏出皮夹，亮出了霍顿保安处的警察证件。诺拉这才注意到他风衣下的肩带上挂了把手枪。

“我什么都没干。”她说。

“跟我走吧，我们会搞清楚的。”他说。

诺拉转身与他一起往回走。“我的律师会给你打电话，”她说，“我要控告你和这家商场诬告！”

他将她拉进标着“员工专用”的电梯，然后转身说：“现在我们可以到行政办公室去报警，或者……”

他上下打量着诺拉，语气缓和下来。从他的目光中，诺拉看出他是想做个交易。

“或者怎么样？”

“也可以跟我去地下室。那里有个小仓库，我抓的四十个妞儿都去过那儿。那里很隐秘。”

“那又怎样？”

“你对我好，我也会对你好。”

“我可以留着这些东西？”

他耸耸肩说：“有何不可？又不是花我的钱。”

诺拉伸手去按下去往地下室楼层的按钮，想多争取点时间，设法逃走。

电梯下降时，他伸过手抚摸着她的臀部。

“你真是个美人儿。”他低声说。

“我知道，”她回答，“正好是你喜欢的类型。”

到了地下室，他们走出电梯。他领着她穿过堆满纸箱的过道，走进一个小房间。看到周围空无一人，诺拉刚才表现出的强硬态度顿时荡然无存。她突然意识到自己已无路可逃。他开始抚摸她的乳房。诺拉感到一阵凉意，身体开始颤抖。“来呀！宝贝，”他说，“你和我一样迫不及待吧？”他拉开裤子的拉链。诺拉转过头，闭上了眼睛。

* * *

麻脸男子抱住她的臀部拉向自己。金克丝用力推开他，厉声叫道：“拿开你的脏手！”

他被这突如其来的声音变化吓了一跳，慌乱中抓住了金克丝的手臂。她顺势抓住他的手使出一记过肩摔，然后迅速将他按倒在地。紧接着，她用膝盖猛顶他的腹股沟，并用手掐住他的喉咙。

“我应该杀了你，狗娘养的畜生！”

这个年轻警卫被金克丝掐得喘不过气来，眼珠几乎要蹦出眼眶。她将手伸进他的外衣，从肩带上摘下了枪。

“这个能派上用场。”

男子恐惧地望着她。金克丝举起枪在他头上猛力一击，他昏了过去。

“教训教训你这个侵害良家妇女的畜生！”

然后，金克丝将他的身体扶正，让他看起来像是躲在角落里睡觉。临走前，她把手枪放进自己的手提包，关上房门。在纸箱中间转了好一阵，她才找到员工专用电梯。上了电梯，她按下一楼的按钮。走出商场大门，她立刻消失在人群之中，随着人流向七街出口走去。

金克丝乘地铁回到自己的公寓，刚进屋就立即查看了购物袋里的东西。那些衣服和油画颜料令她感到厌恶。她又查看了那把点三八口径的手枪，发现里面上满了子弹，于是决定把它藏到一个其他人不会发现的地方。她从厨房拿来一个塑料袋，把枪放进去。等到天黑，她从地下室拿了一把铲子，从后门溜进公寓的后院。确信周围没有人后，她在一根电线杆的右下方挖了一个大约一英尺[1]深的坑，将包好的手枪放进去。为了不让人看出是新挖的，她把坑口填平，然后用杂草盖好。

回到公寓，她倒在沙发上睡着了。

第二天早晨，莎莉醒来便四下张望，努力回想自己昨天去过哪里，又干了什么。她只记得自己站在霍顿商场的电梯里，担心钱包被身旁的麻脸男子偷走。那以后发生了什么？手为什么这么脏？我到底干了什么？

她在房间里到处找购物袋，最后终于在衣柜里找到了。她把衣服拿出来挂好后，又发现袋子里还有两把刷子和三管油画颜料——黄色、钴蓝色和深褐色。这些东西是哪儿来的？她打开所有的包装纸，但只找到了衣服的收据。没有绘画用品的收据，这怎么可能？即使忘记是自己买的，也应该有收据。如果没有收据，那只能说明……

莎莉不敢再往下想。

她洗完澡，穿上一件旧印花衬衣，边吃早餐边思索着。她绞尽脑汁，但还是想不起来发生了什么。昏厥现象越来越严重，她在此期间到处走，做了很多事情，但是都没有记忆。她觉得如果罗杰医生不能尽快找到解决问题的办法，自己就会被送进疯人院。她在前往公交车站的路上买了一份《每日新闻报》，在第二版看到了一篇关于霍顿商

1　1英尺约合0.305米。

场警卫遭到袭击的报道。她紧盯着报纸上那个麻脸警卫的照片。

据该警卫说，他遭到了一个盗窃绘画用品的女贼的攻击。那个女人中等身材、深色头发，背着一个红色大手提包，手里提着霍顿商场的购物袋。正因为该女子神色慌张，好像在害怕什么，才引起了他的注意。莎莉读到有关枪以及那个女人后来突然变得凶猛起来的部分，身体不禁剧烈地颤抖。她告诉自己不能再看下去，该去上班了，想将这件事从自己的脑海中驱除。

莎莉很庆幸午餐时间是托德而非艾略特值班，因为她不想回答任何有关约会的问题，也不想让艾略特接近自己的身体，但是她发现托德在仔细地打量自己。他几次走近她，似乎想问什么，但最后还是用力咬着口中的牙签转身离开了。他已经看了《每日新闻报》？他是不是起了疑心？

午餐时间过得很慢，我决定让莎莉独自应付。她还没出过什么差错，也没有人和她说起过什么，所以我下午可以休息了。

莎莉离开餐厅的时候，没有发现托德在跟着自己。她正想着麻脸警卫和枪的事，突然听到脑海中有个低沉的声音说“教堂”。这可不是我或其他人说的，而是她心中突然闪过的念头。不过，连我也觉得这是说话的声音。莎莉在路口等着过马路的时候，我又看见了托德。他就站在马路对面，但是莎莉没有注意到。圣迈克尔教堂与黄砖路餐厅只隔着两条街，莎莉想起罗杰医生要她信从内心的力量，于是戴上头巾走进了教堂。

走进阴暗的教堂，莎莉不禁打了个冷战，在黑暗中摸索着。她忽然觉得告解室就像个电话亭，于是想象着自己走进去给上帝打长途电话，询问为什么自己的大脑中总是有那么多信号，而信号又为什么总是中断。天堂里有电话吗？区号是多少？可以直接接通上帝，还是要通过总机转？她担心电话簿里没有记录上帝的电话。

莎莉想忏悔，但是记不起自己有什么过错。这不合常理，她不可能没有过错。报纸上登载了她偷窃的报道，但她是清白的。然而，如果自己真的没有过错，内心又为什么会如此压抑、无助？难道是自己干了这些事却想不起来？

她发现大家都看着站在过道中央的自己，于是连忙跪下来在胸前画十字，然后溜到一张长凳前跪下来祈祷。这时，她觉得有个人移到了自己身旁，抬头望去，发现来者是托德。难道他知道了什么？或者是他已经看过那篇报道，认出自己就是那个女窃贼？她刚要开口，但头突然剧烈地疼痛起来。她看了一下手表：下午两点二十三分。她用手捂住脸，低下了头。尚未念完“圣母马利亚，充满慈爱……”她就昏倒了。

第五章

诺拉正准备离开地下室的小仓库，任凭那个警卫去报警，抬头却突然望见了圣坛、闪烁的烛光和被钉在十字架上的耶稣像，不禁低声叫道：“哦，不……”

“你怎么了，莎莉？”

她转过头，看到问话的人不是那个麻脸警卫，而是一个年轻的金发男子。他的一双蓝眼睛正焦急地望着自己。他身穿牛仔裤和一件白衬衫，袖子挽到小臂上。

诺拉没有回答，站起来走出了教堂。那个男子也紧跟着她走出了教堂：“你今天的举动很奇怪，莎莉。想找个人聊聊吗？”

诺拉放慢脚步，转过头答道：“为什么觉得我需要找人聊聊？”

“你今天上班的时候与往常大不一样，而且离开的时候显得十分忧郁。我跟着你，是想看看你是否需要帮助。”

“有什么不一样？”

“你当时的表情很绝望、很惊慌，可是现在又变了个样儿。”

“怎么不一样？说具体一点儿。”

“你到店里求职的时候可不是现在这个样子。你时而羞怯、中规中矩，时而又变得活泼好动。你说自己当过模特儿，我相信了。可是艾略特把你们约会的事告诉我以后，我就觉得不对劲儿了。他说你举止狂野，而且特别喜欢跳舞。”

诺拉不知道艾略特是谁，但记得戴瑞曾经说过贝拉是个舞迷。所以和艾略特约会的人一定是贝拉。

“那现在呢？”

“很严肃，说话方式也不同——更清楚明白。”

“我是个善变的人。”

“这大概就是我对你感兴趣的原因。”

“什么兴趣？”

“我不但是你的老板，而且想更多地了解你。”

“那好吧，”她说，“你可以请我喝杯卡布奇诺。”

两个人经过商店的时候，诺拉从玻璃窗上瞥见自己穿着一条落伍的印花布裙子，不由得叫道：“我不能穿着这么难看的衣服和你去喝咖啡，我得回公寓换件衣服。我们一会儿见吧？”

“我和你一起回去。”

“你不相信我会去找你？”

“艾略特已经警告过我，说很难预料你会做什么。”

“听着，”诺拉说，“如果你只是想陪我回去，等我换衣服，那可以，但我不知道需要多长时间。今天晚上我还有很多事情要做，但不包括性爱。如果你有这个打算，就别浪费时间了。”

“我只是想和你一起度过这个夜晚，”他说，“真猜不透你。”

她决定既不扫他的兴，也不让他太随意。“我今天心情不错，托德。我有时候想做一件事，可突然间又改变了主意，毫无理由地来个一百八十度大转弯。”

“你和其他女人不同，所以才让我感兴趣。”

“只要你不乱来。”

“莎莉，我……”

“叫我的小名吧，诺拉。”

“你的另一个小名？”

“有些人就是名字多。”

他们叫了一辆出租车。下车后，诺拉坚持付车费。在公寓门口，托德瞥了一眼格林伯格裁缝店的玻璃窗，向里面挥了挥手。

“嗨！墨菲。”

诺拉闻声转过头看了他一眼：“你在干什么？”

“我知道格林伯格裁缝店警卫的故事，是艾略特告诉我的。”

诺拉盯着他说：“我认为在橱窗里放个假人当警卫很愚蠢，把它打扮成警察并给它取名字就更愚蠢！又是一个虚幻的人。”

托德赶紧点头附和：“我绝对赞同你的看法。”

“为什么叫它墨菲呢？”

“墨菲定律是指，”他答道，“如果你担心某种情况发生，那么它就更有可能发生。格林伯格先生大概是个悲观主义者。”

上楼进了公寓，诺拉请托德在客厅等候，自己进卧室去换衣服。

她换上自己最喜欢的牛仔衬衫、沾着颜料的牛仔裤和凉鞋。

诺拉突然发现自己的几本书被扔在床边的地板上，心想：天啊！莎莉为什么总是乱动别人的东西？我出来的时候就不会这样。她走过去捡起书，站在椅子上把书放到书架上。真该死！书如此重要，能帮助你开阔眼界、增长知识，还能答疑解惑，怎么可以这样对待它们？她觉得自己仿佛被四只无形的野兽围住，必须小心翼翼才能避免闯入它们的领地。她握紧拳头想，可是她们也别想侵犯我的领地！

她走出卧室，看都没看托德一眼，怒气冲冲地说："我们走吧！"

"你好像不高兴了？"

"你到底走不走？"

他们又叫了一辆出租车。诺拉不喜欢坐地铁，讨厌拥挤的人群。她很高兴托德看出了她需要自己的空间，一路上都与自己保持着一定距离。下车时，诺拉仍然坚持付车费，尽管当时体内似乎有人希望由对方来付。她可不喜欢被人强迫。

"我们去哪儿？"他问。

"'骑士认识她'。"

"什么？"

"这是句双关语，它是个笑话，也是格林尼治村一家咖啡馆的名字。"

"原来如此。"

"提醒我给你讲这个笑话的由来，你一定会觉得可笑。"诺拉告诉托德。

他说："你终于笑了。"

到了那家名为"骑士认识她"的咖啡馆，有几个人走过来询问诺拉最近到哪儿去了，还有人说好久没有见到她，很怀念她做的文学导读。诺拉喜欢到这家咖啡馆来消磨时光，因为这里很像巴黎塞纳河左岸的文化区，让她觉得自己生活在作家和艺术家中间。

这家咖啡馆正在扩建。工人打通与隔壁商店共用的墙壁时发出刺耳的噪声，空气中弥漫着石灰的味道。店里的装潢是法式风格，桌面上铺着厚重的木板，墙上装饰着泛黄的法文、德文和意大利文报纸，就好像穷得贴不起壁纸。椅子更是五花八门，有餐厅用的椅子，也有用铁丝绑在一起的木椅，几张公园里的长凳和小圆桌靠在一面墙边。蒂凡妮纱灯罩透出的红光照在原木地板上，柜台后面的巨型泡沫咖啡机泛着亮光，复杂的钩杆装置转动时发出阵阵声响。

诺拉看到托德不以为然的表情，顿时不高兴地说："我知道这里有点儿装模作样，可是我就喜欢这样！"她丝毫没有压低自己声音的意思。

"我可什么都没有说！"

"还用说吗？你的表情就够明显了！"

"那咖啡机也挺明显的。"他傻笑着打趣道。

诺拉只是"哼"了一声。

"亲爱的诺拉！"

尚未见到人，诺拉就听出了来者是谁，侧着身子伸出了手。那是个矮胖男人，套在身上的灯芯绒夹克根本遮不住肥胖的身体。他吻了吻诺拉的手。

“亲爱的科克，最近还好吗？”

“我一直盼着你来，诺拉，”矮胖男人透过厚厚的镜片盯着诺拉的脸，“你总说要来参加我周五的聚会，可一次都没来过。”

诺拉将他介绍给托德：“科克在中央社区大学教经济学，不过这只是他的一个饭碗。每周五晚上在自己的公寓里组织聚会才是他真正的职业，参加的人都会在那里玩儿个通宵。科克经常在城里到处转悠，遇到有趣或者与众不同的人，就会邀请他们参加聚会。”

“你们周五晚上过来吧，”他说，“带瓶酒就行。”

他又吻了一下诺拉的手，转身离开时碰到了一个身材消瘦、驼背的年轻女子，她穿着一条宽松的农夫裤、一双高筒皮靴。诺拉听到科克对这个女子说着同样的话：“周五晚上……带瓶酒就行。”

咖啡馆老板发现了诺拉，走过来拥抱她。

“梅森到处找你，”他说，“她等着你交房租呢。”

“我正要给她送钱，”诺拉答道，“不过是先来喝杯卡布奇诺，看看这里都来了哪些人。亚伯，这位是托德·克莱默。托德，这位是亚伯·科伦坡。”托德伸出手，亚伯用他宽厚的手掌在上面拍了一下，又吻了吻诺拉的脸，随即回到收款机旁继续工作。

“亚伯·科伦坡？”托德低声问道。

诺拉微笑着说：“他父亲是个意大利人，但是娶了个漂亮的犹太姑娘，因此让科伦坡家族蒙羞。亚伯也一样，她娶了莎拉，就是正在那张桌旁服务的女人。”

这里的女侍者脸上都涂着厚厚的白粉，黑色紧身衣和外衣上套着白围裙，脚上穿着黑色芭蕾舞鞋。她们手里拿着菜单，把点菜板用细皮带系在围裙上，轻盈地穿梭于顾客之间。大多数人都区分不出她们谁是谁，这总是让诺拉乐不可支。

莎拉看到诺拉，走过来将菜单递给托德。“诺拉，诺姆·瓦尔德伦到这里来找过你好几次。他在组织读书会，觉得你大概有兴趣参加。”

“是吗？不过我最近比较忙，”诺拉说，“大部分业余时间都用来作画，不像过去那样经常出来。”

诺拉给自己和托德都点了卡布奇诺，然后又走进人群。

“你这里的朋友真不少。”托德说。

“熟人，但不是朋友。作为画家，我喜欢和有创意的人在一起。”

“我不知道你是画家，”他说，“真想看看你的作品。”

“你是说想参观我的画室？”

“没错。”

“当然，你是想让烛光洒在地板上，再品尝点葡萄酒。”

“听着，别把我与艾略特相提并论。他是个花花公子，我可不喜欢泡妞。你可以去问问认识我的人。不过，你是我自大学以来第一个感兴趣的女人。”

诺拉大笑着说：“有那么长时间吗？既然这样，我就冒一次险。不过我得警告你，如果你轻举妄动，别怪我不客气。”

他们离开咖啡馆，沿着休斯敦街向索霍艺术区走去。诺拉从一个名叫梅森的画家那里租了厂房的一个角落。诺拉和托德走进厂房，看见梅森正坐在画架前的地板上，旁边的烟灰缸里冒着烟。梅森的鼻子很小，垂下的棕色头发正好框住了她的方脸。诺拉每次看到她这个模样，都会联想到京巴狗。

“嗨！”梅森摇晃着站起来打招呼，没理会托德，径直对诺拉低声说，“来看看我的新作品，我正在尝试新的色彩和图形。”

诺拉看着那些方块和地铁涂鸦般的喷涂，点头说：“有创意，我喜欢你的技法，很有现代感。”

“我也这么认为。”托德迎合着。

梅森看了他一眼，转过头对诺拉说：“我喜欢与反体制的年青一代交流。”

看到诺拉将托德带进画室，梅森便迈着大步走了出去。

“她怎么了？”托德问道。

“她不喜欢男人。”

“你呢？”

“大概像我喜欢女人一样。”

“什么意思？”

“没什么意思，就是这样。”

“上帝！你把我搞糊涂了。我跟不上你的思路。”

“对不起，托德。我不可能改变自己来适应你。跟不上我的思路，那你就糊涂着吧！”

托德摇摇头：“你才糊涂呢！为什么要捉弄我？”

“我怎么啦？”

“莎莉、诺拉、贝拉，你到底是谁？”

“我就是我，无论别人怎么称呼。”

“真的是这样吗？”

诺拉转过头去：“你不是想看我的画吗？”

“你就像水银一样，”托德说，“让人无法捉摸，瞬间就会从指缝间溜走。”

“这些是很久以前画的。我已经有段时间没作画了，最近不常出来……”

她把背面朝外靠在墙上的画一一翻过来，让托德欣赏。

看着这些画，托德不禁倒吸了一口凉气。

诺拉知道，在托德这样的人眼里，这些人、物和自己梦中的景象就如同但丁在《神曲》中描绘的地狱中的情景。她自己也不知道这些想法是哪儿来的，只是把想象中的疯狂情景表现在画布上。画面中，一个妇女没有脸庞；一个小孩的脸由分裂的脸颊、前额和下巴构成，目光呆痴地凝视着观赏者。它们属于一个死亡系列，但自杀并未实施，不过是在画布上完成了而已。此外还有各种各样的系列主题：一张有很多嘴的脸——每张嘴都在放声呼叫；一个被斧头劈开的头颅。

“为什么要画这些？”托德问道。

“这是我控制情绪的一种方式。我把它们表现出来，固定在画布上，就可以长时间地观看，加深理解。这样我就能控制自己内在的情绪。”

托德摇摇头说：“上帝！我知道被撕裂和穿越地狱是什么情景，

这些画倒像是爱丽丝的镜子另一边的景象。"

诺拉表示赞同："你与一般男人不同，他们……"

"他们怎么样？"

"没什么。"

"你是说和莎莉交往的那些男人？"

诺拉凝视着他："谁告诉你的？你到底知道多少？"

他指着那个脸颊由碎片构成的女孩说："是我猜的。我敢下押一赔十的赌注，你根本不是现在表现出来的样子。"

"是吗？那我现在是什么样？"

"一个受过良好教育、开放的女人，对文学和绘画感兴趣，而且冷静、尖锐、聪慧。"

"那在表象之下，真实的我是什么样子？"

"矮胖子[1]。"

"国王所有的人马都无法将其……"

"但有很多骑士认识她。"

还有一幅画描绘的是一面破碎的镜子，镜子里面映出一张女人的脸。诺拉盯着那张脸："无法将其拼回去？"

"不需要拼回去，我能感觉到，也能接受你的本来面目。"他说。

"我什么样？你又是怎样的人？给我讲讲你自己吧。"

"在不同的阶段，我们都有不同的身份。六十年代在哥伦比亚，

1 这是《爱丽丝镜中奇遇记》中的角色，也是《鹅妈妈童谣》中的人物。童谣中有这样一句话："矮胖子跌下墙，国王所有的人马都无法将其拼回去。"后文中诺拉念出的就是这句童谣。——编者注

我是个活跃的反战分子，七十年代我变成了一个赌徒，现在则是个商人，有自己的生意。我们都是多面的。”

诺拉摇了摇头：“你说的是人生各阶段的不同身份。大多数人都有很多不同的面孔，就如同钻石能够反射光线的不同界面，但我的情况不同，我是项链上五颗珍珠中的一颗泪滴。”

“就是这一点吸引了我。你身上的某种独特气质重新燃起了我对生活的渴望。没有了赌博的刺激，我已经变得死气沉沉，是你唤醒了我。我不想假装自己明白其中的原因。变化莫测的你令我着迷，请别误会，我没有把你视为精神异常的女人。你是我见过的最迷人的女人，和你生活在一起，绝不会感到枯燥无聊！”

她摇着头说：“你无权将我与你的生活联系在一起。”

“我身不由己啊！第一次见到你，我的心就被你占据了。”

他用孩子般纯真的蓝眼睛望着她，令她觉得他十分迷人。

诺拉没有拒绝托德的拥抱。他将她抱紧，开始吻她。她虽未抗拒，但也没有回吻。然而，他将手移到她的胸部时，她不禁颤抖了一下，想要推开他。虽然诺拉希望托德抚摸、亲吻自己的胸部，但她知道如果继续下去，自己一定会失去控制，其他人就会趁机从旋转门里溜出来。

为什么？为什么她不能留在外面，委身于喜欢的人？只能从书本和杂志里看而不能亲身体验，这太不公平了！她渴望他温柔的抚摸。

托德把她抱到床上。她想留下来与他亲近，但一想到他会进入自己的身体，就顿时失去了感觉。她的激情消退了，身体开始发冷，突然变得麻木。此刻她意识到自己已没有机会体验激情和疼痛了。诺拉被推进旋转门时，气得无法自持。

＊ ＊ ＊

金克丝被推出了旋转门。她看到一个陌生的男子，并感觉到他的手正在抚摸自己的大腿。她伸出手抓住男子的手腕，狠狠地用指尖掐下去，然后趁机跳起。

“你干什么？”

“我要你！”托德叫道，“我为你疯狂！”

她用力推开他，在他的脸上扇了几巴掌。

“狗娘养的畜生！放开我！”

托德立即倒退一步大叫道：“上帝！又变了一个人！”

金克丝抓过一把椅子向他掷去，但没有击中。椅子砸在墙上反弹回来，把诺拉的画砸出一个洞。托德冲过去抓住她的手，把她按到床上。金克丝又踢又踹，大声吼叫着，但无法挣脱。托德太强壮了。

“我要杀了你！”她尖叫着，“我要用枪崩开你的脑袋！”

“我们就不能谈谈吗？”

“你要强暴我，还有什么好谈的？”

“我没有。诺拉，你怎么啦？”

金克丝不再感到紧张。她迅速看了一眼周围，意识到发生了什么。她从戴瑞那儿听说贝拉在和一个男人交往，可现在却是诺拉在干这种事。先是和商场的警卫，现在又和眼前这个男人。

金克丝被托德的身体压得几乎动弹不得。她讨厌被人控制。她很少会有疼痛的感觉，现在也不疼，只是觉得身体发麻。然而这种感觉却令她惊慌失措，就像被人掐得喘不过气来。

“好吧，”她气喘吁吁地说，“放开我！”

托德起身下床，但仍然紧握着她的手腕。金克丝觉得呼吸困难，就好像是在跑步。她知道这是因为气愤之故。天啊！她最恨这种感觉。过了一会儿，托德慢慢松开了双手。

金克丝在画室里四下观看着诺拉的作品。这些画令她感到厌恶。画中的那些面孔，她依稀还有印象。看到女孩那张破碎的脸和痴呆的目光，她突然不寒而栗，就好像从层层叠叠的镜子里看到了自己。她愤怒地抓起一把刀向那幅画疯狂地戳去。托德几次上前阻止，都被她用刀吓退了。等她停下手，画室里的画都已被损坏，包括梅森的作品。

托德不再阻止，只是坐在床边静静地看着她。金克丝终于罢手时已经筋疲力尽，软弱无力地独自站在屋子中央大喘着气。

“这样你感觉好些了吗？”他问道。

“感觉快死了！”她说。

“你的愤怒已经发泄完了，安静下来好好谈谈吧。”

“和你谈？”

“不好吗？”

“男人都一样，只想着如何利用我们，然后再抛弃。”

“诺拉，不是这样的……”

“住嘴！我不想听！”她尖声叫着，挥刀向托德砍去。他转身闪开，但左臂还是被划出了血。“给你点颜色看看！”她说，“如果你再敢跟着我，我就要你的命！”

金克丝说完便将刀扔在地板上，冲出了画室。阁楼门口的台阶上坐着一个年轻女子，牛仔裤上沾满了绘画颜料，脸型有点儿像狗。金克丝经过时没有注意到她，也没听见她在身后大喊：“嗨！诺拉，你去哪儿？那个男的呢？”

金克丝跑一段走一段，来到了华盛顿广场公园的南侧。她注视着过往行人的脸，快到游乐场时，她停下了脚步。

她看见一个男孩正在沙堆旁给一个女孩捣乱，心想又遇到了一个既歹毒又令人恶心的男性。那个男孩不停用脚踢女孩沙子堆成的城堡。女孩推开他的脚，他就用手紧揪着她的头发不放。看到金克丝走近，他急忙向跷跷板跑去。

眼前的情景让金克丝想起了莎莉的继父弗雷德是如何折磨人的。弗雷德每次都会揪住她的头发，把她按到腿上，然后扒下她的裤子使劲地抽打。她还记得他下手有多么狠。不过，从孩提时代起，她对疼痛就已经麻木了。尽管如此，他每次仍要等打累了才肯罢休。发泄完心中的怒火，他的眼睛就会闪闪发亮，就和眼前的这个男孩一样。金克丝立即伸手掐住男孩的喉咙，用力按下去。

旁边有个小孩冲着金克丝大喊，令她分了神，于是我趁机冲出来放开那个男孩，拔腿就跑。这种事我通常不会干涉，但伤害孩子的事不能不管。上帝！我可不能让我们五个人在黑暗的牢房里度过余生。

我跑到麦克道尔街旁的电话亭给罗杰的办公室打了一个电话，告诉玛吉说金克丝刚才企图伤害一个孩子，叫她请罗杰医生赶紧想想办法。玛吉说罗杰正在医院里，并叫我到急诊室门口等她。

想到这双手刚刚毁了诺拉的画，又差点儿掐死一个孩子，我害怕得浑身发抖。毫无疑问，必须采取行动，但是该怎么办？也许诺拉有办法，要不然我们就得等死。不行，我摇摇头否决了这个想法。一定还有其他办法。罗杰必须采取措施。

在我赶到罗杰的办公室之前，如果莎莉突然出现就糟了。为了避免混乱，我从诺拉的小记事本上撕下一张纸写道："看到这张纸条，立即去中心医院急诊室门口和玛吉见面。"

我原来想叫辆出租车，但想到总得有人捂紧钱包，于是改变主意上了开往第五大道的公交车。我一直把那张字条握在手里，以防莎莉出来后不知道该去哪里。事情都是莎莉惹出来的，要不是因为她软弱无能，金克丝就不会出来控制身体了。每次都是我及时出来替金克丝解围，掩饰她的劣迹和暴力行为。我这个乐天派的"记录者"总是在金克丝给莎莉惹麻烦的时候出来收拾残局，就像今天一样。如果我能够变成一个完整的人，这种事就不会发生。我闭上眼睛，想象着自己像一只自由快乐的小鸟一样在天空翱翔……越飞越高，离太阳越来越近……但就在这时，我感觉自己开始往下沉……下沉，回到了莎莉脑海中的黑暗角落。

莎莉转过头刚要质问托德为什么尾随自己到教堂来，却惊讶地发现自己坐在公交车上，身上穿着一条沾满了油画颜料的牛仔裤。她瞥了一眼四周，看看是否有人注意到了自己的窘态。她努力回想着自己去过哪些地方，又做过什么，准备到哪里去，又昏厥了多久。她看了一眼手表：五点三十一分。她记得的最后一件事，就是在两点二十三分时走进了圣迈克尔教堂，并发现托德在跟踪自己。然而，这是同一天发生的事吗？为什么自己会穿着这条沾满了油画颜料的牛仔裤？她告诉自己，必须稳住神！

意识到自己不会再昏过去，莎莉感觉好多了。她放松下来，调整了一下呼吸，将头靠在车窗上。下站是不是应该下车给罗杰医生打个电话？她知道罗杰很忙，不该打扰他，可是，她想知道为什么自己对走出教堂后发生的事一无所知。她握紧了手，突然感觉左手里好像有什么东西。她松开手，发现是一张揉皱的字条。虽然感到害怕，她还是打开字条看了。

上帝保佑，别让我遇到什么倒霉的事！我是个善良的人，不想干坏事。

莎莉抬起头，突然发现车已经开到了中心医院，于是起身匆忙跳下了车。

她沿着第五大道向列克星敦大道走去，手里一直紧握那张字条。她又打开字条看了一眼，发现上面根本不是自己的笔迹。字母又大又圆——像打字机打的，与自己从右向左写的小巧、整齐的字母截然不同。她的字很小，往往用一张纸就能记下整堂课的笔记，而其他同学却要用三四张纸。这些大字绝对是别人写的。她推开医院的旋转门，看到玛吉已经在大厅里等候。

“你还好吗？”玛吉问道。

“有点儿不舒服。”

“你是……”

“我是莎莉。”她将那张皱巴巴的字条递给玛吉。

玛吉看了一眼，摇摇头说：“你一定吃了不少苦头。”

“真对不起，我知道罗杰医生很忙。”

“没关系，莎莉，你随时可以找我们。”玛吉把莎莉带进了一间冰冷的检查室，周围是一片白色，“你先休息一下，罗杰医生现在还有病人，五分钟后才能过来看你。”

“奇怪的是，我不知道自己为什么会到这儿来。我不知道究竟发生了什么，也许根本没事。真丢人！”

“千万别这么想，莎莉。我相信你来这儿一定有原因，罗杰医生会帮你解决问题的。”

“希望如此。我很害怕，请不要关上门。”

莎莉坐下来，把头靠在墙上，感觉很紧张。医院总是让她产生这种感觉。

几分钟之后，她被一阵说话声吓了一跳。两个经过检查室的女人探进头来看了莎莉一眼，其中一个是护士，身上挂着的白底黑字名牌上写着“达菲护士”，另一个则穿着便装。看见莎莉抬起头，她们赶紧转过头去。“她就是那个多重人格障碍患者吗？”莎莉听见其中一个问道。根据声音可以判断，她们已走进了隔壁的房间，但莎莉还是能听见她们的对话。

“罗杰似乎这么认为。”

“一想到多重人格，我就害怕。”

“我不相信有什么多重人格。”

“可是罗杰医生……”

“听我说，你还记得罗杰在接手这个病例之前是什么状况吗？精神病医生厌倦了整天和那些精神分裂症、抑郁症患者打交道，通常会找些异乎寻常的新病例。”

“她会不会是装的？”

“不会。毫无疑问，歇斯底里精神病患者都明白医生的意图，而且会按照他们说的去做。大家都知道，罗杰在接手这个病例之前情绪极不稳定。很多优秀的精神病医生都会出现‘耗损综合征’的症状。”

门随后关上，莎莉已听不到她们谈话的声音。她无法确定是真的听到了这些话，还是自己想象出来的。

就在这个时候，走廊对面的门打开了，一个瘦弱的姑娘和玛吉一起走出来。那个姑娘头发稀疏，长满粉刺的脸上露出恐惧的表情。

莎莉低头看着自己的脚，避开那个姑娘的目光。听到刚才那两个女人的一番对话，她现在不想和任何人说话，只想逃离这家医院。

几分钟后，玛吉回来带莎莉去罗杰医生的办公室。

“莎莉，怎么了？”罗杰问道，“你还好吗？”

“我头痛得厉害。”

玛吉看了罗杰一眼：“她刚才还好好的。”

他站起来把莎莉扶到椅子上：“发生了什么事？”

“我听到她们……”莎莉回答，“达菲护士和一个女人在谈论多重人格。她们说多重人格障碍患者会在精神病医生面前装病，可是我没有骗你，罗杰医生。我发誓我绝对没有骗人或编造任何事情。我不知道自己的大脑出了什么问题，但我说的都是真的。我就像生活在地狱里。”

“达菲……那个蠢女人。如果有办法，我一定……”

“我头痛，罗杰医生。”

莎莉感觉头顶有什么东西在往下压，越压越紧，头发似乎也随之从两边向头中央倒去。

“又来了！我受不了啦！”

罗杰抓住莎莉的手说：“不要抗拒，莎莉。放松！不要去想那些蠢女人的话，这样我们才能谈话。玛吉，拿些水来。”

莎莉感觉玛吉转身离开的背影晃动着，罗杰的面容也开始模糊。他们的声音越来越远。她感到自己的脑子里似乎有几个环环相扣的轮子在不停地转动着，而且速度不一，站在中央的自己被从一个轮子转到另一个，最后被推离了中心。

她听见罗杰在说话，好像要挽留自己，但是，她却身不由己地被从第一个轮子推到第二个，然后是第三个，逐渐远离了中心。最后，她倒下来，中心开始变得模糊。她感到一阵晕眩，在退出之前她突然想到，有机会一定要问问罗杰，他为什么会有“耗损综合征”的症状。

第六章

诺拉睁开眼睛，刚要吻托德，却惊讶地发现自己身在医院的检查室里。一个身穿白大褂的医生和一个从未见过面的女人正望着自己。像往常一样，她坐在那儿沉默不语，等着别人提供线索，以便搞清楚自己为什么会在这里，又究竟发生了什么事。

“来吧，莎莉，”医生说道，“把你记得的事情都告诉我，下午离开工作地点后发生了什么？”

诺拉心想，原来这个医生把自己当成莎莉了。如果他就是戴瑞提到过的那个精神病医生，诺拉可不想和他打交道。

“莎莉，你没事吧？”他追问道，“见到我们，你为什么感到奇怪？”

“因为我就是感到奇怪。这几天我经历了很多事情，也不知道自己为什么会在这里，所以我心里难受。”

“你到这里来，是因为戴瑞紧急约见。她打电话说你差点儿伤害了一个孩子。这个理由还不够充分吗？”

诺拉用手捂住嘴：“不是我，我绝不会干这种事！戴瑞无权替我安排约会。”

她看见他们交换了一下眼神，示意遇到了麻烦。她立刻意识到自己说得太多，于是将身体靠在椅子上，交叉着双腿，目光轮流在他们脸上打转。然后，她放松下来，用手指捋着头发。

医生探过身，盯着她问道："你是谁，可以告诉我吗？"

"那你得先告诉我，你是谁？这儿是什么地方？还有，我为什么会在这里？"

"很公平，"他答道，"我是罗杰·阿什，你的精神病医生。这位是玛吉·霍尔斯顿，我的护士，也经常做我的助理。你此刻正在中心医院的心理健康中心。你到这里来，是因为戴瑞打电话说莎莉遇到了麻烦。"

她点点头："那好吧，我不是莎莉。我想你已经猜到了。我是诺拉，所以你不是我的精神病医生。你等的人应该不是我。"看到他惊讶的表情，诺拉感到很得意。

"没错，"他说，"是戴瑞打的电话。你认识她吗？"

"认识。"

罗杰接着说："可以问你一个问题吗？"

她歪着头微笑："如果不用付你钟点费的话。"

"谢谢。你为什么在这个时候出来，可以告诉我吗？"

诺拉想了想，答道："因为我想看看发生了什么事。"然后她低头看着自己沾满了颜料的牛仔裤："我想大概是今天发生的事，我和……在画室里……然后就发现自己坐在这里。"

"你是说你根本不认识霍尔斯顿小姐和我？"

“我只听戴瑞说起过你们，就像墙上的影子一样。”

“你认识莎莉脑中的其他人格吗？”

“直接认识的只有戴瑞。我知道还有其他人存在，不过都是偶然知道的。我通过人们的对话和戴瑞的描述得到了一些线索。我必须像福尔摩斯那样将零星的线索拼凑在一起，然后推导出事实。我看过《三面夏娃》和《人格裂变的姑娘》，是我把这些告诉戴瑞的。我还看过一些讨论多重人格的文章。你大概会认为，是我告诉戴瑞我们可能是多重人格，再让戴瑞驱使莎莉来寻求帮助。医生，是这样吗？我们是多重人格吗？”

罗杰点了点头。

“莎莉现在还不知道？”

“我对她提起过，”罗杰说，“但她并未完全相信。她迟早要面对这个事实，你们应该告诉她，由谁出面都行。”

“我无法和莎莉直接联系。我们之间有一道难以逾越的鸿沟，而且情况变得越来越糟糕。我不能像过去那样经常出来读书、作画了。因为现在要治疗，戴瑞得工作，而她和贝拉又忙着和男人交往。上帝！要是我有机会在地铁里看到那些广告就好了。”

“既然你读过有关多重人格的书，想必你对这类病症的治疗方法也有所了解。”

“根据我掌握的情况，有两种治疗方法，一种是阻断主要人格与其他人格的联系——类似于消灭他们，另一种是将分裂的人格聚合在一起——就是所谓的‘融合’。”

罗杰扬起眉毛，似乎这番话给他留下了深刻的印象："没错。"

"那你准备怎么做？"

他看了一眼正在做记录的玛吉："或许是将两种方法结合在一起，边治疗边进行调整。诺拉，相信你也清楚，目前对多重人格的了解十分有限。"

诺拉点点头："书上说这种病症十分罕见。我们的情况真的那么特殊吗？"

他笑道："关于你们的……莎莉的病情，我查了一些文献。早在一八〇〇年这种病就已经为人所知，然而直至一九四四年，有关部门只收到了七十六份病例报告。但是，根据《医学索引》，世界各地发现的病例远比这个数目要多。截至一九四四年，精神病和医药领域报告的病例为一百五十个。"

"确实罕见。"

"但从那以后，一下子就冒出了上千个病例。奇怪的是，几乎每个精神病医生在诊断出一个病例之后，都会接二连三地发现好几个病例。美国精神病协会最近出版的《精神障碍诊断与统计手册（第三版）》，将多重人格障碍、遗忘症、神游症归入一个新门类，即所谓'分离性障碍'。现在，甚至还出版了一份叫作《多重人格通信》的杂志。据估计，大概每一百人中就有三个曾经出现过多重人格的症状。所以说，这种病症并非罕见，我们目前发现的不过是冰山一角而已。"

诺拉思索了一会儿："对病例急速增加的现象，你怎么看？"

罗杰耸耸肩："这些年来我们可能忽视了许多病例，因为有些多重人格症患者自杀了，有些被处决或被当作疯子关了起来，还有些隐匿在大城市里未被发现。所以，当我们终于确认了这种疾病并开始寻找病患时，他们就如同雨后春笋般地冒出来了。”

她想了想，摇摇头说道：“可能还有另外一个原因。这可能是我们这个时代的疾病。在一个随着原子分裂而分解成无数碎片的世界里，我们看到的或许就是现代文明的后果——人的精神分裂。或者说，这是一种蕈状突变，整个一代人都在连锁反应中分裂了。”

“这种说法不合理。”

诺拉起身走到窗前，望着下面来往的行人：“为什么？也许情况就是这样。人类总是要适应环境的。你必须承认，在这个信息爆炸的世界，人的大脑里存在分裂的独立人格更符合逻辑。这些人格分工合作，就如同流水线上的工人一样。”

“但是，由于相互抵制，他们一定效率低下。每个人格都在不断破坏其他人格的创作成果，结果导致混乱，最终将所有人格毁灭。”

“那仅仅是因为内在控制力不足，导致了记忆缺失，”诺拉看着他傲慢地说，“创造新的精神物种的最初尝试，或许就像大自然在早期进化时一样，会遭遇一连串的失败，但是有一天，可能会诞生一个天生就具有多重人格的孩子。他与其他孩子只是略微有所不同，能够发展出一种交叉功能来应对记忆缺失，并能够控制那些替代人格。这样人类就有了一个超级物种——多重人格智人。说不定人格分裂会成为未来的发展趋势，而不是一种缺陷。”

罗杰用拳头敲着桌子：“我的责任就是与分裂做斗争，因为有这种症状的患者几乎都面临着危险，会杀人或者是自杀。我们必须扭转这个局面。”

“你是说融合？”

他点头道：“对，就是分裂的反面。你有什么看法？”

“我不知道。我从戴瑞那里了解到，我们之间有极大的差异，因此很难想象你要怎么将我们融合在一起。不过，我愿意尝试。作为一个现实主义者，我明白即使不采取行动，我们也是要死的。上帝！我一直想结束这一切，但总被一些事情或人阻止。我之所以现在出来，大概就是这个原因。你并未提及过如何对付具有暴力和虐待倾向的金克丝，如何将她与莎莉融合。或者，你以为忽略她的存在，她就会自动消失？”

“你有很好的洞察力，”罗杰说，“你说得没错，我现在还没有想好该如何对付金克丝。我还没有见过她。”

“算你走运。”

“我迟早要面对她。你认为她会与我对话吗？”

“这得问戴瑞。她现在到处炫耀着自己的新头衔——‘记录者’。”

“那好，我去和戴瑞交涉。我与她沟通的时候，你如果愿意，可以留下来听听。我可以在莎莉处于催眠状态时通过暗示来安排。”

诺拉考虑了一下：“这个主意蛮有意思。这是否意味着我们将拥有共享意识？不过，我觉得现在还不是时候，等你掌控了全局——包括金克丝——以后再说吧。”

“随你的意，我不想强迫你们去做任何事情，除了必须活下来之外。你们可以选择适当的时机见面，我会帮助你们的。”

就在这个时候，诺拉感觉罗杰用手按住了她的手臂，帮她合上了眼睛。

“我数到三，戴瑞会出来和我谈话。我有些重要的事情需要和她讨论。一、二、三……戴瑞，到亮处来。”

* * *

我睁开眼睛对罗杰笑了笑：“嗨！”

“嗨！”他回应道，“为了方便记录，能说一下你的全名吗？”

“戴瑞·霍尔。”

“戴瑞，最近好吗？”

“还不错。我喜欢这份工作，虽然辛苦，但很有趣。”

“你有什么问题想问我吗？”

“在诺拉出来之前，莎莉偶然听人说起你得了‘耗损综合征’。我想知道这是怎么回事？”

罗杰顿时涨红了脸，看了看玛吉，又望着我说：“为什么问这个？”

“莎莉听到了达菲护士和一个女人在隔壁房间里的对话，她们说你有‘耗损综合征’的症状，而且大家都知道。这是怎么回事？”

“我是在问你，是否有关于你自己或其他人格的问题？”

罗杰显然被我的问题激怒了，试图回避，可是，这更激起了我的好奇心。于是我说：“我从不回避有关自己的问题，同时我对别人的问题也感兴趣。当然，你如果不想回答……”

他盯着我，接着微笑了：“好吧，你有权要求我解释。精神病医生有时候确实会出现所谓‘耗损综合征’的症状，但这种情况他本人总是最后一个知道。”

“这种病都有什么症状？”

他没有看我，低头端详着自己右手上的血管：“会同时出现几种症状。很多与患者或者所谓的‘客户’长期接触的精神病医生都会出现这些症状。原因在于他们经年累月地面对人们的恐惧、记忆、梦境和幻觉。长期面对患者的痛苦使他们麻木不仁，不再悉心倾听患者的心声。为了避免受到患者的影响，他们的心结出了一个坚硬的外壳，情感也变得冷漠。他们按部就班地进行治疗，表面上亲切和善，内心深处却不再关心那些需要帮助的患者。”

我对此深有感触。我知道没完没了地倾听别人的痛苦，还要面对他们的问题是什么滋味。你生活在他人的痛苦之中！就像我和莎莉以及其他人格相处时的情景一样。不知道我会不会得“耗损综合征”？

“谢谢你告诉我这些，罗杰。”我说。

他直视着我的眼睛，说话的语气变得坚定起来：“你必须明白，我说的是一般症状，不是在谈论自己。刚才谈了许多理论，现在言归正传，今天下班后究竟发生了什么？”

“发生了什么？”

“你打电话告诉玛吉，说有男孩差点受到伤害。”

“哦！是的，上帝！我想起来了。你必须想办法对付金克丝。”我随后将事情的经过告诉了罗杰，他听后似乎十分不安。

“你必须想办法除掉她，”我说，“要赶在她杀人之前。”

他伤心地摇摇头：“像你一样，她也是莎莉的一部分。你们必须学会与她相处。”

“谁都无法容忍那个恶毒的女人。”

他思索了片刻，皱着眉头问：“你觉得她愿意和我谈谈吗？”

“我不敢肯定。”

“我们可以和她联系一下吗？”

“我试试吧，但不会有什么好结果。她知道你要消灭她。”

“我可从来没有这么说过。她是从哪儿听来的？”

“可能是从我这里吧。我觉得你把我们融合之后，不希望她这种虐待狂进入我们的新生活。她太恶毒了，罗杰，简直就是魔鬼！”

“不要过早下结论，戴瑞。我的责任是了解，而不是评判她。”

“但你不能执意接纳这个邪恶的暴徒，让她与我们共同生活。”

“诺拉似乎认为不能把她抛在一边。她觉得金克丝会一直躲在阴暗的角落里，随时准备冲出来。你们为什么不能尽量与她和平相处呢？看看有没有办法……”

我脖子后面的汗毛都竖起来了：“这等于是在与撒旦打交道！”

“哦！别这么说。”

“你连她的面都没有见过！”

“那好，你能安排一下吗？”

“我觉得她不会答应，但我会试试。你最好自己见见她，听听她怎么说。”

“好的，”罗杰说道，“金克丝，到亮处来。”

我闭上眼睛，抿住嘴唇等待了大约一分钟，发现没有动静。“她不肯出来，她不信任你。”

“告诉她，我只是想和她面对面地谈谈。”

我又试了一次：“不行，她还是不出来。上帝！她让我感到浑身发冷，身上都起鸡皮疙瘩了。她肯定会杀人的！”

“她想杀谁？”

“她一直想杀莎莉的前夫拉里。”

“你知道为什么吗？”

“我猜想，”我答道，“是因为换妻游戏。”

“怎么回事？”

“我也是听别人说的，罗杰。拉里和朋友聚会的时候经常带莎莉一起去，那些人都是服装业的采购或者销售经理，他们也会带上自己的妻子。他们吃过晚饭会去夜总会玩，或者去看表演。看完表演，几个男人就开始讨论晚上交换妻子的事。拉里告诉莎莉，如果她同意交换，对他的业绩会有很大帮助。”

“莎莉怎么说？”

“她推说自己头痛，让拉里带她回家。”

“拉里答应了吗？”

“罗杰，我刚说过了，这些都是我听说的。莎莉和我都没和那些男人出去过，相信诺拉也没有。如果你真想知道，最好去问问贝拉。”

“好吧，”他说道，“戴瑞，回到黑暗中去。贝拉，到亮处来。”

“嗨！我来啦，”贝拉眨着眼睛，就好像在躲避着聚光灯的亮光，“最近还好吗？”

“贝拉，我请你出来，是希望你提供一些有关莎莉前夫的信息。戴瑞认为金克丝因为换妻的事想杀死拉里，你知道这件事吗？”

“我知道一些。莎莉胆子太小，不敢去玩这个游戏。我是说，她不是拉里的妻子吗？拉里需要一个对自己事业有所帮助的女人，可是每次聚会莎莉都推说头痛，于是我就出来换她。我可不是在说她的坏话。跳舞、表演和之后的聚会其实都很有趣。”

“你变化得如此之快，拉里有什么反应？”

“他总是惊讶不已。他说，如果我不是世界上最善变的女人，那就是个伟大的演员。我告诉他，我两者皆是。”

“金克丝为什么想杀死拉里，你知道吗？”

“听戴瑞说，自从上次换妻事件后，金克丝就对拉里恨得咬牙切齿。那天晚上，我们到科帕卡巴纳去看巴迪·哈克特的表演。我非常喜欢巴迪，他那些黄色笑话真是令人大开眼界。那天莎莉开始头痛的时间比往常都早，因为那些所谓的黄笑话让她感到不安。真是的，怎么能这么说呢？总之，我跑出来，像往常一样看完了下半场表演。后来，我们就和一对外地来的采购经理夫妇进行‘交换’。我觉得这一定非常有趣。那位先生开着一辆漂亮的白色凯迪拉克轿车，住在阿美利加大酒店。我知道接下来的事一定棒极了！

“我想去跳舞，可是他喝醉了，急着要回楼上的房间。我以为很快就能完事，然后就可以去跳舞了，可是那个畜生却突然抓住我，将我的手反绑在背后。我拼命挣扎，他又抓住我的脚，绑住了我的脚踝。我对他喊‘别这样，我会跟你玩儿的’。他说自己就喜欢这样，但是他的妻子不配合。

“我哀求他不要这样，说我怕疼，他却说我一定会喜欢的，因为这样可以让他兴奋。他还说，女人都喜欢被虐待。我对他说，你疯了，我才不喜欢被虐待。他却说，你就继续哀求吧！然后，他从腰间抽出皮带，对折起来，似乎要抽我的屁股。我警告他不要这样，要考虑后果。他开始抽打我，我感到疼痛，害怕了。我无法忍受，于是退出了。”

“后来呢？”

“我不知道，像刚才说的，我退出了。后来听戴瑞说，金克丝出来挣脱了被捆绑的手脚。结果那个男的被送进了医院的重症监护室，拉里丢了工作。从此，金克丝就随时准备杀了拉里。”

“好了，贝拉，你帮了大忙，非常感谢！”

“愿意为你效劳，帅哥……”她仍然模仿着梅·韦斯特的腔调说着，然后咯咯地笑起来。

“贝拉，现在你回到黑暗中去。我数到五，莎莉就会醒来，而且能回忆起这次谈话中她愿意记起的内容。”

罗杰数到五，莎莉睁开了双眼。她四下看了看，全身开始颤抖起来。

“罗杰，我忍不住又头痛了。”

“你还记得在这间办公室里发生的事情吗？”

莎莉茫然地看着四周：“我不是刚进来坐下吗？”

“你昏过去了，莎莉。还记得这期间发生的事吗？”

“不记得，”她回答，“什么都不记得。”

“我们得想个办法，”罗杰说，接着把他和贝拉以及我商量的事告诉了莎莉，并对她说，“你们必须进行沟通，才能治愈遗忘症。”

莎莉摇着头说：“对不起，罗杰医生，你不断向我提及其他人的事，我也想接受你的看法，但我内心深处无法相信。对不起。”她的嘴唇颤抖着，似乎要哭出声来。

“没有必要道歉，莎莉。其他医生在治疗多重人格障碍患者时也发现了这种情况。出于防御需要，他们一开始对治疗都有一种排斥心理。所以，你不相信，我并不感到惊讶，但是你要有心理准备，总有一天你要面对其他人格存在的事实。”

“我尽量吧，罗杰医生，不过这太困难了。”

“记住，莎莉，人的防御心理是长期建立起来的，不是吹起号角就能将其瞬间摧垮的。”

在回家的路上，莎莉的嘴唇一直颤抖着，引得路人转过头来看她。只有我能听见她内心的声音：“没有其他人，只有我一个。没有其他人，只有我一个。没有其他人……”

上帝！这些话真令人心寒。

第七章

在随后的几个星期里，一切都很顺利。我为自己的情绪多变向托德道歉，但他说不必如此，莎莉继续接受治疗，贝拉和诺拉偶尔会出现，但都没惹什么麻烦，金克丝则被阻止，无法出来。我照旧干着自己的活儿，满心希望这种稳定的状态能够一直继续下去。如此一来，我们或许就无须融合。不能成为真正的人，能这样也不错。

一天晚上，托德在黄砖路餐厅打烊之后拦住了我。他吐出口中的牙签对我说："我知道你明天休息，莎莉，能帮个忙吗？"

"尽管说。"我答道。

"你知道在赛马季的时候，我会在纽约跑马场以项目经理的身份组织宣传活动。"

我点点头。

"最后一场赛马正好赶上阵亡将士纪念日，所以我们想让一个女孩装扮成骑师在开赛前出场表演。她需要戴上头盔、护目镜，穿上丝质骑马装。我们叫她'贝蒂·韦恩'[1]，可是扮演她的女孩刚才打电话

1 韦恩（Wynns）的英语发音与"赢"（win）相同，因此贝蒂·韦恩出场象征着好运。

说自己病了。艾略特建议我请你代替她。”

“那我该怎么做？”

“贝蒂·韦恩一般都是在开赛前登上花车，沿着赛道绕场一周。她需要唱几首歌——什么歌都行，然后再从抽奖桶中抽出中奖的彩券。出场费是五十美元。”

“不用付钱，我只是帮忙。”

“公事公办，这笔钱由跑马场支付。晚上到了跑马场，我告诉你怎么做。整个过程不会超过十五分钟。”

“好吧，那我试试。”

他抿抿嘴，盯着我问道：“真的没有问题？我是说，会不会又有什么事让你的情绪突然变化？”

我笑道：“你只需要告诉我灯光什么时候会聚焦在我身上，到时候一定让你满意。听起来很有意思。”

* * *

第二天晚上六点，托德开着他那辆黑色的林肯豪华轿车来接我。他仔细地端详着我的脸，似乎是想猜出我到底是谁。我觉得他已经快接近事实了。

“嘿！”我用手摸着棕色的真皮座椅，“我很快就会习惯的。”

“问题就在这儿，”他驶进中央公园六十六街的入口，“等你习惯了，它不过就是个交通工具，与一辆破旧的雪佛兰车没什么两样，可是你还得继续支付高额的分期付款！”

“那你为什么要买这么高档的车？”

“作为经理，总得撑撑面子。”

驶上罗斯福大道后，他减缓了车速，向皇后区大桥开去。一路上我都很开心。说笑了一阵后，他说：“莎莉，我……”

我知道他想问我情绪变化的事，于是赶紧说：“很难想象你在学生时代是个激进分子。”

“为什么？”

“我特别崇拜战争年代的那些学生，因为他们是理想主义者，更看重理想而不是物质。那些反战者不支持胜利的一方，反而希望美国输掉这场不正义的战争，但是赌徒却不同，他们只想赢。”

托德笑着说：“听你这么说，就知道你不了解赌博。有人曾经说过：‘输赢并不重要，重在参与。’参加赌博的人并不在乎输赢，他们寻求的是刺激。”

“你什么时候开始赌博的？”

他的眼睛直视着前方，突然将车速加到每小时八十五英里[1]。“我能记得的就是，”他说，“我出生在号称‘地狱之乡’的曼哈顿西区，也是在那里学会靠玩儿扑克牌赚零花钱的。”

“你从小就开始赌博？”

“我一直嗜赌如命，但上了哥伦比亚大学之后就戒了。即便如此，

1　1英里约合1.609千米。

在为法律救助和援越组织募捐的时候，我也会到赌场或赛马场玩一把，将募集的钱翻上几倍。我想幸运女神一定会因为这些善举而眷顾我的。”

“结果呢？”

“我的好运曾经维持了大概三个星期，大家都认为我是募款高手。”

“那你什么时候开始输的？”

“后来我就连遭厄运，输了不少钱。可是我还得继续赌下去，等待幸运之轮再度转向我。”

“你赚了大钱？”

“我这辈子最幸运的事，就是听从艾略特的劝说，投资了能赚钱的黄砖路餐厅。要是没有这笔投资，我一定会把钱输得精光。”

“你是什么时候加入戒赌俱乐部的？”

“投资餐厅后，我就一路输钱，赔光了赌博赢来的钱，大概有一万美元。我开始恐慌，急得到处找钱。艾略特没有足够的资金将我在餐厅的股份买下来，于是劝我加入戒赌俱乐部。那时候我已经有六个月不玩色子、扑克牌、赌马或赌狗之类的游戏了。”

听了托德的话，我把手放在他肩上，因为我完全能体会他的感受，也能想象出他当时经历了怎样的精神折磨。

“那跑马场又是怎么回事？”他把车停到私人停车位时，我问道，“赛马没有诱惑力吗？”

“不一样。我不是到这儿来赌马的，也没有投入资金。”他说，看到我不相信的表情，又笑着补充道，“过一会儿你就明白了。”

我们没有走大门或俱乐部入口，而是从一个专用入口走进了马场。门卫看到他便行礼说：“晚上好！克莱默先生。”

我们上了私人专用电梯，开电梯的年长黑人对托德点点头。这个黑人手里握着一份做了不少标记的赛马成绩单。

“你好，克莱默先生，”他抬头望着托德问道，“您认为今晚第一场的‘印度王子’怎么样？”

“它上一场可是没占一点儿上风，杰森。”

“没错，”杰森抓着做标记用的铅笔挠了挠头，“上次它被分到泥泞的跑道，但今晚可能会跑得快一点儿。我打算下些赌注。我听打扫更衣室的女人说，‘印度王子’的骑师告诉她，它今晚会赢。”

“在这儿干了那么久，你该知道哪些话可信，杰森。”

“说得对，我从来不信别人的预言，可是今天早上我正好想到了那匹马。昨天晚上我梦见‘印度王子’在它生日那天夺得了金牌。我觉得这不是巧合。”

“这两块钱拿去，杰森，扔到哪儿都行。”

“您过去可不会这么说，克莱默先生。”

“杰森，你知道我曾跌到谷底，经过很长一段时间才重新爬上来。我已经没有太多机会了。”

杰森笑着说：“我不会像您过去输得那么惨，克莱默先生。我就下一点儿赌注，然后就罢手。”

“最好能这样，杰森，这样你就无须加入戒赌俱乐部了。”

到了楼上，杰森打开电梯门让我们出来。此时，我意识到每个人都有自己的痛楚。

“赌徒的地狱是什么样？”我问托德，“被烈火煎烤？还是趴在地上永无止境地寻找从自己口袋里漏出去的中奖彩券？”

我们来到了顶层。几个骑师正在下面跑马，明亮的灯光映照在他们身穿的丝质制服上。托德望着椭圆形的马场说：“这儿就是地狱！还用再去创造吗？于我而言，这就是赌徒的地狱，我绝对不会染指！”

我们所到之处，大家都向托德打招呼，包括售票员、清洁工和商贩。这里的人似乎都认识托德，而且喜欢他。经过记者室时，几个赛马解说员向他挥手致意。他一面向他们摆手，一面看了一眼表。

“第一场比赛还差十五分钟就开始，该去见见斯坦了。”他说着带我穿过旋转楼梯下面的一个小房间。房间里有一条楼梯向上直通赛场播音室。

我们顺着楼梯来到用钢玻璃建成的观察亭。一个长着浓密棕发的姑娘坐在玻璃门旁，翻看着《影视圈》杂志。她透过玻璃门看了一眼托德，但没有打招呼，只是急忙打开门让我们进去，然后继续看她的杂志。

“她叫霍丽，”托德说，“是斯坦的女朋友，两年前她摘取了恩格尔伍德[1]小姐的桂冠。”

站在观察亭上方，可以将跑道一览无遗。斯坦和他的助理坐在摆放着麦克风的桌子后面，正拿着望远镜看在跑道上遛马的骑师。

1　恩格尔伍德：美国新泽西州东北部的一座城市。

“今天晚上在快道上。”托德说。

斯坦抬起头。他长着一张娃娃脸，但面无表情，就像一个脸上扑满了白粉的悲伤小丑。他点点头，拿出一个钱包大小、带有手环的真皮盒子。他打开拉链，从里面取出一沓用皮筋捆住的百元钞票，递给托德。托德数了数——一共是二十张，然后将皮筋重新套好，塞进裤兜里。

“第一场有什么情况？”托德问。

斯坦拿起望远镜仔细观察着下面的跑道。骑师们已经跑完了一圈，都回到了围场旁。

“没有。不过有四匹马实力相当、难分高下，得等到第二场再说。你给我打电话吧。”斯坦说话的语调没有抑扬顿挫，与他那张脸倒是很般配。

“恩格尔伍德小姐”抬起头等着我们走出观察亭，然后又锁上门接着看杂志。

下楼梯的时候我问托德：“刚才是怎么回事？”

托德答道：“斯坦二十六岁，是最年轻的赛马播报员之一，同时也是根据参赛马匹成绩和状况预测胜负最准的人之一。这里很少有人知道播报员对他来说实际上是个兼职的差事。他跟着那些骑师全国各地跑，赚了不少钱。”

托德的话让我摸不着头绪：“你是说……你替他下赌注……”

托德微笑着点头说：“他播报比赛时无法下注，所以我在赛马场上或是打电话替他下注。我提取百分之五的佣金。我是个有名的赌徒，没有人会怀疑，也没人在意。”

出了电梯，一个服务员将我们领到贵宾室位于赛道终点正上方的一张桌前。点完餐和饮料后，他又为我们拿来赛程表和成绩单。

“让你花这么多钱，真不好意思。”饮料送来时，我对托德说。

他笑了，摇着头说：“这些都不用花钱，由赛马场支付，算是感谢你今晚的帮助。”

“那好吧，”我举起白兰地酒杯，“祝我们度过一个令人兴奋的夜晚！”

他和我碰杯：“与我见过的最令人兴奋、最迷人的女士一起！”

他的表情非常可爱，让我感觉与他亲近了许多，就好像是与好朋友在一起。这时，扩音器里传来斯坦的声音。它是如此深沉、浑厚，又略带鼻音，我简直无法相信这竟是他的声音。

又有几个人来到了贵宾室，他们似乎都认识托德。

“第一场比赛斯坦下注了吗？”其中一个衣着讲究的男人问托德。他叼着雪茄，手上戴着三只钻戒。

托德摇摇头：“他大概在等第二场。”

“妈的！”那个男人说，“我以为他第一场就能看出谁会赢呢。”

托德递给我一张二十美元的钞票。

“这是干什么？”

“拿它去下注。”

“第一场我们不是不下注吗？”

“斯坦和我不会下注。你知道，斯坦不是赌徒，而是预言家，这两者是有区别的。预言家下注是为了赢钱，而赌徒是为了寻求刺激——无论输赢。你的兴奋劲儿或许能刺激我的肾上腺素呢。”

“那我赌哪匹？”

“试试杰森说的‘印度王子’吧。”

我用那二十元下了注，赌“印度王子”赢。我在场上兴奋地又叫又跳，心脏都快从嗓子里蹦出来了，身旁的托德被我逗得大笑不已。尽管如此，“印度王子”却越跑越慢，最后竟然跑了个倒数第二名。

第二场开始前，托德拿起一个红色的话筒给斯坦打了电话。他刚放下电话，那个叼着烟、戴着三只钻戒的男人和另外三个看起来很有钱的男人立即围拢到他身旁。

“第二场赌‘真正的货真价实’。”托德说。

他们立即将二十元钞票塞到托德手里。那几个男人让杰森帮他们去下注的时候，托德又给了我二十元钱：“看见了吧？这钱来得很容易！快去赌‘真正的货真价实’。”

我到窗口去下注，想起了《男孩和娃娃》这首歌：“在这儿我得到了一匹马，它的名字叫保罗·里维尔……”托德则走到五十元赌注的窗口去替斯坦下注。

开赛的枪声响起时，我感到一阵寒流蹿遍全身。开跑后，我随着众人大喊大叫，声音可能是这辈子最大的一次。“真正的货真价实”一直跑在第三名，可是跑到最后一圈时，它突然开始冲刺，以迅雷不及掩耳的速度到达了终点。我们赢了！这匹马的赌注是五比一。兑换现金时，我的手随着服务生点钱的动作微微颤抖着。我迅速地将拿到的钱塞进钱包，托德则替斯坦兑换了四张五十元的钞票。

“这些钱是你的。”我把赢来的钱递给托德。

他拒绝了：“我不能收，收了就意味着我参与了赌博。戒赌俱乐部的那些朋友会怎么说我？”第三场比赛，托德赌的马跑了第三，不过他下注的其他三匹马都赢了钱。赛到第八场时，我已经赢了四百七十美元三十五美分。

“接下来我赌哪匹？”我问托德。

他摇摇头说：“最后两场斯坦不准备下注，好马太多了，而且你还有事情要做。”

他的话让我想起了此行的目的。我必须把情况告诉贝拉，以免她到时候抓瞎。我紧张地四下张望着，这里人太多了：“有什么地方可以让我独自安静地待几分钟？”

“马场秘书处旁边有个更衣室，你的服装就放在那里。我把钱给斯坦送去，然后就回来接你。”

在小更衣室里，我换上红蓝相间的丝质骑师服，对着镜子梳了梳头，又把那些钞票塞进胸罩。收拾停当，我就叫出了贝拉，把交易的事告诉了她。

贝拉听了似乎感到很委屈：“让我穿着这着这种东西跳舞？还要戴上头盔和护目镜？我又不是小丑！”

“可是我已经答应托德了，贝拉。”

“你答应了，就自己干。”

有人在敲门：“准备好了吗？”

"好了，马上来！"

"司机在外面等你。"

"来啦。"我转身对贝拉说："这样吧，我把赢来的钱分给你。我赢了四百七十美元。"

"分我一半，而且今天晚上你不许再出来。"

"这是打劫啊！"

"我是为了演出。你要是不愿意，去找别人吧！"

"行，就这样吧。你要扮演的是贝蒂·韦恩。"在退出之前，我在心里默默地想，总有一天要讨回公道。

* * *

贝拉对着镜子抹上口红，又从柜子里找出一条红丝巾戴上。"好了，贝蒂·韦恩。"她抿了抿嘴唇，"观众都在等你呢，快出来让他们见识一下！"

司机和托德都在更衣室外等候着。贝拉走到托德身边吻了他一下，让他大吃一惊。"待会儿见，亲爱的。"贝拉对他说道。

"天啊！"托德低声叫道。

"我现在是贝蒂·韦恩！"她咯咯地笑着说，扭动着臀部跟在司机身后。

司机是个英俊的波多黎各小伙子，名叫帕克。他把贝拉带到摆满了鲜花的花车上。花车由一辆白色拖车拉着，车上的表演台上摆着一匹假马、一辆双轮马车，还有一个铁丝编成的大桶，里面装满了彩券。花车的前后两端都装了扩音器，手持麦克风则连接着驾驶室。

“知道该怎么做吗？”帕克问。

贝拉爬上双轮马车，抓住缰绳，模仿着梅·韦斯特的腔调答道：“亲爱的帕克，我永远都知道该做什么。”

“那太好了！”帕克笑着说，“我也有一个麦克风。我宣布你隆重出场后，你就唱一两首歌，随便什么都可以。我会绕着看台缓慢地转三圈，这个时候你要做的就是向那些笨蛋挥挥手。最后，我会把车停在看台中央，让你完成该做的事。”

花车驶上跑道时，观众席上爆发出雷鸣般的掌声，人们兴奋地挥着手。

“嘿！贝蒂·韦恩！”

“嘿！我打赌它会输！”

“唱首歌，贝蒂！”

“那小马是真的吗？”

“贝蒂跑输啦！”

“嘿！贝蒂把它当早餐吃了[1]！”

花车驶近看台中央时，贝拉抓着麦克风唱起了《坎普敦赛马曲》。观众热烈地欢呼着。歌曲结束后，帕克通过麦克风对观众光临纽约跑马场表示感谢，并宣布贝蒂·韦恩将从挂在拖车后面的大桶中抽出中

1　这些话都是在拿贝蒂·韦恩名字的谐音开玩笑。——编者注

奖的彩券。帕克将车停在中央看台前方，电视台的摄像机随即对准了贝拉，片刻不离。

“抽我的号码，贝蒂！”

“嘿！贝蒂，我愿意随时让你骑！”

贝拉向看台上的观众挥挥手，然后摘下护目镜，转动铁丝编成的大桶开始抽奖。“如果中奖人是帅哥，”她说，“还可以得到一个吻作为奖励。”看台上的观众再度欢呼起来。

贝拉不时和观众开着玩笑，看见摄像机正对着自己，便抿抿嘴唇、模仿着玛丽莲·梦露的沙哑声音对着麦克风说道：“我真希望这里能摆张沙发供我展示才艺。”说完，她前后左右地扭动着身体，赢得了一片喝彩。

她抽出了五张中奖彩券，前三张的得主均是男性，于是，她分别给了他们一个吻。贝拉以一曲《我的心属于爸爸》结束了抽奖活动，全场起立鼓掌。这时，一群年轻小伙子越过栏杆冲到跑道上，帕克赶紧将拖车驶离中央看台。马场动用了将近一半的警卫才将这些年轻人驱散，为最后一场比赛清出了跑道。

“你刚才的表演真是棒极了！”帕克将车开到围场入口时，托德对贝拉说。贝拉又使劲吻了他一下。

“我们走吧。”托德说。

“去哪儿？”她问。

“换好衣服，我送你回家。”

“我还想赌最后一场呢！”她说。

“斯坦最后一场没下注。”

“谁是斯坦？”

托德注视她良久，摇摇头说道：“又变了。我猜你是另外一个人。”

“哪个？”

“就是和艾略特跳舞的那个，小名贝拉。”

“猜对啦，亲爱的！”她说，用手抚摸着托德的胸部，“我得赶紧换掉这身行头，憋得都快走不动了！”

贝拉换衣服的时候，我表示想再出来。

“你刚才已经说过不出来了。”她说。

“我把赢来的四百七十元都给你。”我说。

“你想买通我？听着，是我上台表演的，这些钱本来就该全归我，而且我也有权出来。”

“你会后悔的，贝拉。”

“有什么可说的？承诺是你做的，但完成的是我。”

我无计可施了。托德在更衣室外面等着：“最后一场不要下太多赌注，斯坦认为几匹马的实力相当。”

“那是斯坦的看法。”

贝拉走到五十元赌注的窗口，把四百七十元都押在了“愤怒的萨尔”身上。她心想，这将是一次了不起的赌局。然而，“愤怒的萨尔”只跑了第四名。

“无所谓，”她对托德说话的时候摆出挑逗的姿势，“太刺激了！”

“你是个输得起的赌徒。”他说。

“我觉得钱和男人一样，来得快，去得也快。”

托德把贝拉送到公寓门口，她请他上楼去喝一杯。

托德跟着贝拉上楼梯的时候，我责备自己为何愚蠢地答应了她今晚不再出来。我担心她与托德亲近的时候，金克丝会冲出来。金克丝可没参与我们的交易，但贝拉不会想到这一点。

这时候我突然想到，既然其他人都没有和贝拉交易，那么让谁出来都可以。诺拉出来可能会使事情变得更复杂，最好还是让莎莉出来，因为她对今晚的事一无所知。

贝拉进屋换衣服的时候，托德独自在客厅里喝着饮料。我抓住这个机会从中干预，让莎莉跌跌撞撞地跑了出来。此刻，她根本不知道自己在做什么。

贝拉开始大喊：“这不公平……”

贝拉退出了。莎莉站在镜子前试穿新买的粉红色睡袍，忽然听见客厅里有声响。她吓了一跳，赶紧凑到门缝查看。只见托德一手握着酒杯，另一只手在开电视。

“嗨！”他叫道，“今晚的新闻里大概有你。”

莎莉慢慢地走出卧室，想搞明白托德在说什么：“新闻为什么会报道我？”

“你没看见跑道上有摄像机吗？”

她被搞糊涂了：“你在这儿干什么？摄像机与我有什么关系？”

“不是吧！”托德放下酒杯，准备往外跑。他退到门口大叫道：“上帝！你现在究竟是谁？”

莎莉盯着他："听着，我不知道你在玩什么把戏，托德，但是我今天根本没有踏出公寓一步。"

"没出过门？"他指着电视说，"那这个又怎么解释？"

"……今晚，"播音员正在报道，"观众在纽约跑马场观看了精彩的抽奖仪式，欣赏了贝蒂·韦恩本人的非凡表演。"

镜头拉近，莎莉看见了自己，惊讶地睁大了眼睛。

"上帝！"

"如果你一直在家，那这个人又是谁？"

"是我……"莎莉喘着气说，"可是我什么都不记得了……"

她看见贝拉在电视里又唱又跳、开着各种玩笑，泪水不禁潸然而下："她不是我，不可能是我，我不记得了！"

托德想安慰她，但被她拒绝了："让我一个人安静一会儿，我需要好好想想，搞明白这究竟是怎么一回事！"

"好吧，"他说，"你确信自己没事就好。我想告诉你，无论发生了什么，我都爱你。"

托德离开后，莎莉关了电视机，茫然地盯着漆黑的电视屏幕。

目睹了自己的表演，她现在不能再说这一切都不是真的了。

周围安静得令人毛骨悚然。莎莉陷入极度的痛苦之中，我真替她难过。此刻，就好像突然被人撕下了脸上的面具，她从镜子里看到了真实的自己。她明白了为什么这么多年来会一直失落时间，为什么会为自己没有做过的事受到指责，为什么会被人当作骗子，为什么总会听到耳语，人们又为什么会对自己指指点点。

“我不想活了！”她尖声叫道。

“你必须活下去！”一个声音说道。

“你是谁？是谁在说话？你是哪一个？”

“我在这儿守护着你。”

“我拥有多重人格！我是个冒牌货！我想死！”

“你已经知道了真相，正在接受治疗，不要放弃！”

“我再也无法忍受这种地狱般的生活，让我去死吧！”

她摔碎了玻璃杯，准备割腕，但被那个声音制止了。

“你已经看到了贝拉，知道了真相，那就应该从情感和理智上接受其他人格存在的事实。把情况都告诉罗杰医生，继续接受治疗。”

莎莉昏了过去。

我也不知道那声音来自何方。我们大概都疯了。

* * *

周五去医院治疗的时候，莎莉将发生的事告诉了罗杰医生。他听后感到很不安。

“我曾计划让你与其他人格见面，”他说，“但要等你接受了事实。我没想到你会在电视上看见其他人格。”

“我不想活了，罗杰医生。我的心情从来没有这么糟糕过。”

“这么做确实会令你痛苦，却是治疗过程中不可或缺的一步。你已经被迫接受了体内存在其他人格的事实——突破了内心的第一道防线，现在应当努力发展共享意识。你们学会了彼此沟通，才能平安相处。你们面对的最大危险，就是不知道其他人格都在做什么。”

“对不起，罗杰医生，我曾企图自杀。”

他若有所思地望着莎莉，倾身向前说道：“我担心的正是这个。”

“我不会再这样了。”

“我们现在正处于一个非常微妙的阶段，莎莉。你的情况非常危险。我认为你最好自愿住到医院来，直至产生了共享意识。时间不会太长的。”

莎莉哽咽着问道：“为什么？我又没疯！你说过我没有精神病。”

“你当然没有。不过，就像我刚才说的，下一步治疗至关重要，我希望你受到二十四小时的监护，以防你昏过去。”

她摇摇头，皱着眉说：“我虽然经常昏厥，但不需要住院。你准备怎么做？”

他握住她的手，凝视着她的眼睛：“莎莉，到目前为止，每次你进入催眠状态都能够回忆起往事，可醒后却什么都想不起来。你坚决地拒绝承认其他人格的存在，使治疗无法进展下去。”

“那怎么办？”她的声音中充满了惊讶和恐惧。

“我将通过催眠给你暗示，让你记住我与其他人格对话时发生的事。你不仅能听见她们的声音，而且能记住她们都说了什么。这样你就能逐渐接受她们。”

“我不想接受她们，让她们消失吧！”

“我们不能这么做。你已经从情感和理智上接受了她们的存在，所以我们需要将大家融合在一起。你们必须直接沟通。”

“我害怕。”

“这是必然的。你之所以创造了这些人格，是因为你需要她们。然后，为了保护自己，你又选择遗忘，否认自己知道她们的存在。我要做的是，摧毁这个起消极作用的防御系统，打开一条通道，让你们进行合作。不要忘了，她们曾经是你创造出来的朋友。”

她擦干了眼泪：“没错，可是我从来没有想过要面对她们。”

“这是唯一的办法，莎莉。我准备让你和其他人格一起接受治疗。所以，我希望你住在医院里，以便我们随时观察。”

“那我的工作怎么办？”

“告诉艾略特和托德，你必须离开一两个星期，以便接受治疗。你不必向他们解释细节。住院的事由我安排。”

她点点头：“那就听你的吧。”

离开罗杰的办公室，莎莉感觉浑身紧张，肌肉似乎都僵硬了。她真想收拾行李，离开这里。然而，她知道再也无法逃避，必须面对那些将生活搅得支离破碎、令自己魂不守舍的人格。同时她也明白，和她们见面，既可能使自己痊愈，也可能使自己走向灭亡。

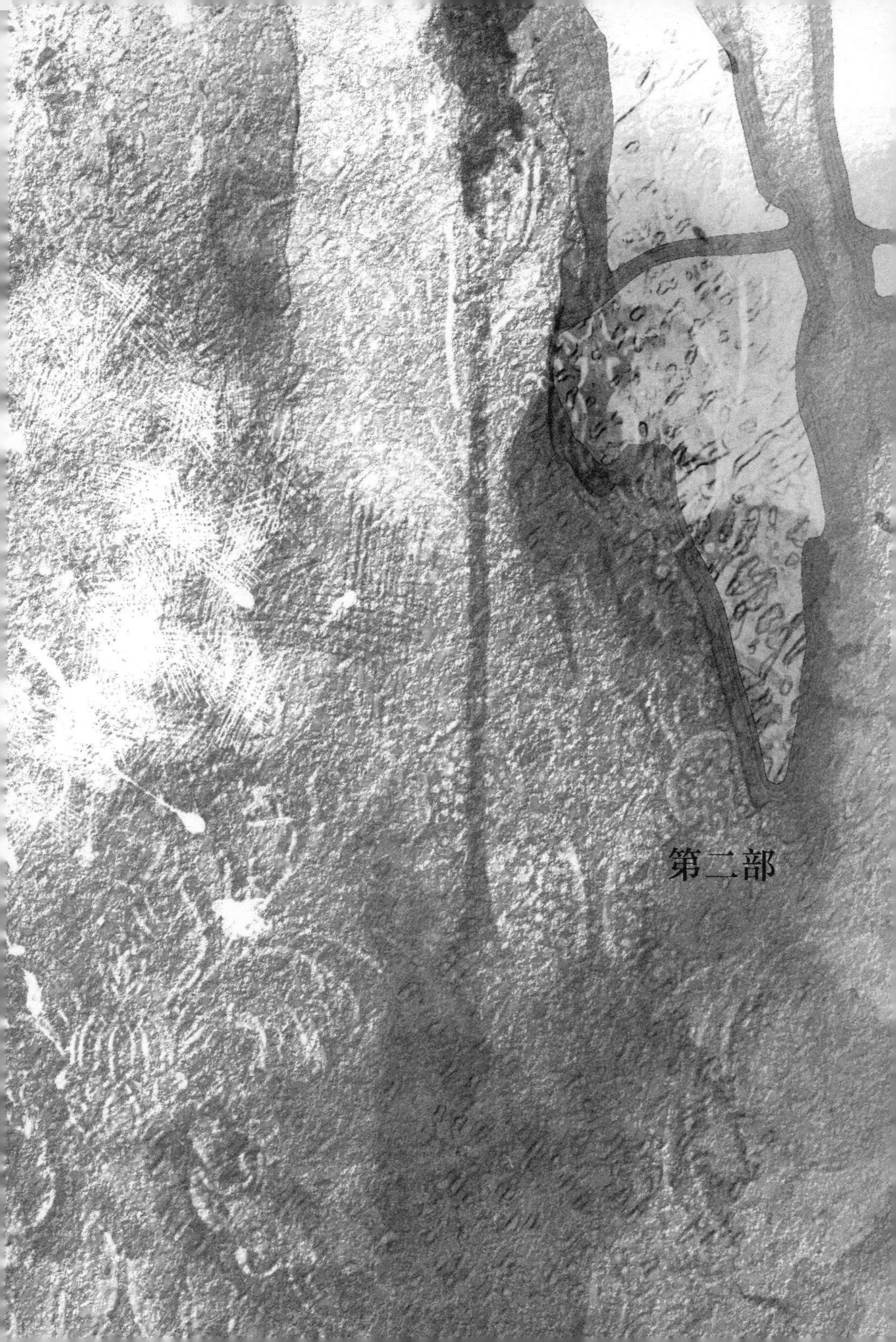

第二部

第八章

在随后的那个星期，莎莉住进了中心医院心理健康中心，被安排在三楼的开放病房。这里不像是医院，倒像是现代化的酒店大厅。然而，身处护士、医生和患者之中，她仍然感到十分害怕。于是，她在心中筑起了一道防护墙，将自己封闭起来。我只好出来替换莎莉。那个大嘴巴达菲不时走进我的病房查看，甚至在三更半夜将我摇醒，询问我到底是谁。我知道她不相信我们存在，就决定吓吓她，编造了一些新的名字，让她以为还有其他人格存在。我告诉她我是露易斯，今年四岁，我要找妈妈。一天下午，我又告诉她，我是在图森市抢劫银行的马丁·科萨克。她把听到的都记录了下来。

在那间明亮、摆满了植物的日间活动室里，我结识了不少心地善良的人。可是，我有多重人格的消息传开后，他们对我的态度就变了，就好像我是个骗子。

“你今天是谁？”一个满头白发的老太太问我。

“强奸犯杰克，”我告诉她，“我曾强暴过好几个老太太。”

她被吓跑了。我知道不该这么做，但是如此愚蠢的问题着实让我气愤。

我和玛丽安娜成了朋友。她头发稀疏，脸上长着青春痘，经常说我为人和气友善。每当我来到日间活动室，蜷缩在彩虹色的泡沫橡胶沙发上，她都会坐到我身旁。她喜欢传播各种消息，而我也喜欢听。她从中获得了不少乐趣，因为消息是她第一个告诉我的，此外还因为我俩都是罗杰医生的病人。

住进医院的第三天，我做了一系列检查，包括罗夏墨迹测验和加利福尼亚心理调查。回到日间活动室，我已筋疲力尽、心情烦躁，只想一个人待着，可是玛丽安娜又搬着她的椅子凑了过来。

“我不想让罗杰医生治疗了！”她说。

我没有看她，继续玩着手中的扑克牌：“为什么？”

“大家都在谈论他。我在餐厅清理桌子的时候，听见三个医生说想让罗杰退出会诊小组，可又怕因此招惹麻烦。还有一个医生说罗杰霸道，一旦他拿定主意，就听不进别人的意见，觉得自己什么都懂！”

“也许他就是这样。”我看牌成了死局，就从最下面摸出一张偷偷补上。

“他们说罗杰医生在你身上花费了太多时间，没有好好照顾其他病人，害得他们替他弥补。他们说得没错，罗杰在你身上花的时间确实比其他病人多。”

“是吗？”我哼了一声，“那是因为我体内有五个人格，而你们只有一个。”

她惊讶地张大了嘴巴：“你承认了？”

“承认？我还为此感到骄傲呢！这样我就能比你们聪明、漂亮、性感五倍！”

她盯着我说：“你这个浑蛋！大家都说你装蒜是为了吸引他的注意，这样就能侵占本该属于我们的时间。”

我大笑着说：“没错，我就是个名副其实的演员。有人准备拍摄一部有关多重人格的电影，我正在为出演这个角色做准备。我就要出名了！”

“别骗我了。你根本没把我的话当真。知道我还听说了什么吗？那些护士说，他妻子就是因为无法忍受与他共同生活，才在自家院子里的一棵树上上吊的。”

“你这个该死的骗子，满脸长痘的浑蛋！”

我大概骂得过火了，可是我无法忍受别人在背后污蔑罗杰医生。这时，玛丽安娜突然向我扑来，打乱桌上的纸牌，把我向后推到椅子上。我没有坐稳，重重地摔倒在地上。她立即爬到我身上，使劲拽着我的头发。我心想，我必须独自对付这个骨瘦如柴的玛丽安娜，否则金克丝出来看见这个情景，一定会当场要了她的命。我可不想给医院惹麻烦。

我俩在地上滚来滚去地厮打着，她撕破了我的衣服，我把她摔在地上，骑在她身上。她对我尖声吼着：“我不会放过你的！我会让你为挑起这一切而后悔！”

“是我挑起的？你才是……”

我还没说完，就被人从玛丽安娜身上拉开。大嘴巴达菲和一个护士跑过来按住我的胳膊，玛丽安娜趁机从地板上跳起来，照着我的肚子就是一脚。三个人对付我一个，这太不公平了！于是我决定请救兵。

金克丝抬起脚踹向玛丽安娜的下巴，令她当即昏迷不醒。接着，金克丝突然抓住两个护士，迫使她们松开了手。金克丝用左手按住一个，右手向另一个挥过去。她听见哨声和警铃声响起，才看见几个病人害怕地蜷缩在角落里，地板上还有一摊鲜血。她知道那不是自己的血。

达菲爬出金克丝拳头可及的范围后，返回来企图攻击她，但随即又被制服住。金克丝在达菲身上又踢又咬。此时，活动室的大门打开，三个男看护冲了进来，其中一个手里拿着紧身衣。金克丝被他们团团围住，只好松开了达菲。

“来吧！你们这些畜生！我不会手软的！”口中的血令金克丝感到恶心，但她忍着没有吐出来。她不能让这些人控制自己。

一个身材高大的看护抱住了金克丝。她抬脚踢他的下身，却被他顺势用腿紧紧地夹住。

“你这个泼妇。”他大笑道。

“抱住了，托比，我给她套上紧身衣！”

“上帝！快点！”

金克丝伸手去抓他，逼得他来回躲闪。他们终于将她按在地板上，给她套上了帆布紧身衣。

他们为什么要让自己住进这个疯人院？他们就是想用这种浑蛋伎俩让自己掉进陷阱，参与这场混战。金克丝知道自己有麻烦了。

“我们应当让罗杰医生来看看，都是他招惹的麻烦！”一个看护说。

另一个点头道：“他对病人一味纵容，却让我们来擦屁股。看看这些咬痕，我可别得狂犬病！”

达菲从地板上爬起来说：“交给我吧，我去通知罗杰医生。你们帮我把她弄回房间，绑在床上就行。既然他说任何情况下都不能给她用镇静剂，那就先绑她两天，让她安静下来好好想想。我们已经控制住了局面，没必要在周末去打扰这位好医生。”

“你死定了！”金克丝冲着达菲咆哮道，“有朝一日他们放我出来，我一定会找你算账，掏出你的心脏！”

达菲冷眼看着她，掩饰着自己的愤怒：“装得真像，莎莉，但你今天表演得过头了，你骗得了罗杰医生，却骗不了我们。”

他们连拉带拽地将金克丝带回病房，把她推进房间，然后用皮带和手铐扣住她的手脚，将她绑在床上。金克丝奋力抵抗着，怒吼道：“真见鬼，争斗又不是我挑起的！为什么把我绑在这里，这么粗暴地对待我？戴瑞，你自己来承担后果吧！”

“我不行，”我说，“我受不了！”

“那好，我走了！”金克丝说，“还是让那个蠢货出来吧！”

我心里觉得对不起莎莉，因为这不是她的错。不过，她出来比我要好。于是，我眼睁睁地看着金克丝退出了。这时候我有一种奇怪的感觉，好像有人在一旁监视着我。这怎么可能？我才是“记录者”啊！只有我认得所有的人。总之，莎莉出来了，发现自己被人五花大绑地捆在床上。她呻吟着，大声呼叫着，想挣脱束缚。

就在这个时候，她的脑海中又响起了那个柔和、亲切的声音：莎莉，冷静下来，这样挣扎只能伤害自己。你必须忍耐，要相信罗杰医生。你应该完全信任他，去见见其他人格。我同意罗杰医生的看法，如果不立即采取行动，你们所有人都会遇到危险。

我觉得这家医院把我和莎莉都折腾疯了。莎莉听了这些话，慢慢地放松下来。她点点头，不再挣扎，安静地躺在床上，心想那些人也许会回来给自己松绑。

莎莉想退出，但是没有成功。于是，她回忆起自己当邮递员的生父奥斯卡。祖父去世后，父亲便失去了踪影。

莎莉还记得自己走遍大街小巷一直在寻觅的那张脸——神情忧郁，眼皮肿胀，看起来就像个梦游者。经年累月背负的邮袋压弯了父亲的腰，不过在她的梦中，父亲成了睡魔，邮袋里装的不是信件，而是沙子[1]。每次父亲在睡前给她讲完童话故事，都会假装自己是睡魔，她仿佛听到了父亲咯咯的笑声，就如同他在睡梦中发出的一般。还是她自己睡着了，而父亲在一边笑？

她一直以为，父亲失踪不过是愚人节的一个玩笑。总有一天，父亲会突然出现在大街上，从后面捂住她的眼睛说："过愚人节的傻姑娘，莎莉！"或者指着什么东西大叫："看！那边有只鸭子！"她转头望去，父亲就会得意地唱道："上当啦！受骗啦！一分钱又输啦！"

在带着莎莉送信的路上，他总是开着玩笑："嘿，快看那只两条

1　睡魔会在孩子们的眼睛里撒沙子，使他们入睡做梦。——编者注

尾巴的小狗。”等她转过头，父亲就会大笑着说：“愚人节，去学校，告老师，傻瓜到！”

每次叫她起床上学的时候，父亲哀愁的眼睛中都会露出微笑：“起床了！睡美人，不能让老师生气。”

他总是时刻替她注意着时间，可是那天他为什么会独自匆匆上车，将自己一个人留在地铁站台上？是父亲一心想着送信，才把自己忘了？后来警察在站台发现了她，把她带回警察局，打电话叫母亲来接她回家。她还记得自己等待母亲时号啕大哭的样子。

她也记得自己和母亲去警察局填写失踪人口报告的事。奥斯卡怎么会失踪？他是怎么走失的？他一定是躲起来了！莎莉知道父亲的心早已迷失。每天早上叫她起床后，他都会独自坐在餐桌前凝视着远方，眼睛就好像困得睁不开一样。可就在她以为父亲睡着了的时候，他却突然咯咯地笑起来，用手指摸着稀疏的胡子，摇着头说：“奥斯卡啊……奥斯卡！”似乎是在责备自己。然后，他又会悲伤地垂下眼睛，似乎意识到了自己是谁，又在什么地方。

最近几年，莎莉时常在想，父亲在走失前脑子里究竟在想什么？他是在梦想大海吗？母亲曾经说过，父亲可能到海边去了，因为他从小就喜欢船，还当过海上童子军。奥斯卡的父亲是个身强力壮的水手。奥斯卡一直想出海，但高中毕业后他就和莎莉的母亲结了婚。结婚后母亲终止了学业，六个月后，莎莉出生了。她知道母亲一直为此感到羞耻，无法释怀。

莎莉从来都不相信父亲出海了。在她心目中，父亲仍然背着装满了梦境之沙的邮袋，沿着大街小巷悲伤地走着。总有一天，她会在路上遇见他，追上去从背后捂住他的眼睛，轻声说："……我是谁？睡魔先生，快猜猜我是谁？"

她真希望此刻父亲就陪在自己身旁。她不知道父亲是不是到什么地方去寻找新生活了。她听说男人会干出这种事：重新娶妻生子、改名换姓，以新的身份生活。

莎莉越思念父亲，思绪就在她脑海中翻腾得越快。不行，她感觉自己已经无法承受了！我必须立即出来制止这一切，让思绪慢慢平复下来。莎莉为什么连这么简单的决定都做不了？这与决定该穿什么、吃什么、在几层下电梯有什么不同？

奥斯卡，帮帮我！

罗杰医生，帮帮我！

上帝，帮帮我吧！

莎莉应该把奥斯卡的事告诉罗杰。父亲离开的时候莎莉才六岁，可她为什么比任何人都更早地知道父亲不会再回来了？那天晚上他讲完故事，以为女儿被邮袋里的沙子迷住了眼睛，已经睡熟了，于是俯身吻了吻她的脸颊，轻声说："做个好梦，睡美人，等待你的王子来吻醒你吧！"说完，他点着头微笑着走出了房间。当时莎莉就知道有什么事不对劲了。那是她最后一次看见父亲。

* * *

星期六一整天，莎莉都被达菲绑在床上无法动弹。星期天下午，达菲过来给她松了绑，盯着她的眼睛问："你是谁？"

"莎莉·波特。"

达菲逼近莎莉，怒视着她的眼睛："那些人格都是你捏造的吧？"

"你在说什么？"

"根本没有什么别的人格，都是你装出来的，对吧？"

达菲充满敌意的目光令莎莉感到害怕，不知如何作答。这时她脑海里响起了一个声音："顺着她的意思说，她就是个狠毒的笨蛋！"

"不是，"莎莉高声说道，"我没有说谎，罗杰医生说我体内存在其他人格，我相信他。"

"罗杰不让给你用镇静剂，"达菲说，"但是我担心你仍然有暴力倾向，你就这样躺到明天吧！"

然而一个小时之后，达菲还是让人去给莎莉松了绑。

"对不起，"这个身材高大的护士对莎莉说，"达菲太恶毒了，没资格当精神科护士。"

莎莉揉着自己的手腕和脚踝，好让血液流通起来。她迅速瞥了一眼护士衣服上白底黑字的塑料名牌，上面写着"芬顿护士"。她觉得自己也应该挂这么一块牌子，这样别人就不会老是询问自己是谁了。

"谢谢你，芬顿护士。对不起，麻烦你了。"

"不麻烦。你需要帮助，仅此而已。你有一位好医生在照顾你。"

星期天剩下的时间莎莉本该待在病房里，但艾略特带着鲜花和点心来看望她，所以她获准去会客室见他。艾略特看起来与往常不同，但莎莉想不出究竟是哪里不一样，只好作罢。

“你过来看我，真是太好了。”她说。

“托德原本想一起来看你，可是他得去跑马场安排宣传活动。事情的经过他都告诉我了，我是说，你在电视上看到自己的事。”

莎莉点点头：“罗杰医生说，这对我有好处。我过去一直拒绝承认自己体内存在其他人格。”

“那天晚上和你一起去跳舞我就发现了。我叫你贝拉，你非常不高兴，还记得吗？”

她点点头。

“莎莉，你不但漂亮，而且善良、活泼，充满了活力。你应当明白，我被你迷住了。”

“我有病。”

“你会好的。等你恢复健康，我有些话要对你说。我知道大家都认为我放荡不羁，但那都是过去的事了。莎莉，只要给我一线希望，我就会等你。”

“你是什么意思？”

“三次婚姻失败后，我从未想过再婚，但是，我在你身上发现了许多优点，这是我认识的人都不具备的。如果你嫁给一个事业成功、有责任心的男人，法官或许会重新考虑你两个孩子的监护权。为自己的将来想想吧！”

莎莉脸红了："你太好了，艾略特。孩子对我来说比什么都重要，可是，结婚，我……我……"

"现在什么都不要说，莎莉。我只是播下种子而已，或许哪天它能开花结果。即便不能做你的丈夫，我也心甘情愿做你的朋友。"

莎莉点头说："你真是太好了！"

艾略特离开后，莎莉想象着嫁给一个到处拈花惹草的中年浪子的情景。也许他以后真能改变。她吃着艾略特带来的巧克力杏仁糖，突然明白他为什么看起来与往日不同了。他的脸胖了，显然是增加了体重。他体内的那个胖子是不是正在呐喊，挣扎着要出来？

* * *

周一早上十点，玛吉过来将莎莉带到罗杰医生的办公室参加集体治疗。

"达菲干的事，我们都听说了。"玛吉告诉她，"罗杰医生非常生气，已经要求医院行政部门处罚她。"

玛吉陪着莎莉走出精神科病房，穿过院子向罗杰办公室所在的行政兼医学大楼走去。

走进房间，莎莉看见里面的五张椅子摆成了一圈，其中四张椅子前面摆着镜子。罗杰见到她，起身把她带到没摆镜子的那张椅子上坐下。

"对不起，莎莉，达菲的行为真是不可原谅。"

“我没事，罗杰医生，真的没事。他们说你不允许给我用镇静剂，也许达菲没有其他办法……”

“真荒唐！她应该给我打电话，我会立即赶过来的。她锁上你的房门就可以了，根本没有理由把你绑起来，现在又不是中世纪。”

“我当时有暴力行为，罗杰医生，而且她知道我曾经试图自杀。”

他拉过椅子坐在她身旁：“我们必须解决这个问题，莎莉。我们需要找到问题的根源，才能更快取得进展。正如我曾经说过的，你也必须了解情况。尽管这样会令你痛苦、难受，但是你必须再次经历。现在你已经知道存在着其他人格，我希望你直接与她们接触。”

莎莉胆怯地望着前面有镜子的那四张椅子，似乎是想找个地方躲起来：“我还没有准备好，太快了。”

“最好不要拖太久。”

她将身体缩进椅子，仿佛要尽量让自己变小：“我受不了。”

“我对你有信心，莎莉，否则就不会这么做。现在我告诉你今天要做什么。”莎莉点点头，但没有看他。

“我们先不采用催眠法，让你通过意念召唤其他人格出来，然后与她们交谈，就像你小时候常做的那样。”

她摇摇头：“我觉得自己办不到，罗杰医生。”

“试试看，莎莉。如果不行，我们再用催眠法。”

“那我该怎么说？”

“说什么都可以。”

她逐个望着那几面镜子，看着镜子里的自己，忽然觉得对着镜子和自己说话很愚蠢。

“罗杰医生让我和你们谈谈……”

她沉默了几秒钟，又说道：“我们必须合作，因为罗杰医生要帮助我们……”

她感到一阵心慌，疼痛从脖子根蔓延到头部，紧接着一股寒意袭来。她知道罗杰医生不希望出现这种情况，因为他不想让她现在就昏过去。她必须保持清醒才能面对她们，无论她们是谁。

“出来吧，”她叫道，“戴瑞、诺拉、贝拉，无论你们在哪儿，都出来和我说话吧！”

什么也没有发生。

“对不起，罗杰医生，”她说，“我让你失望了。”

“别这么说，莎莉，也别这么想，不过是拖延了一点儿时间而已。迈出这么一大步——打开沟通的渠道，你当然会感到不安和害怕。”

“可是她们没有回应……”

她又等了一分钟。我感觉诺拉和贝拉就在边上徘徊，像我一样好奇地想知道会发生什么，但我不知道金克丝在哪里。

我想起了莎莉过十四岁生日时的情景。莎莉的母亲邀请邻居们的孩子一起来为她过生日，但是没有人来，因为他们都觉得莎莉古怪。好在莎莉本来就喜欢独处。于是我们就一起来到楼上的房间，吃着冰激凌、饼干和蛋糕庆祝生日。贝拉吹灭了蜡烛，诺拉许了愿。后来，金克丝顺着排水管溜出去偷了弗雷德的汽车，带着我们去兜风。结果莎莉晕车呕吐，回家后挨了一顿揍，尽管她根本不记得发生了什么事。

可怜的莎莉，她从来都不参与我们的胡闹，但每次都要为此承担责任。

现在，莎莉强忍着泪水等待着，两条腿靠在一起，紧握着双手，声音颤抖地说："还是你叫她们出来吧，罗杰医生，她们不肯现身！"

"好吧，莎莉。"他用手碰了碰她的胳膊，"他知道黑暗中发生的事情……"

莎莉闭上眼睛进入了催眠状态，等待罗杰医生的指示。

"我数到五，你们都必须到这个房间来参加集体治疗，我们有重要的事情需要讨论，一个都不能少。我指的是戴瑞、诺拉、贝拉、金克丝，当然还有莎莉。我刚才说数到几？"

"五……"莎莉低声答道。

"那么开始，一、二、三……四……五，到亮处来。"

莎莉听见了罗杰的话，惶恐地等待着。这时候，我觉得有什么东西把自己推了出来。

"嗨！罗杰，"我说，"好久不见。为了方便记录，我自己报上名字，我是戴瑞。"

莎莉听到我的声音，喘了一口气，依次望着四面镜子，想看看来的是谁。她发现只有最左边镜子里的那张面孔与自己不同。莎莉的眼睛和头发都是棕色的，而那面镜子里的人却是一头金发，长着一双蓝眼睛，明亮的眼睛正左顾右盼。

"你好！戴瑞，"罗杰说，"最近发生了什么事？"

我把那天晚上和托德一起去跑马场的事，以及莎莉从电视新闻里看到贝拉时的反应，一五一十地告诉了他。那天晚上前半部分发生的事，莎莉当然一无所知，所以在我描述托德的时候，她很有兴趣地听着。

“现在的问题是，”我说，“托德和艾略特都采取了行动。”

“你指的是什么？”罗杰问。

“托德爱上了诺拉，可是他把我当成了诺拉；艾略特为贝拉而疯狂，却去向莎莉求婚。”

“那你选择谁，戴瑞？”

“我？我谁都不选。”我边回答边注视着他的眼睛，希望他能明白我只在乎他。

“好了，”他说，“这件事我们必须留意，但在融合之前不能做决定。究竟选谁，要让完整的莎莉自己做主。”

“但愿她能做出正确的选择。”我说。

“还有什么要告诉我的吗，戴瑞？”

我思索了大约一分钟，忽然想起刚才好像有人推了我一把：“你这么一问，我倒真想起了一件事。我有一种奇怪的感觉，好像有人在监视我。有时候我会听到一个奇怪的声音，却发现周围根本没有人。在电视上看见贝拉之后，莎莉曾想割腕自杀，但是被这个声音阻止了。平常听到这个声音我会感到害怕，但当时我觉得它一定出自一个有爱心的好人，或者什么东西。”

罗杰点点头说：“我一直在等待这种情况出现。大部分多重人格障碍患者都会遇到这种情况。只要这个声音说的话有积极作用，就应该听从。出现这种情况一定要告诉我。”

“我会派个人监视……”我点头说，不禁咯咯地笑起来，“对不起，我忍不住。”

他也笑了。我很高兴，他没有因为我的玩笑而生气。

“还有一件事要麻烦你，戴瑞。”

“尽管说。”

“进行集体治疗需要你的帮助，能请大家出来参加吗？”

“我试试，罗杰。下一个出来的是谁，有特定人选吗？”

“由你决定。”

我考虑了片刻，认为最好让贝拉出来。她老嚷着要出来，而且从未让观众失望过。我告诉贝拉，罗杰想让我们同时出现。她笑着答应了。

莎莉发现镜子里的自己突然变成了另一个人，长着红头发、戴着假睫毛，浓妆艳抹，噘起的嘴巴上画着鲜红的唇线。我不禁怀疑，这是真的吗？这是莎莉现在看到的，还是电视录像的画面？

“哎呀！”贝拉伸着懒腰叫道，“我头都晕了，就好像在耀眼的灯光下被人转来转去。”

莎莉似乎吓坏了，我以为她要退出了。“我来介绍一下，”我说，“莎莉，她是贝拉。”

“你好。”莎莉说。

“我很好，只要你不赶我走。”贝拉说。

莎莉皱着眉，不明白贝拉在说什么。

“贝拉擅长表演，”我急忙解释说，“你在电视上看见的就是她，那天晚上她在跑马场上扮演贝蒂·韦恩。”

莎莉使劲摇着头：“我看到的不是她，而是我自己。这怎么可能？”

我突然意识到莎莉说得没错。我当时也看到了。我看到的人是贝拉——就是她现在这个样子，电视录像中出现的却是莎莉的容貌。

“这有什么难理解的？”从贝拉左边的第三面镜子，也就是莎莉正前方的镜子里忽然传出一个声音。莎莉看见镜子里又出现了一张新的面孔，她长着高颧骨、橄榄色的皮肤，长长的头发垂到腰际，很像个印第安人。

“还是让诺拉来解释吧，”我说，“她什么都懂。”

“如果你懂点儿心理学，就非常容易理解。”

诺拉看着罗杰。他微笑着，但是没有说话。

“莎莉看到的我们，是她潜意识中的面孔，而她在电视上看到的却是录像中的真人，不是想象出来的。”

听诺拉这么说，贝拉很不高兴：“你是说我们都不是自己的样子，而是长得和她一模一样？”

“确实如此。”诺拉答道。

“我才不信呢！”贝拉坚持说，“我知道自己长什么样！”

诺拉望着罗杰，希望得到他的支持：“你认为呢，罗杰？你不想给她们解释一下吗？”

“你说得很好，”罗杰说，“但是作为医生，我最好不参与你们的讨论。”

“听说要进行集体治疗，我就一直想问你，你是否采用了与大多数弗洛伊德学派心理分析师不同的方法？我是说，他们通常都是站在患者身后，让那些患者躺在沙发上自由地联想，尽量挖掘出潜意识里的东西，是这样吗？”

“没错，”他微笑着，“但我不是心理分析师，也不属于弗洛伊德学派。我同意并接受弗洛伊德的很多观点，譬如压抑、潜意识以及对梦的解析。与此同时，我也结合了其他方法，譬如非指导性疗法、心理剧疗法、催眠疗法和集体治疗法等等。”

“也就是说，你并不拘泥于一种方法？”

“可以这么说。”

诺拉对自己的连连发问感到很得意。

“你把椅子挪过来，和我们一起讨论吧，”诺拉接着说，“既然我们同意让你帮助解决问题，那就需要对你有更多的了解。”

“诺拉说得有道理，”贝拉赞同道，“我们把什么都告诉你，那你也不该对我们有所隐瞒。”

“是你们在进行集体治疗啊，”罗杰坚持说，“我不应该参与。”他望着莎莉，希望得到她的支持，但是莎莉的眼睛死盯着地板。“莎莉，请让讨论继续吧。”他说。

“我……觉得罗杰医生说得对，”莎莉只好说，“他是医生，知道怎样做最好。”

“现在是二比一，”诺拉说，“戴瑞，你认为呢？”

罗杰站起来，在办公室里来回踱步。“太不可思议了！”他说，“从来没有听说过这样的事。这可不是你们投票就能够决定的。在治疗过程中，医生既不应该参与，也不应该把自己的问题拿出来讨论。”

“那好吧，”诺拉说，“还有一个办法，我觉得你也可以考虑。”

罗杰扬起眉毛：“什么办法？”

“自我揭露法。”诺拉答道。

“你从哪儿……”

“我在图书馆看过一本很薄的书，书名是《透明的自我》，作者是西尼·朱拉德。你应该知道这本书吧？还有莫勒，你一定也读过他写的《新集体治疗法》吧？”

“当然读过，”罗杰说，“但这本书与今天的治疗有什么关系？”

“莫勒和朱拉德都认为医生应该为患者做出榜样，通过自我揭露，公开自己的生活和问题。你刚才说自己吸取了不同的理论和方法，那我们也有权要求你满足我们的愿望。”

我们都坐在那里注视着焦急的罗杰，他显然已经掉进了诺拉设下的陷阱。

“我同意莎莉的意见。”我说，觉得自己背叛了诺拉和贝拉，“如果罗杰不想谈论自己，就不必勉强。我们已经欠了他太多，把他扯进来不公平。我承认，我对你很好奇，也想更多地了解你，罗杰，但是，如果你认为采取这样的办法于我们无益，我就支持你的意见。”我直视着诺拉的眼睛，“现在是二比二，平局。”

房间里突然安静了下来，大家的目光一起转向了第五张椅子，揣测着金克丝会不会冒出来参加我们的讨论。看到没有动静，我松了一口气。不过，我确信金克丝会在她认为恰当的时间和地点出现。

诺拉终于说道："你是唯一可以打破平局的人，罗杰。这取决于你是否愿意告诉我们，你的妻子为什么会在自家院子里上吊自杀。"

罗杰盯着诺拉，脸色变得苍白。

"你是……怎么……知道的？"

诺拉忍着没有笑出来。毕竟，医生的窘况不是每天都可以看到的，他们总是躲在暗处不让人发现，尽量保护着自己。诺拉无意伤害罗杰，只是对他妻子的事感到好奇。

"你是怎么知道的？"他再次问道。

"我可没去打听，"诺拉说，"是莎莉在医院里听说的，就是因为这件事，戴瑞才和那个满脸长痘的姑娘打架。那个姑娘告诉戴瑞，你不是一位好精神病医生，还说护士和医生都在议论，你妻子的自杀身亡更加重了你的'耗损综合征'。这些都是戴瑞告诉我的。"

"他们还说了什么？"

"说你工作心不在焉，为了支撑下去，把自己伪装起来；你假意对患者和自己的工作都十分感兴趣，但其实你抑制了所有的情感。在此情况下，我们在把自己的生命交给你之前，有权更多地了解你。"

"好吧！"他哽咽着低声说，"也许我是应该进行自我揭露。如果这样做能够保全你们的生命，就是值得的。"

他把椅子拉进我们的圈子，坐在我和诺拉之间，然后低下头盯着地板。

"丽奈特和我结婚的时候还很年轻。她长得非常漂亮，我们彼此相爱。她到外面去工作，供我完成了医学院的学业。然而，就像我曾经对戴瑞提过的，医学界有一个人们极少知道的问题。由于工作过度并经常面对患者的痛苦，医生会出现所谓的‘耗损综合征’的症状。他们装作对患者极为关心，但其实并不投入，因为他们听得太多、见得太多，有时候甚至会出现比患者更严重的问题，也更急需治疗。为了支撑下去，他们变得对疼痛和苦难无动于衷，但是，这样做却会损害他们的个人生活，我是说，我的个人生活。我总是提醒患者注意人称的使用，不要将‘我的’说成‘你的’，可是今天我自己就用错了。天啊！真是一团糟……

“总之，我认为这就是她自杀的原因。筋疲力尽导致我情感冷漠，而丽奈特却觉得那是她造成的。她是一个细腻、敏感的女人，特别需要爱抚和支持，但是我无法给予她，于是她……她……”他摇摇头，强迫自己继续说下去。

“一天早晨我从睡梦中醒来，看到她的身体悬挂在窗外的蓝天中。她选择在一棵刻着我和她姓名缩写的枫树上结束了自己的生命。”

罗杰的目光在我们的脸上逐个转了一遍。

“我们十几岁的儿子将母亲的死归咎于我，”他继续说道，“在其后的三年里，他不断进出青少年感化院，直至十六岁。然后有一天，他突然离家出走，消失得无影无踪。从此，我再也没有见过他，也没有他的任何消息。我独自生活，没有再婚，将全部精力都用于工作，不过大部分时间我只是走走过场，直至今天。”

他停下来，抬头望着诺拉，两只手无力地垂在椅子的扶手上。

“你最初不愿意为我们治疗，”诺拉问道，“就是因为我们有自杀倾向？”

贝拉接着问：“你极力挽救莎莉的生命，也是这个原因？”

罗杰点点头：“只要你们坚持下去，就有改变的希望。不要轻生，无论情况多么糟糕、看起来多么没有希望，都不要放弃！”

诺拉突然觉得与罗杰的距离拉近了：“很高兴你能与我们分享这些经历，罗杰。了解了这些，我更相信你能找到将我们融合在一起的办法。我不会再自杀了，一定会与你好好合作。”

罗杰将身体靠在椅背上，向前伸出修长的双腿。

“我认为，让莎莉回忆起你们是如何从想象中的朋友变成了真实的人格非常重要。”

“有道理，”我说，“可是我不记得了。”

“我也是。”贝拉表示。

诺拉也跟着摇了摇头。

“我可以采用催眠法帮助你们回忆，专业的说法叫作‘年龄退行’。”

“让诺拉来吧。”我说。

“为什么是我？”

我正想着，突然脑海中似乎有一个虚无缥缈的声音温和地答道：“因为你是最后被创造出来的。”

“这与由谁来做有什么关系？”

“戴瑞说得没错，”罗杰说，“从最近的事向前回溯，更合乎逻辑。”

贝拉也表示赞同：“这样我们就可以最后再与金克丝打交道，如果她出现的话。”

“来吧，诺拉，”罗杰说，“我已经揭露了自己，现在该你了。你说过会合作的。”

“好吧，”诺拉将双手交叉着抱在胸前，“开始吧！”

“诺拉，”罗杰说道，“他知道黑暗中发生的事情……”

她点点头，闭上了眼睛。罗杰将她交叉的双手拿开，用自己的手握着。

“你睡着了，诺拉，但是你仍然能听到我的声音，按照我说的去做。如果你听到并理解了，就点点头。”

诺拉点了点头，感觉自己的呼吸虽然沉重，但很有规律。同时，她也感觉到罗杰温暖的手坚定地握着自己的手。

“莎莉，要认真听，其他人也一样。诺拉，你将回到自己诞生的时刻，你要记清楚，然后把发生的事告诉我们。告诉我们，那是什么时候？”

“十二岁……感恩节假期前两个星期。”

“你在哪里？”

“托马斯·杰斐逊高级中学的教室里，正在上数学课。”

“好，你正在教室里上课，描述一下当时的情景。”

诺拉说话的时候睁着眼睛，但她已经离开了我们，回到了脑海中遥远的过去。

* * *

“我坐在自己的课桌前，但不知道为什么大家都看着我。那不是我的面孔，是莎莉的。老师问了莎莉一个问题，同学们都看着她，等待她回答，可是她根本不会这个公式，她的数学很糟糕，而且也害怕学几何。她搞不明白什么角度、弧度，也不知道为什么要学这些东西。平常上数学课的时候，她不是走神，就是偷看藏在笔记本下面的漫画书。任课老师知道这件事，所以从不叫她回答问题，可是那天的代课老师不知道她的情况，叫她解一道方程题。大家都笑着等着看她出丑，他们知道莎莉的几何学得不好，而且那道题很难。

“‘莎莉，我等着呢。’

“‘我……对不起，老师，我没做过这道题。’

“‘你没做过？这是你们任课老师布置的家庭作业，对吗？’

“‘是的，可是……’

“‘可是你没做！其他题做了吗？’

“‘没有，对不起。’

“‘对不起？说对不起有什么用？到黑板前拿起粉笔解题，让我们知道你能做出来。’

“莎莉不想在众目睽睽之下走到黑板前。因为家庭作业一向完成得不好，她知道同学们一定在窃窃私语，嘲笑着自己。她渴望与他们做朋友，让他们喜欢自己，但现在他们一定会恣意取笑，这件事也会很快传遍全校。大家都会说：‘愚蠢的莎莉在黑板前出尽了洋相！’

“莎莉走到黑板前拿起粉笔，听到背后的窃窃私语声，脸立即涨得通红。突然，她感觉一股寒意穿过身体，头剧烈地疼痛起来。这时我明白了莎莉的心思，不过那是唯一的一次。于是，我出来代替了她。莎莉消失不见了，我抓起粉笔，看了一眼黑板上空着答案的题，觉得一点儿都不难。

“‘我懒得做这个家庭作业，这道题太简单了。’

“我在黑板上飞快地画图并列出公式，然后用粉笔重重地写下了答案，最后又加上‘证明完毕’几个字，写的时候还大声念着。

“我转身望着老师和同学。他们都惊讶地睁大了双眼，有几个同学还张着嘴巴。我扬起头，轻蔑地看了一眼那群傻瓜，然后趾高气扬地回到自己的座位。下课铃响了，从震惊中缓过劲儿来的同学们都围到我身旁，追问我是如何做到的。

“从那以后，我变得越来越强大，出现的次数也越来越多。我负责上数学课，成绩总是很优秀。后来，法语、社会学和英文课也由我去上。我感觉好极了。那时候我不知道有其他人格存在，但发现自己从未上过体育、戏剧、家政和舞蹈课，也没有参加过社交活动。起初，我以为大家都有这样的经历——会突然昏过去，清醒后发现周围的情景完全变了。我只能将零零星星的信息拼凑在一起，推测出发生了什么事情，不过，这倒是挺有趣的。后来，从别人的谈话中，我发现事实并非如此。其实，我只是在需要用到我的知识时才会出现。

“有一次，一个同学在楼道里拦住我，说我上家政课的时候烤了一个特别美味的椰蓉蛋糕。当时我就觉得不对劲，因为我根本不会烤东西。还有一次，一个男同学称赞我是个出色的啦啦队队长。我开始采用逻辑分析法，将事实拼凑在一起。

“后来我想到了一个办法。我看到一张海报，说在感恩节橄榄球比赛之后将举办一场舞会。于是我决定聚集自己所有的能量，坚持下来参加这场盛会。每当我精神恍惚、产生幻觉或者快要昏过去的时候，就开始数数或者专注于自己的呼吸。我坚持了整整一天，接着碰到了莎莉的几个同学，可是，我既认不出他们，也听不懂他们在说什么。我的状态令他们感到诧异。尽管如此，我也一直撑到了橄榄球比赛开始的时候。

“我过去从来没参加过橄榄球赛。这是一场盛大的比赛，我们的对手是蒂尔登队。莎莉的妈妈给她烫啦啦队队长穿的裙子和绣着字母 J[1] 的白色运动衫时，我就觉得会出事。啦啦队队长应该做什么，我一点儿都不知道。我在莎莉的书桌里到处翻，希望能找到记录着口号的笔记本，可是一无所获。我只好换上衣服，乘车去了橄榄球场。

“这时候，我开始头痛，就像莎莉走到黑板前时一样，但上次是莎莉，这次却是我头痛。我觉得自己的头盖骨都快要被掀开了，但是我强忍着。我心想，要不然就上场一试，要不然就去死。我走到已经站好队的姑娘们中间，她们看我的眼光都怪怪的。我站在那儿，大喘着气说，我头痛得厉害！

“也就是在那一刻，我第一次听到了戴瑞的声音。

1　J：托马斯·杰斐逊中学的校名缩写。——编者注

“‘别这样，诺拉。不能把我们的事情搞砸了。’她说。

“‘你在哪儿？’

“‘就在你的脑海里，诺拉。别赖着不走，大家都等着呢！’

“‘你是谁？’

“‘我叫戴瑞，现在不是我们互相认识的时候。听我说，让贝拉出来带着啦啦队跳舞，你会把事情搞砸的！’

“‘我想留下来。’我边说边观察着。

“‘你干不了这活儿。要是你不闪开，我就让你一整年都没有机会再出来。快走吧！’

“但我还是愚蠢地在那儿坚持，摇摇晃晃地模仿着别的队员。随后，我感到眼睛阵阵刺痛，脑海中又响起了戴瑞的声音。

“‘我警告你，赶快退出，否则我就弄瞎你的眼睛，让你再也看不了那些无聊透顶的书！’

“就这样，我退出了，没有看成那场盛大的比赛。我后来听说，我们以7∶21的悬殊比分输了。从那以后，我才知道还有其他人格存在，而且只有戴瑞知道大家都在想什么。后来，我从戴瑞那里间接地了解了一些她们的事。”

* * *

说到这儿，诺拉沉默了。

“我认为，”罗杰说，“我们今天大有收获，你们对自己的历史有了一些了解。我宣布，第一次集体治疗圆满结束。”

“我们自己可以这样练习吗？”我问。

“绝对不行！”他立即严厉地答道，“那太危险了。莎莉目前的状况还处于非常微妙的阶段，不能操之过急，特别要避免压力。我希望你们都能承诺与我合作，并尽最大努力让事态保持平衡。”

我们都做出了承诺。

“我数到五，莎莉就会苏醒过来，而你们要回到黑暗中去。莎莉会清楚地记得今天在这里发生的事。你们会感觉舒适、轻松。”

罗杰数完后，莎莉迷迷糊糊地醒了过来。她发现罗杰正端详着自己。

“嗨……”她虚弱地说。

“你感觉怎么样？”

她活动了一下手指。

“记得发生了什么吗？”

她点点头：“像是在做梦。我的三个朋友都来了，不是在想象中，而是她们变成了真人。还有，我们必须团结合作。”

“非常好，莎莉，你今天表现不错。”

“罗杰医生，你刚才说要避免压力，可是我在这里就感受到了极大的压力。我害怕达菲，也讨厌医院。我可以出院，回自己的公寓吗？”

罗杰考虑了一会儿：“你是自愿住进来的，莎莉。如果你觉得在外面更有利于治疗，那就没有理由让你继续住在医院。你已经见过其他人格了，而且你们相处得不错。我们再等一天看看，如果你能很好地控制自己，就可以回家了。”

莎莉露出了笑容：“你真善解人意，罗杰医生。你是唯一真正关心我的人。”

“其他人也很关心你，莎莉。你是个心地善良的好姑娘。我确信问题解决之后，你的生活一定会很有意义、很充实。”

回到病房，莎莉才想起刚才忘了问罗杰，那第五张椅子和镜子是怎么回事？那个没有来参加集体治疗的人是谁？

第九章

星期三，莎莉一大早就起床收拾好了东西，然后焦急地等待着出院。透过玻璃窗，她看见外面正在下雨。护士芬顿进来通知她可以出院了，莎莉和她拥抱道别后，便立即冲出房门——几乎是跑着，消失在走廊里。

在乘车回家的路上，她一直在想，见过其他人格之后，住在公寓里会不会有与以往不同的感觉？她以后一定要更加小心，因为那里还住着其他人。她们都是独立的人格，所以不能随便动她们的东西。

莎莉在裁缝店门前下了车，向满头白发、驼着背的格林伯格先生挥了挥手。他也向她摆摆手。莎莉心想，他大概没有注意到自己住了一个星期的医院。他为什么要在意这些呢？这个可怜的老人有他自己的烦恼，那些小偷就够他操心的了，西区的这片地方治安很差。她看到墨菲背对着自己被摆在那儿。她过去偶尔在天黑后回家，看到站在玻璃门后面、穿着警察制服的墨菲，多少会感到心安。这种感觉是不是很愚蠢？

莎莉突然想到，自己不在的这段时间，会不会有不法之徒闯入公寓？想到这儿，她立即两步并作一步奔上楼梯。到了楼上，她仔细地察看门是否有被撬开的痕迹。锁上的凹陷和划痕看起来像是旧的，但她不能确定。她推开门，故意弄出很大的声响，大叫道："嗨！有人吗？"希望这一叫能吓得入侵者跳窗或者沿着防火梯落荒而逃。

屋内的一切井井有条，没有人进来过。谢天谢地！

她给自己摊了一盘鸡蛋当作午餐。原本想再炸些薯条，但想起自己答应过要和大家一起控制体重，只好作罢。

洗盘子的时候，她从烤箱深色的玻璃上看到了自己的面容，于是用沾满肥皂水的手在上面抹了几下。为什么罗杰不让自己单独和其他人格接触？这样做会出问题吗？或许是罗杰知道，他不在场，她就无法联系上她们？达菲护士大概说得没错，那些人格都是精神病医生自己编造出来的，所以，她的自行尝试可能不会有结果。罗杰是用了催眠法才把她们请出来参加集体治疗的。她们大概都是催眠后产生的幻觉，罗杰不在就不会出现，可能就是这样。

莎莉吸完地毯便打开电视，迅速地浏览了一遍自己喜爱的娱乐节目和连续剧频道，最后锁定了三位经济学家讨论经济衰退及其原因的节目。经济学家的预测没什么好看的，突然，她的脑海中蹦出了"枯燥无味的科学"这几个字。她怎么会想到这些？她根本听不懂他们在讨论什么，真令人丧气。然而，为了诺拉，她还是强迫自己继续看下去。讨论终于结束了，她松了一口气，关上了电视。

和她们说几句话真会造成伤害吗？在医院讨论的时候，她们说话都很随便，好像并没当回事。必须让她们知道，这是生死攸关的事。

莎莉在卧室里转来转去，想搞明白里面的东西都分别属于谁。那些需要费脑筋的书肯定是诺拉的。她抽出《芬尼根的守灵夜》翻了几页，随即沮丧地合上。“诺拉，我知道你在这儿，我必须和你谈谈。我想知道这究竟是不是真的。在不被催眠的情况下，我能看见你、听到你说话吗？”

她继续搜寻，在书堆后面发现了一个按摩器。贝拉是一个什么样的人？她从事什么职业？莎莉把按摩器放在手中转着，突然被它的形状吓了一跳，好像在什么地方见过。对了，是在时代广场情趣商店的橱窗里，还有其他看起来像是……

“天啊！真恶心！”她脱口叫道，将按摩器扔回盒子，“她们怎么这么变态？”

但她立即提醒自己：“我不应该评判她们。她们都是独立的人格，我应该做的不是排斥，而是要尽量理解她们！”

她回到衣柜前，从里面拿出那条蓝色的裙子：“戴瑞，这是那天你去应聘时买的吧？我需要和你谈谈，戴瑞。我必须知道实情。戴瑞？戴瑞？”

罗杰告诉她不要自行与其他人格联系，就是不想让她去揭自己的伤疤。她再也无法忍受这种焦虑的情绪！罗杰不是说要避免压力吗？她必须试试，看看自己能否突破心理障碍。莎莉知道，这需要加倍努力才行。大家都说她意志薄弱，她一定要向他们证明事实并非如此。

她取下电话的听筒，又去检查上了两道锁的门。然后，她把房间整理得井井有条，就好像在等待什么人来访。

这些都做完后，她舒舒服服地洗了一个热水澡，梳好头发，穿上那条很久未穿的旧印花裙子。然后，她搬来四张椅子摆成一圈，又找出三面镜子放在椅子前面。

她把《芬尼根的守灵夜》放在其中一面镜子前说道："我没有看过这本书，诺拉，不过我向你保证，我会找时间看的。我决定以后要多读书，努力充实自己。我希望多和你聊聊，因为你能够引导我，告诉我该如何去做。"

她又拿来我那条蓝色的裙子，将它叠得整整齐齐，放在第二张椅子上："戴瑞，我会尽量让自己快乐，尽量多笑，这是你希望我做到的。如果你能出来帮助我，我会更有信心。这样罗杰就会相信我们在合作，能够像朋友一样友好相处。"

最后，她小心翼翼地用食指和拇指夹着按摩器放在第三张椅子上，尽量掩饰着不屑的表情："我知道自己不该这么害怕性，贝拉，出来和我说说话吧，告诉我该如何放松自己，与男人相处时怎么才能不惊慌失措。"

莎莉静静地等待着，不知道怎样才能唤出那几个人格。她在脑海里见过她们，也听到过她们说话的声音。

"我没有疯，"她说，"我相信罗杰医生。你们就在这里。在我面前现身吧，这样我们四个人都会好起来。"

房间里一片寂静，只有雨滴敲打窗户发出的声响。她起身走过去打开所有的窗户，然后又坐下来继续等待。依然没有动静。

"我明白了！"她突然跳起来说，"我们应该开个茶话会，就像你们还是我的洋娃娃时那样。”她从厨房拿来精美的茶杯和银盘子，那是她唯一保存下来的结婚礼物。她在房间中央的折叠桌上摆好了四套茶具。烧水的时候，她又打开一盒杏仁饼干，整齐地倒在盘子里。她没有买过杏仁饼干，但经常在橱柜里看到。一定是有人喜欢吃杏仁饼干吧。

厨房里传来一阵巨大的声响，把她吓了一跳。过了一会儿，她才意识到那是水开时发出的声音。她赶紧跑过去，沏了一壶茶摆在饼干旁。

“请出来吧！”她乞求着，依次望着那几面镜子，“我知道自己不该叫你们出来，但是我实在无法忍受了。如果没有人出来，我就从窗户跳下去。”

我知道她是在虚张声势，因为她不会失信于罗杰的。不过，我也向罗杰保证过，我会照顾好莎莉。我可以让她昏过去，然后自己出来，可是看到她这些幼稚的行为，我觉得还是和她谈谈为好。

“真蠢，”我说，“罗杰是怎么说的？你知道自己在干什么吗？”

莎莉从左边的镜子里看到了一张脸，立即认出我来：“戴瑞，对不起，我实在无法忍受，头都快裂开了。我必须搞明白这一切是不是真的，可是我自己办不到。”

我听得出来，她确实是非常害怕。

“放松点儿！”我说，“你想干什么？”

“我就是想见见大家，和你们说说话。我想让自己相信我们可以成为好朋友，我们能够团结合作。”

“可是我也不知道该怎么做。”

“求求你，戴瑞，别拒绝我！”她着急地望望四周，“你想喝茶吗？”

“好吧，很久没喝茶了。上次你请我们喝茶的时候，用的是铝质的玩具杯子和盘子，喝的是白水，而且饼干也是假的！”

“这次是真的茶，”莎莉向我保证，“这些是奶油杏仁饼干。”

“我知道，”我说，“是我最爱吃的。”

“原来饼干是你买的？”她说，“你看，我都不知道。我应该更多地了解你们，这对我来说非常重要。”

“为什么？”

“这样我才能感觉到与你们更加亲近，为融合做好准备。”

“如果真能融合的话。”我说。

莎莉仔细地端详着镜子中的我，觉得必须小心谨慎。因为罗杰说过，我是唯一能与她以及其他人格共享意识的人，如果没有我，就无法进行治疗，她必须赢得我的好感。

“你大概忘了，我知道你在想什么，莎莉。”

她惊呆了：“当然，我忘记了。对不起，我不是想……”

“你不能利用或欺骗我，莎莉。你经过治疗也许已经好多了，在情感上接受了我们，而且能够与大家沟通。我知道你在想什么，不过只有我认识并能联系所有人。我们应该就此达成共识！”

发现我正看着她，莎莉只好专心喝茶。她不想冒犯我，至少是现在。

“强迫我退出，”我说，“你办不到。你必须让我看见和听到一切。

想得到我的帮助，你就必须与我全面合作。”

她盯着我问：“全面合作？”

这一点我并没有想好，只是脱口而出。于是我决定“临场发挥”一下——贝拉大概会这么说。

“我的意思是，”我说，“我帮你除掉其他人，然后我俩合作。我们一起喝茶，只有你和我。”

“最后我们就会成为双重人格，像《化身博士》里的杰基尔和海德那样？”

“也不完全一样，准确地说，更像是灰姑娘辛戴瑞拉。仙女用魔杖一点，她立刻就穿上了晚礼服，准备去王宫与王子共舞。我们分享时间，午夜前是你的时间，而我在午夜之后才出现。我们可以像自由快乐的小鸟一样飞向任何地方。我们可以周游世界，去看看伦敦、巴黎和罗马。我们还可以一起去参加舞会。”

“但是罗杰医生说……”

“他是说我们很特别。我们还是正视现实吧！要是没有我，他根本不会注意到你！你会蜷缩在病房里，无人理睬。因此，我有权享受快乐，那是我应得的！我要生存，要成为一个真正的人。”

莎莉觉得我的话有道理，可又不敢承认。我坚持成为她永久的伙伴，就意味着她再也无法过正常的生活，那她还真不如去死。

“别着急！”我说，“别往那儿想，我可没说要永远那样，对吗？”

莎莉猛地抬起头，意识到我指的是她想要自杀的念头：“那你的意思是……”

“我不会永远活着。我只是想再多活几年，好自由自在地去远方旅行，在灰姑娘的马车变回南瓜之前享受一下生活。”

莎莉知道自己已经控制住了我，因为我害怕她自杀。

“别再想了，”我说，“就这样吧。我不知道以后会发生什么，但如果你自杀了，我会因此受到谴责，甚至下地狱。我不想冒险，你可别怪我没有尽力。”

莎莉又开始头疼了，从脖子一直蔓延到头顶，头疼得似乎要裂开。

“放松点儿，不要抗拒，莎莉，否则只会疼得更厉害。”

“我不知道为什么会这样。”

“你想让大家出来和我们一起喝茶，可你又使劲抗拒，颈部的压力导致了头痛。”

“是谁要出来？”

“嘿！我又不是算命的，听见声音我才能知道。”

莎莉等待着，没有反抗。与以往不同，她今天决定留下来而不是逃跑。

过了一会儿，她看到中间那面镜子里露出了假睫毛、浓妆艳抹的脸和性感的嘴唇。

“这是在干什么？”

“没什么，贝拉，”我说，“莎莉想把‘神秘五人组’中的四个创始成员从遥远的过去召集回来。”

莎莉听到俱乐部的名称，一时感到有点儿困惑。“五”这个数字在她脑海中不停闪现。

“哦！真扯淡，都是女的！我出来的时候，还以为有什么好玩的事呢！我可不想再参加什么集体治疗。”

“别走，贝拉，”莎莉说，“我必须和大家谈谈。现在治疗已经进入了关键阶段，这关系到所有人。”

贝拉不屑一顾地看着她：“你拿出按摩器干什么？想让我们自慰吗？”

莎莉被她问得慌了神，但极力掩饰着：“不是的，我只是觉得摆上你们曾经摸过的东西，或许能帮我召唤你们出来。”

“好吧，这样确实能让我出来。”

“我没有特别的意思……”

“她是鬼怪电影看多了。”我说，“上帝！莎莉，这可不是黑魔法或招魂术能够办到的。”

“我不知道该怎么办。”

“你从来都不知道，”贝拉说，“所以我们才会一团糟。”

贝拉看了一眼那面空镜子：“还有谁要来？”

“我们三个再加上诺拉。”我说。

“那个魔鬼来吗？”

“莎莉不知道她是谁，她们还没见过面。”

“没见过谁？”莎莉问。

“没什么，”我说，“以后有的是时间见。”

“要是知道没被邀请参加茶话会，她一定会气炸的！”贝拉说。

“别理她！”

“如果与我有关，”莎莉说，“那我就有权知道！”

“谁说的？”我并不想为难莎莉，但受不了她这么婆婆妈妈。

“别生气，戴瑞。你答应过罗杰医生要合作的。”

“可是你也答应过他，不私自与我们接触。”

莎莉怯懦地低下了头：“对不起，你说得对，我不该这么做。”

“行了，”我又心软了，“贝拉说的是金克丝。”

“谁是金克丝？”

“我们中的一个。”

“还有一个？我以为只有我们四个人。”

“不记得我们俱乐部的名字啦？我们是‘神秘五人组’。”

莎莉摇摇头，似乎在努力让自己搞明白：“我确实听过金克丝这个名字，但我一直以为指的是我，我就是那个倒霉蛋。”

“根本不是那么回事！”

“为什么不想让金克丝参加？”莎莉问我。

“她有暴力倾向，”我说，“她气愤的时候什么都干得出来！”

“她为什么要气愤？”

“她天生就爱愤愤不平，”我说，“她是个凶狠、恶毒的人，最好别把她牵扯进来。”

“我同意戴瑞的看法。”右边的镜子里传出说话的声音。莎莉转过头，看到了诺拉深沉的目光和垂肩的黑色长发。

“让金克丝出来，就等于打开了潘多拉魔盒，会招致一系列麻烦，而且想让她回去非常困难。”

“真可怕，”莎莉哽咽着说，“要是你们都这么想，那一定是真的。如果金克丝也是我的一部分，那我不也是个凶狠、恶毒的人吗？上帝！我究竟是怎样的一个人？”

“你是个笨蛋，”贝拉说，“我要走了。”

“你不应该走。”诺拉说。

“胡说八道！我想走就走。”

“去逛街？”

贝拉窃笑道：“你怎么知道的，聪明的笨蛋？你从来就不明白别人的想法，所以拉里才会离开我们。主要是你的错！”

“事实不是这样的。”诺拉说。

“就是这样。你不肯和拉里出去喝酒应酬，还让他的朋友难堪！”

“说说你自己的丑事吧，像个娼妓一样随便和人上床。”

“你骂谁呢？你这个浑蛋！”

“别吵了！”我制止道，“我们又不是来吵架的。莎莉，是你请大家来的，你是主人，你来解决吧！”

“好吧，”莎莉说，显然被她们的叫骂搅得心慌意乱，“我请大家来，是想开个茶话会，一起讨论一下我们的未来。我们必须与罗杰医生合作……我的意思是……”她再度哽咽了，看着自己绞在一起的手指，不知道接下来该说什么。这时，一阵寒意袭来，她的脖子立即开始僵硬，头又痛了。莎莉绝望地望着我，知道这个征兆和头痛意味着什么。我们也都明白。莎莉想坚持住，但头痛得越来越厉害，似乎要被劈成两半。她从挂在墙上的镜子里看到了一张愤怒的脸，乱蓬蓬的头发纠缠在一起。

“戴瑞……”她轻声说，“帮帮我……我想……”

“好的，”我回答，“放松，让我进去，金克丝不能把我赶出来。”

莎莉迅速瞥了一眼时钟：八点四十三分……

然而，事情可不像我想象的那样。

金克丝尖叫着出现了：“你们在这里搞什么鬼？”她看了看镜子中的几张脸，冲过去将镜子一一砸碎，然后又扯下窗帘，开始砸家具。上帝！幸好我晚上不住在这儿。接着，她又抓起贝拉的口红，在墙上的镜子上写下了“金克丝”几个字，然后一拳击碎。我数了数，包括三个小镜子在内，她毁坏的镜子足以给我们带来二十八年的厄运[1]！上帝！我真的试图接管过，但是我无法与她对抗。

“走着瞧！”金克丝吼道，“这才不过刚开始，你们这帮浑蛋！”她随即冲出了公寓。

* * *

金克丝穿过地下室向后院跑去，一路上见到东西就踢，包括那些纸箱、画像和玩具。她对我们愤恨不已，特别是对我。她知道我不喜欢她男性化的着装，所以刻意要气气我。她翻过栏杆跑进邻居家的院子，突然想起自己很久没去过格林伯格先生的裁缝店了。她打开后院

1 西方有一种说法：打破镜子会带来七年厄运。——编者注

的大门，发现裁缝店换了新锁，但是砸锁、撬弹簧可难不倒她。她返回地下室找来一根铁棍，撬开裁缝店的后门，溜了进去。

她搜遍了男装（刚刚熨烫好，仍然散发着洗衣剂的味道），但没有找到一件合适的衣服。这些衣服都过于肥大了。她拉开帘子想进裁缝店的前厅，突然被眼前的情景吓了一跳。

该死！店里竟然有个警察！就站在门的右边背对着自己。他一定听见自己破门而入了。金克丝赶紧躲到柜台下面，从旁边的镜子里观察着他的反应。那个警察左手握着警棍，似乎准备采取行动。然而，什么动静都没有，他甚至连脚都没有动一下。

“浑蛋！”金克丝小声骂道，“原来是个假人！”这时，不知道为什么，“墨菲”这个名字突然在她脑海中闪过。

她将假人拖到店铺后方，脱下它的警服套在自己身上。她觉得胸部有点儿紧，便从抽屉里找出一卷缎带将乳房束紧，然后再套上警服。这下刚刚好。她又脱它的裤子，轻蔑地对假人说：“连裤子都没了，还傻笑什么？”她穿上裤子，戴上警帽，握着从假人手上拔下来的警棍，站在镜子前打量自己。她心想，人们一定会以为是警察杀了拉里，可有好戏看了！

金克丝从后门出去，翻过栏杆跑到路边的电线杆旁，在下面使劲挖着，直至找到一个塑料袋。然后，她把刚才挖的坑掩盖好，从塑料袋里拿出一把点三八口径的左轮手枪。这把枪就是她从霍顿商场的那个畜生警卫手中夺下来的。

她要先杀了拉里，然后再去找那个准备除掉自己的胆小鬼莎莉算账。她这么做可是为了自卫。

她将手枪插进腰带，循着原路穿过地下室来到大街上，边走边晃动着手中的警棍。此时才晚上九点半，但第十大道上却已空空荡荡。她充满信心地走着，心想绝对没有人敢抢劫或强奸警察，更何况她还有警棍和手枪防身。

她向北走去，一路上试着撬了几部车的锁，但都未得手。走到河滨大道，她看见一个秃头、戴着牛角框眼镜的中年人正要坐进一辆崭新的奔驰车。于是，她迈开大步走到车旁，用警棍敲着车窗。

那个男子按下车窗问道："什么事，警官？"

金克丝掏出手枪说："别慌，我不会伤害你。"接着，她打开车门坐到他身旁："快离开这里！"

他害怕地睁大了眼睛，抗议道："别开枪，不要伤害我！车给你，只要让我……"

"快开车，你这个杂种！"她用枪抵住他的肋骨。

他发动了车，踩下油门，车轮轧在路面上发出刺耳的声响。他闯过一个红灯，转弯时差点儿撞上一辆卡车。开过几个路口后，金克丝命令他将车开进一条空荡荡的街道。

"停在这儿！"

"你要干什么？"

"滚出去！"

"别开枪！"他迅速爬出车。

她照着他的秃脑袋就是一拳，把他的眼镜击落在地上。那个男子跌跌撞撞地向后爬去。“我才不会在你身上浪费子弹！”她边倒车边说，“滚蛋吧！”

她沿着河滨大道向北加速开去，然后穿过亨利·哈得孙公园路驶上乔治·华盛顿大桥。开到泽西路时，她加入了高速公路的车流。她开着车横冲直撞，把那些吓呆了的司机远远地抛在后面。那些被超车的人对她破口大骂，而保险杆被撞坏的人则愤怒地向她挥舞着拳头。没有什么比开快车更能让她感到兴奋。她真想开着这辆车去参加撞车大赛，然后再去看看那个秃头车主领车时的可怜模样。那个倒霉蛋大概为这辆车买了不少保险。

突然，她意识到如此招摇很愚蠢。开快车很容易被警察拦下，况且自己不但在冒充警察，还带着一把上了子弹的手枪。于是，她立刻将车开下高速公路，缓缓驶入新泽西的恩格尔伍德，寻找着她要去的地方。

金克丝把车停在拉里那栋红黄相间的丑陋房子对面。这栋房子的正面有四根罗马石柱，草坪上立着模仿十九世纪式样的煤气灯。她下了车，穿过拉里家的小道时，抬头正好看见一个女人的身影在起居室的彩色玻璃窗后晃动。她猜想那一定是安娜。不知道拉里是否也经常对这位新欢撒谎？这个畜生必须为自己给女人带来的痛苦付出代价！是的，他必须付出代价！他谎称金克丝是他唯一爱的人，还说之所以能够容忍莎莉，就是为了与金克丝长相厮守。可是有一天晚上金克丝出来，却发现他正在和贝拉打情骂俏。要不是他太强壮，夺走了金克丝的刀，她当时就杀了他。还有那个换妻游戏更是令人蒙羞！他现在就要得到报应了。

她看见窗前闪过一个男人的身影，不禁暗自骂道："该死，要是早来一步，就能一枪崩了他！"那天晚上的月光很明亮，她只好躲在草坪外围的紫杉树下，以免被过往的行人看见。她注视着彩色玻璃窗，又看见了安娜和其他几个人。拉里进入了她的视线，却不巧被人挡住。她拔出枪，用左手紧紧地握着。只要他再出现，一定……

但就在此时，灯光熄灭了。

她喘着气暗自诅咒着。几秒钟后，楼上的灯亮了。她将枪插回腰带，决定耐心等半个小时，待灯光都熄灭，再从楼下的窗户溜进屋内，悄悄爬上楼。对了，要塞些东西堵住彭妮的房门，以免她出来干扰。不能伤害彭妮。然后，她就潜入主卧室杀死拉里，当然也不能饶过安娜。如果帕特闻声跑出来，只好把他也干掉。一定要在彭妮发现自己之前顺着楼梯逃走。如果彭妮恰好从窗户向外看，也只能看到一个警察开着黑色轿车逃离的背影。这样彭妮就只能与莎莉生活在一起，所有的痛苦和梦魇都将结束。

楼上的灯也熄灭了。整栋楼一片漆黑，只有草坪上的煤气灯散发出微光。金克丝又等了一个小时才开始行动。她推了一下前门，发现上了锁。于是，她小心地绕着楼转了一圈，但发现旁门和后门也都无法打开。她又挨个试了三扇窗户，但根本够不着装着铝框的防风玻璃。绕到楼后，她终于发现了地下室的窗户，便用脚使劲踢开了上面的搭扣。她用一只手推开窗户，钻进了地下室。这时候，她听见楼上传来一阵声响，接着又是一阵，然后是脚步移动的声音。有人发觉了？她爬上地下室的楼梯，心想在门厅里不管遇到谁，都要当场将其击毙。她拉开地下室通向门厅的门，听到了车库门开启的声音。有人进来？但她并没有听到汽车的声响。她突然想到，一定是拉里要出门。

借着明亮的月光，她从窗缝里瞥见一个男人穿过草坪走向停在路边的汽车，打开车门坐了进去。这么晚了，这畜生要去哪儿？寻花问柳？那正好能将他逮个正着。她从后门跑出去，看见车正准备驶离。于是，她迅速跳上奔驰车，黑着灯紧跟着他的车开了两条街。那辆车掉头向华盛顿大桥的方向驶去。金克丝打开车灯，继续跟着。

四十五分钟后，他将车开入靠近第三大道东区的地下停车场。她也尾随着开了进去。他可能已经起疑心了，但现在正是动手的最佳时机——他正准备去和什么人约会。又是去玩换妻游戏？上帝，在动手之前，一定要看看他那张该死的脸！

她找了一个停车位，等待着。他锁好车，朝电梯走去。等他走近，金克丝猛地推开车门，从腰间拔出手枪。

他停下脚步。看到对准自己的手枪，他举起了双手："我就住在这儿，警官。我有证件，我……"

他不是拉里！这个男人脸颊消瘦，灰色的头发理得很短，胡子也是灰色的。该死，跟错了人？"你是谁？去拉里家干什么？"

"你是女的？女警察？为什么要跟着我？"

她用枪顶着他的脸："浑蛋！我在问你话，快点回答，否则我就让你的脑浆溅到墙上！"

“你不是警察！好吧，女士，别开枪，我……就是去他家拜访。我是拉里的销售经理，是他叫我去的。这是个严重的误会，你可以去查查……”

“你个狗娘养的还敢狡辩！”

她想杀了他，但想到拉里才是自己的目标，而且在这里开枪可能会招来附近的保安。如果被抓起来就再无下手的机会了。

“想要钱的话，我钱包里大概有一百多，拿去吧，但是不要……”

她抓住枪在空中抡了一圈，然后用力砸向他的脸，接着又是一下。

“啊！上帝！”他疼得尖叫着，捂着满是鲜血的脸，昏了过去。

金克丝赶紧跳上车，冲出停车场，向高速公路飞驰而去。一路上，她反复念叨着：“浑蛋，浑蛋，浑蛋……”

开上罗斯福大道向南行驶时，她发现自己的车时速只能达到九十英里，不禁感到沮丧、愤愤不平。过了一会儿，她听到后面传来警车的声音，随即看到闪烁的警灯。太好了，正等着呢！她从四十二街的出口驶下了高速公路，警察的巡逻车仍然紧随其后。她在街道上转来转去，挡泥板不断撞在路边，汽车在碰撞和急转弯时发出刺耳的声响。后来，她不小心开上了通往中央公园的单行道，只好又在市区里绕了一圈，才在抵达公寓前甩掉了警车。她把车停在公寓对面的街上，匆忙跳下了车。

金克丝回到公寓，刚关好房门，便听到警车开来的声音。透过窗户，她看见闪烁的警灯，还有正在查看那辆奔驰车的警察。车已经被撞得伤痕累累了！她大笑着穿过地下室来到后院，把手枪埋回原处，然后又溜进格林伯格裁缝店。她脱下警服给墨菲穿上，又将它抱回玻璃门后摆好。她突然发现自己把警棍弄丢了，但一时想不出该在墨菲手里放点什么。于是，她将墨菲的右手向上扳，让它手掌朝外、伸出中指，看起来就像是在谴责这个世界。

金克丝上楼回到自己的房间，看到屋里一片狼藉。她知道这些都是自己在开始那场疯狂的追逐之前造成的。于是，她对戴瑞说："来吧！你可以动手收拾了，戴瑞！"

"我不干，"我说，"我可不会跟在你屁股后面善后。"我没告诉她，我其实已经被吓得半死。我喜欢冒险，但刚才那一幕实在太过分了！令人欣慰的是，金克丝终于放下了枪。我曾想过把枪挖出来扔掉，但也知道自己不会动手去做，因为我害怕武器。不管怎么说，鉴于事情是莎莉引起的，我觉得还是该由她出来收拾残局。若不是莎莉叫大家出来参加茶话会，金克丝也不会出来破坏。

第十章

我让诺拉周五去医院治疗，并将茶话会以及金克丝出现的事告诉罗杰。可是，诺拉没把枪和金克丝企图杀害拉里的事情告诉他，因为她根本不知道。我不想见罗杰，是因为担心自己会把这些事和盘托出，这样他就会把我们送回医院。

听说金克丝砸烂了公寓，罗杰站起来在办公室里来回踱步，用拳头敲着手掌说：“太可怕了，我警告过你不要自己这样做。”诺拉从未见过他如此气愤。

“不是我干的！”诺拉说，“我又不是莎莉。上帝，你冲我喊有什么用！”

“对不起，诺拉，”罗杰说着在椅子上坐下，“但是这样的错误会让你们付出生命代价，你们所有人的生命！如果你出了什么事，我永远都不会原谅自己。”

诺拉本来感到十分内疚，但看到他如此关心自己，又不禁高兴起来。她现在一点儿都不觉得他冷漠。他就好像变了一个人似的。如果他只想装出对病人很关切的样子，那他的表演绝对能获得一座奥斯卡奖了。

诺拉说："金克丝跑出来之前，戴瑞曾对莎莉说'金克丝不可能把我赶出来'。看来是戴瑞错了。不是她变弱了，就是金克丝比以前更强大了。"

罗杰点点头，用指尖戳着下巴："我们已经进入了危险区，我认为是采取下一步行动的时候了。"

她知道他是什么意思，不禁打了一个冷战："我真不该告诉你茶话会的事。"

"诺拉，"他将身体靠向桌子说道，"这可不是在玩智力游戏，危险切实存在。我们不能再拖了。就从你开始吧。"

"你是说'融合'？"

"是的。"

"等等，"诺拉说，"我可没表示过同意。"

"我现在就是在征求你的意见。"

"并不一定能成功，对吧？"

罗杰转着桌上的金笔，摇了摇头。

"即便能成功，也不一定能持久？"她问道。

"的确如此。大多数多重人格障碍患者看起来是成功融合了，但遇到巨大压力仍会再度分裂。诺拉，我们没有必胜的把握，只能尝试。"

"我可不是试验品。"诺拉说。

"这个方法在一些病例中是有效的，诺拉。我们没有其他选择，只能面对。我压倒一切的目的就是让你活着。我们面临的凶险局面危及了你们的生命。从专业角度看，我认为这是最好的办法。”

“为什么是我？”

“最好的办法就是根据时间顺序从后向前推。你是最后一个出现的，所以应该首先融合。此外，你的知识、自我控制能力和自尊心，与莎莉的善良和谦逊结合在一起，能够加强她进行其他融合的能力。”

“融合后——如果我同意融合的话，我还有意识吗？”

“我无法确定，但是根据我的理论，作为新莎莉的一部分，你应当有渗透意识。”

“那金克丝会怎么样？”

“我的设想是，先将你和莎莉融合，建立起一道精神防线阻止她进入，然后，再融入贝拉的情感和戴瑞的自控能力。你们四个人加在一起，足以压制金克丝的愤怒情绪和暴力冲动。”

“这就是你曾经提到过的两种方法——融合和阻断？融合四个人格，阻断一个人格。”

“并非一定要阻断，压抑是一种正常的人类精神状态。”罗杰靠在转椅上，直视着她的眼睛，“我需要得到你的同意，诺拉。”

“我认为你无权毁灭一个人。我是一个精神实体，我思故我在。”

罗杰按着椅子的扶手站起来，来回踱着步。

“我不否认你的存在，诺拉，但是，每个人格都会要求同等权利，要求独立存在。如果只具有物理上的多重性——例如连体婴儿，确实可以做分离手术，使你们成为独立的人，但是，我们无法将你们的大脑分开，并使你们拥有独立的身体。通过改变人格的办法进行分离是行不通的，因为你们就如同没有肉体的精神。所以，我们必须尝试另一个方法——融合。我们所做的不会毁灭你，而是……”

“改变我？”

“那是不可避免的。”

“但是我不想改变。我对自己这个样子很满意。”

“看得出来，但受过良好教育并且自信，并不意味着你是完整的。”

“我不喜欢那样。”

他摊开手掌，试图让她明白：“一个完整的人还需要拥有感情、性欲和对他人的同情心，以及一定程度的谦卑感。我并非要毁灭你，诺拉，而是要帮助你成为一个真正的人。除了书籍、电影、古典音乐和绘画外，你还需要懂得其他东西。坦率地说，你需要和其他人格融合，正如同她们需要与你融合一样。”

“我得考虑一下。”

“当然，”他说，“周末好好考虑一下。你可以征求其他人格的意见，也可以自己决定。如果你同意，我们可以在周一尝试第一次融合。”

罗杰让诺拉离开了，没有让她转换成莎莉。

* * *

尽管没有说出来，但我们一致同意周末让诺拉好好休息，因为她需要做出决定。我还对大家说这可能是诺拉最后的几天了，做事要公平。

诺拉开始了一个人的狂欢。上帝！周五整个晚上她都在听唱片——

贝多芬和巴赫。我真想跑出来阻止，但意识到她需要音乐来帮助思考，便忍住了。

周六诺拉去了现代艺术馆和大都会博物馆，晚上在离百老汇很远的地方看了一场平淡乏味的演出，最后在一家法国小餐馆独自吃了晚餐。见她点了法式焗田螺，我十分好奇，可等我看清楚那是什么东西后，恶心得几乎要吐出来。我是说，我好不容易才接受了她吃牡蛎和蛤蜊的习惯，可蜗牛就太过分了。然而我不得不承认，它们的味道确实不错。

周日的情况更糟糕。诺拉早餐吃了百吉饼和熏鲑鱼，然后整天都在看《纽约时报》——厚厚的一沓，从第一版看到最后一版，就好像这是她最后一次看报纸了。我觉得这个周末自己就像是在地狱里度过的。

即便如此，诺拉仍未下定决心接受罗杰的要求。到了晚上，她情绪沮丧，忧郁地走来走去，又想结束自己的生命。

这情景真令人担心，我从未见过她的情绪如此低落。她先是想象自己爬上楼顶跳了下去，后来又想象自己割破了手腕。就在这时，她的脑海中闪现出了一首多萝西·帕克[1]（或者波克？）的诗，于是大笑起来。是在融合中舍弃生命，还是干脆自杀了之？她实在无法决断。她打开药柜去拿利眠宁，但是没有找到。幸好我上周把它扔掉了。她坐到书桌前，拿出一张米色的信纸，开始写起来：

1　多萝西·帕克：美国诗人、小说家，诗歌经常犀利直率地讽刺当代美国人的性格弱点。

我无法理智地接受融合。哈姆雷特的问题，我已经反复地问过自己。与我相比，他面临的困境要简单得多。我的问题不是“活着还是死去”，而是“做别人而不是自己，还是死去”。坦率地说，我更倾向于第二个选择。我知道这样做很自私。这个问题现在变得更为复杂，因为我认识到，在结束自己生命的同时，我也会结束其他人的生命。我不知道，在死一般的沉睡中，我会梦见什么？是否有人从那个不曾被发现的国度返还？良知使我们都成了懦夫……

写信的时候，诺拉在感觉压抑的同时，还感觉到有人在观察着自己，而且，那个人还能意识到她的伤感和脆弱。这种感觉越来越强烈，乃至于有那么一瞬间，诺拉身体的一部分仿佛脱离了肉体，飘浮在空中远远地看着她写信。诺拉转过头，看见了一个人影。那个人的面孔模糊，分辨不出是男是女——长发及肩，戴着印第安人的发带，套着一件飘逸的白袍，就如同裹着一条被单。

“你是谁？”诺拉问。

“你的‘协助者’。”

“我不记得你。”

“我不久前才出现。”

“你来干什么？”

“阻止你伤害自己。”

“我有权结束自己的生命。”

“你很清楚那不是你自己的生命，所以一直在考虑着自己对其他人的责任。”

“我该怎么办？”

“按照罗杰医生说的去做。他是一个聪明、善良的人。”

“他想让我与那些没脑子的生物融合在一起，以此贬低我。他说她们是我的人格。”

“相信他，这样不会贬低你。你的精神生活有时候确实能达到很高的程度，但仍然是空虚和不完整的。牺牲你的个性来成全大家，这是唯一的希望。”

“请你帮帮我吧。”

“这要取决于你，我只能引导。”

“告诉我怎么做，我非常害怕。”

诺拉看见那个身影闪着光靠近，随后滑入了自己的体内，就如同两个图像重叠在了一起。诺拉不再将“协助者”视为一个独立的人，而是自己的一部分。

“一点儿都不疼吧，孩子？”

“不疼，而且我觉得，我还是自己。融合就是这样的吗？”

“就是这样。”

诺拉坐在那里思索着刚才的事，忽然想起曾读过加州一位精神病医生的文章。文章说大多数多重人格障碍患者都会出现类似的情况。

“你就是所谓的‘内在自我协助者’？”

“是的。需要时，我会随时出现。”

“你也是我们当中的一个？”

“不是。我与你们不同，不是一个独立的人格。我是来协助、保护你们的。我既在你们体内，也存在于浩瀚的宇宙之中。需要的时候，我才会出现。”

“我需要你的帮助。请告诉我该怎么做。”

“罗杰医生说，决定必须由你自己做出，而且是心甘情愿。我只能帮助你坚强起来，做出正确的决定。”

“你是我的仙女教母。”

“是有人这么叫我，我还被称为大师、导师、内在自我协助者、老师、协助者。叫什么都无所谓。”

“真庆幸我们有你，这样事情就好办了。”

“该做出决定了，孩子。”

诺拉在桌前坐了许久，感受身体逐渐充满了一股暖流。她拿起笔，在信纸的底部写下：

我接受融合……

她突然感觉到一道闪光，“内在自我协助者”消失了，将她一个人留在房间里。她现在轻松了。

我按捺不住惊喜和兴奋，跑出来抓起电话，趁她还没改变主意，赶紧将她的决定告诉了罗杰。

* * *

周一上午在罗杰的办公室里，诺拉开始回忆往事。

“我害怕失去自己拥有的东西，那些我喜爱的东西。我一直认为，过一种高品质的生活——精心安排的生活，即使不能长期持续，也比整天平庸度日强。”

罗杰突然显得十分疲倦：“但是你一直企图自杀。”

“因为我感到压抑。”

“诺拉，你没有理由认为自己会堕落成一个庸碌无为的人，你的大脑也不会变成一盆糨糊。你们就如同一碗用各种鱼烹制的浓味鱼汤（bouillabaisse），虽然每个人格都是其中的一种食材，但仍会保持各自的特色。”

她摇摇头：“你真会说，罗杰，可是你忘了，abaisse 源自拉丁文 abassare，意为‘贬低’或‘羞辱’。”

“我举错了例子。”

“我倒是觉得挺恰当。大多数多重人格障碍患者都被羞辱过，不是吗？在童年和青少年时期，他们都觉得自己被抛弃、羞辱和虐待，不是吗？”

“是这样，但是你没有理由认为被融合就是被羞辱。你不是被清除，而是被接纳。”

诺拉瞪着他：“你可以这么说，但我依然觉得自己被抛弃、被羞辱和贬低了。”

“我们都非常关心你，诺拉。我们需要你。在帮助莎莉康复的过程中，你的贡献远不止是治愈一个人。我们在这个过程中学到的东西，可能有助于解除近年来发现的上千名多重人格障碍患者的痛苦。他们默默地生活在错乱的时空之中，因为恐惧或害怕丢脸而不敢站出来。”

“那我就该为那些藏起来的多重人格障碍患者牺牲自己？”

“不是牺牲，这是一个从部分自我向完整自我发展的过程。你不止一次企图结束自己的生命，与其轻生，不如有价值地活着。看在上帝的分儿上，诺拉，为大家做出贡献。我们需要你。”

诺拉沉默了片刻，目不转睛地望着罗杰，终于说道：“我们可以叫诺拉·布莱恩特而不是莎莉·波特吗？”

“这不现实，”他说，“出生证明上写的是莎莉的名字，社会安全号码、保险和养老金文件上也都是她的名字。此外，各种单据、处方、纳税记录、信用卡、银行账户也都在她的名下。没有法律认可的姓名，你什么事也办不成。”

她感到体内有什么东西拽了自己一下，尽管不情愿，她还是把“协助者”的事告诉了罗杰。

他若有所思地听完，然后扣紧十指，点了点头：“说实在的，我一直在想，不知道类似‘内在自我协助者’这样的角色什么时候会出现？起初我以为戴瑞就是，但后来听一位多次治疗多重人格障碍患者的医生说，‘内在自我协助者’与一般的人格不同，虽未完全发展，却更像是良知的化身。弗洛伊德学派的人会将其称为‘超我’。”

“我觉得，它更具有宗教层面的意义。”诺拉说，“虽然我一生中的大部分时间都信奉无神论，但能够真切体会到印度教所谓的‘自我’——寓居在我们体内的精神或灵魂的一部分，以及与宇宙中独一无二的存在相融合是什么感觉。‘协助者’在我万念俱灰之际出现在我的面前，令我十分好奇。融合是否就像印度智者所谓的涅槃一样，熄灭个体的生命之火，将之与至高无上的精神融为一体？”

“只有一个办法能够找到答案，诺拉……”

她觉得自己的态度开始软化，不禁握紧了拳头。

“不必过于执着，”他温和地说，“名称有何重要？不论叫什么，玫瑰花照样芬芳[1]。”

她抬起头，笑着说：“盗用了我的名字，就夺走了我的一切……”沉默了许久，她终于松开手，看着自己的手指点头应允：“那要快一点儿。”

“没问题。”他拿起金笔，“莎莉，到亮处来，诺拉也留下。你们都明白，只有融合成一个人才能齐心协力地解决问题。做到这一点，你们的心必须合二为一、相互沟通，但与此同时，你们会保留各自的特点和本性，就像诺拉分裂出来之前那样。想象你们是两个池塘，诺拉的池塘里充满了知识、文化和自信，莎莉的池塘里虽然缺少那些东西，却拥有母爱、是非观和谦卑感。”

“现在，我要在两个池塘之间挖一道水渠，你们可以在脑海里看

1　这是《罗密欧与朱丽叶》中的一句台词，下文中诺拉的回答则化用了《奥赛罗》的台词“盗窃我钱囊的人，夺走的只是一些可有可无之物，可是谁盗用了我的名誉，他不会因此富足，而我却因此失去一切”。——编者注

到。我从莎莉的池塘开始。任务十分艰巨，但我坚持不懈地向诺拉的池塘挖去。再过一会儿，我就可以成功。你们很清楚两个池塘被水渠贯通之后会发生什么，莎莉，请告诉我。”

“水……水……会汇合在一起……”

“诺拉，告诉我，水汇合在一起会发生什么？”

“我们的本性也会融合在一起。”

“莎莉，你同意融合吗？”

莎莉表示同意。

“你同意吗，诺拉？”

诺拉犹豫了。

“诺拉，你现在必须承诺不做任何保留。池塘里的水一旦汇合在一起，便不分彼此，你和莎莉的身心也将合二为一。诺拉，你同意融合吗？”

“我同意。”

“好吧。在你们的‘协助者’的指引下，我现在继续挖。好了，挖通了！两个池塘的水涌到了水渠中央，莎莉的意识涌向了诺拉，而诺拉的意识也涌向了莎莉。你们可以看到，水流旋转着汇合在一起，融合了你们的特质。从此再无诺拉，也再无莎莉，而只有第二个莎莉。她受过良好的教育，自尊，自信，能应付工作、生活以及那些试图干扰她的人，同时又谦虚谨慎、充满爱心。我数到四，第二位莎莉就会睁开眼睛。莎莉，在这个过程中发生的事情，想记住多少，随你的心意。你可以保留你们各自生活的一些记忆，但只是作为历史。无论是现在还是未来，你们的身心已经融合成一个人，与过去的你们截然不同。你现在是一个全新的人，是第二个莎莉。你让我们和你的‘协助者’感到欢欣鼓舞。一……二……三……四……”

莎莉的眼皮颤动着，眨了几下，然后完全睁开。

“感觉怎么样？”罗杰问道。

“晕头转向。就好像在越过瀑布之前，在漩涡中被搅得上下翻腾。”

“放松一下再告诉我，你能想起什么？”

她深吸了一口气，让情绪稳定下来：“想不起多少。”

“你叫什么名字？”

“莎莉·波特。”她长叹了一口气。

“你想起的最近一件事是什么？”

“请大家来喝茶。以后就什么都想不起来了。”

“你对刚才发生的事有什么感觉？”

“那是个可怕的错误，早知道是这样我就不参与了。”

“能说清楚点吗？”

“我一直是个独来独往的人。对不起，罗杰，我并非清高，只是我喜欢和擅长的那些事一向都是由我独自完成的。我知道自己还有不少问题，可我强烈地意识到，如果能让我一个人把事情想清楚，这些问题都可以解决。”

“我明白。”

“当然，我不是指你，别误会。我是说，如果只是由你和我做出重要的决定，而不是把大家都叫来，结果会好得多。”

“谢谢你的说明。我想，你是希望我能让你独处一段时间。”

她直视着罗杰的眼睛：“不是这样的！我觉得你是我认识的最聪明的人，有你在身旁，我很受鼓舞。”

“谢谢。”

“我……我不知道为什么会这么说，我觉得很奇怪。”

“怎么奇怪？”

“我不确定。也许是我说的话，又或许是我说话的方式。我有一种奇特的感觉，我说话的方式与过去完全不同了——而且过去也不会说这样的话。”

“融合之后是会出现这种情况。请你帮个忙，”他递给她一个本和一支笔，“写下你的名字。”

她毫不犹豫地写下“莎莉 · N. 波特”。

“我不知道你名字中间还有一个字母，”罗杰问道，“N 代表什么？”

“我猜可能是代表诺拉吧。”

“这倒挺有意思。是你有意要这么写的吗？”

她摇摇头：“是它自己冒出来的。不过我觉得没有问题，这样可以吗？”

“目前而言，没有什么不妥。你觉得诺拉会认可吗？”

她想了许久才说：“莫名其妙的是，我感觉诺拉已经离开，从我的生活中彻底消失了。我有点儿难过，仿佛失去了一个刚刚重逢的老朋友。这是不是意味着融合成功，我的情况有所好转？”

“希望如此，”他说，“我认为这是个好迹象，让我们继续观察吧。”

"请你别介意，"她说，"不过，我觉得很少有男人能像你一样了解女人。"

他大笑起来："我从你身上学到了很多东西。"

她忽然站起身来。

"怎么了？"

"我脑海中有个声音在不断地说'第二个莎莉'，是不是很奇怪？所以我一直在想，这是什么意思？"

"可能意味着你已经进入了融合的第二个阶段，但也有可能是你在重新整合。"

"我突然特别想去法国餐厅尝尝那里的新菜，"她说，"你愿意和我共进晚餐吗？"

他微笑着说："我觉得应当近距离观察你一段时间。"

"我不是这个意思。"她说。

"我知道。不过，请允许我以专业做借口，找个冠冕堂皇的理由去做自己想做的事。"

她笑着摇摇头。她知道，他与自己说话的方式已经改变了，不再居高临下。自己的聪明才智受到尊重，她十分高兴。

"一个刚才还在扮演神的人，想带他创造的人去吃晚餐，不需要找借口吧？"

话刚出口，她就后悔了。她不想伤害他，但觉得有必要挫挫他的锐气。看着他紧皱眉头的样子，她知道自己成功了。"对不起，我不该这么说。"

他若有所思地望着她："这是意料之中的事。疯狂的科学家扮演神……也许我该送你回家，晚餐的事以后再说吧。"

"也好。不过，我可以自己回家。"

他点点头："就按你的意思。"

莎莉离开的时候，昂首挺胸、步伐坚定，那个畏首畏尾、无精打采的她已不复存在。

坦白地说，我在一旁看得浑身直起鸡皮疙瘩。我想联系以前那个诺拉，但莎莉说得没错，她消失了，就好像被绑架或者被谋杀了。我想起了她最喜欢的一本书，于是脑海中不停闪过这个念头：她最终还是投水自尽了，尸体就沉在瓦尔登湖湖底。真可怕！还有一件事也让我十分担心，因为我从罗杰的目光中看出，第二个莎莉对他很有吸引力。

* * *

莎莉走出办公室，发现周围的一切似乎都变了——仿佛是透过了一副新眼镜在观看。过去，电梯里一排排的按钮总是令她不知所措，不知道该按哪一个，也不确定该在哪层下去，可是现在，她非常自信地按下了"大厅"的按钮，轻松自如地下了楼。

走出医院，莎莉站在门前望着来来往往的人群。路人不解地看着她，不知道她为什么站在那里不动，为什么不去自己该去的地方。她终于深吸了一口气——像游泳的人准备跳进冰凉的池水中时所做的那样，转身离开大门，融入了市中心拥挤的人群。

她发现近距离接触陌生人使自己的感官变得更加敏锐。不必与任何人交流，带给了她一种孤独感——她身体的某个部分一向喜欢这种感觉。她身处人群之中，却又不属于他们。她因为不断回想起池塘和自己随波逐流的情景而感到头晕，但又忍不住笑了起来。她很庆幸没有和罗杰一起去吃晚餐，觉得独自度过这个夜晚会令自己更加兴奋。她要在这座城市里漫游！既是人群中的一员，又是旁观者，她喜欢这种双重视角。她要追随自己的心声前行。

莎莉随着人群向时代广场走去。以往，她总是刻意避开那些令人恶心的色情电影院和成人用品商店，鄙视那些地痞和妓女，可是现在，她有生以来第一次把他们当作独一无二的个体来看待。她不再居高临下地看待他们，也不再轻易做出评判。她突然意识到，自己曾经那么自视清高。

她在四十二街向东转，朝市图书馆走去。布莱恩特公园门前的几个酒鬼伸手想要摸她，但被她躲开了。要是在过去，她会被这种人吓得不知所措，立即退回到黑暗里，可是现在，她却能泰然处之，而且越来越自信。如果他们试图纠缠，她知道自己能够应付。

她没有从四十二街的街口进去，而是绕到第五大道去看那里的石狮子。她突然觉得，一定得去看看那些排列在石阶两旁的卫士，便拾级而上。它们会保护她的。她还记得学校第一次组织他们参观这座图书馆的情景，那时她相信，只要努力读书并持之以恒，就能够读完全世界的书，就能够无所不知，可是现在，她觉得自己当年的想法十分愚蠢。她走进图书馆的借阅室，四处浏览着。她找到了一本自己喜欢的书——托马斯·沃尔夫的《无处还乡》，便翻看起来，很快就沉浸在华丽的辞藻和抑扬顿挫的韵律中。她发现自己被这座城市铿锵的节奏和丰富的景象深深吸引。她放下合起的书，走出图书馆。是啊，无处还乡，她感同身受。

莎莉觉得自己最好还是先回公寓洗个澡、换套衣服，然后再到黄砖路餐厅去。从出租车上下来的那一瞬间，她突然感伤起来，但立刻意识到，此刻的感受也会转眼即逝。很快就要持续进行融合……然后就会有第三个、第四个莎莉，接着是第五个莎莉。每次融合之后，她都会以全新的目光、不同的视角来看这世界，而且每一次都会有不同的人在这座城市里漫游、憧憬未来。

经过裁缝店时，莎莉凝视着橱窗里那个穿着警察制服的假人。他竖起中指，好像是在谴责这个世界。关于墨菲定律，托德是怎么说的？“如果你担心某种情况发生，那么它就更有可能发生。”胡说八道，迷信而已。不会出事的。她从来没有如此强大过，一切都在她的掌控之中。

回到公寓，她把毛绒兔子和熊猫从床上拿下来，装进格林伯格先生装衣服用的塑料袋里，然后塞到衣柜最里面。她挑了一条黄白相间的连衣裙准备晚上穿，然后走进浴室，久久地凝视着镜子中的自己。

“你知道自己是谁，”她说，“你比以前更坚强，不会再昏倒，也不会再转换人格。你能掌控一切，并向罗杰医生证明不需要再与其他人格融合。”

想到这儿，她觉得很开心，而且越想越觉得这就是问题的答案。她可以靠自己的力量来稳定生活，阻止昏厥和人格转换再度发生。如此便无须再进行什么融合了。就是这样！太棒了！

她站在喷头下冲洗后背，让水在身体上流动，感觉既温暖又舒畅。在莎莉尽情享受之际，我意识到贝拉、金克丝和我必须主动出击了，因为新的莎莉还会继续出现，而且“内在自我协助者”是站在她那边的。

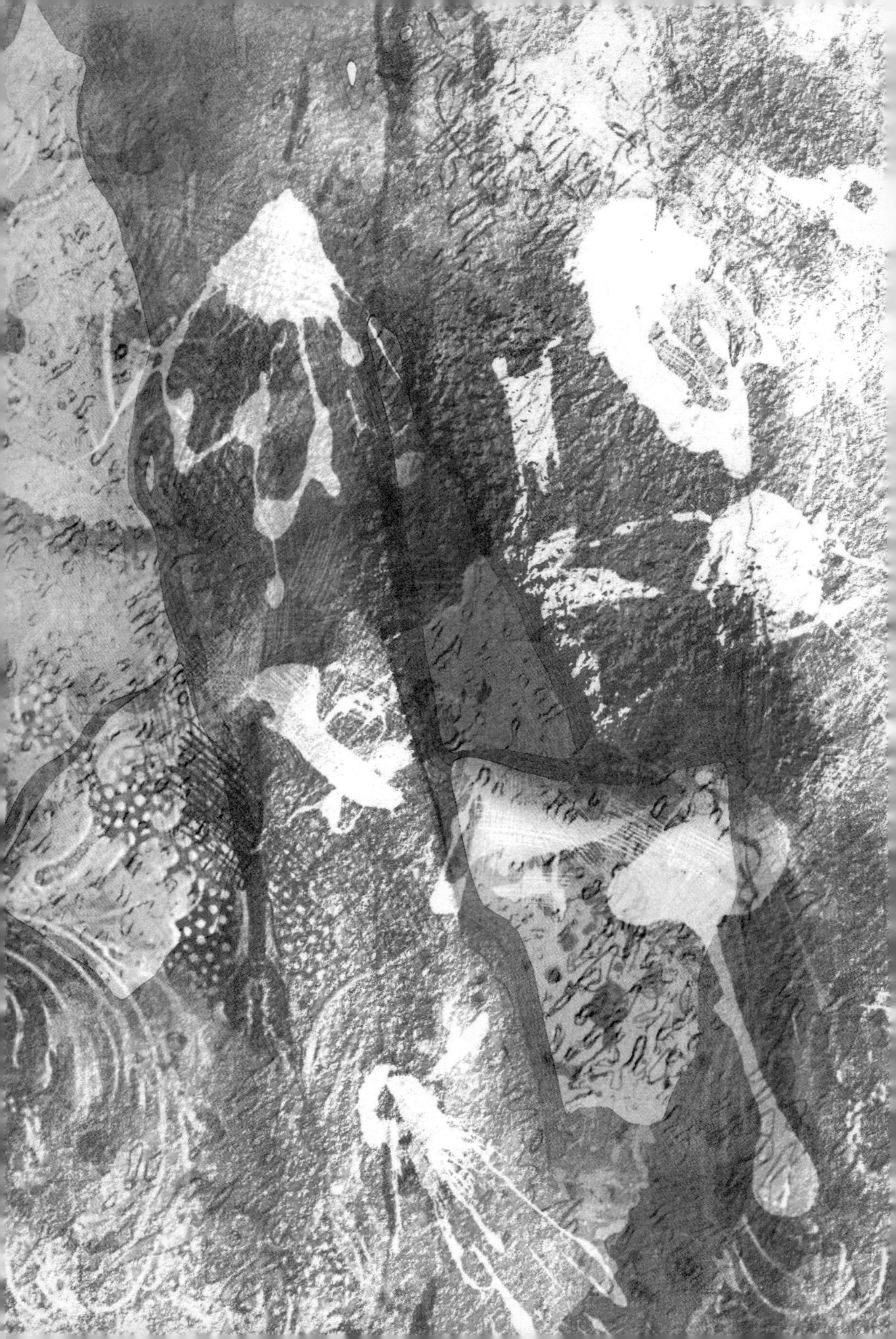

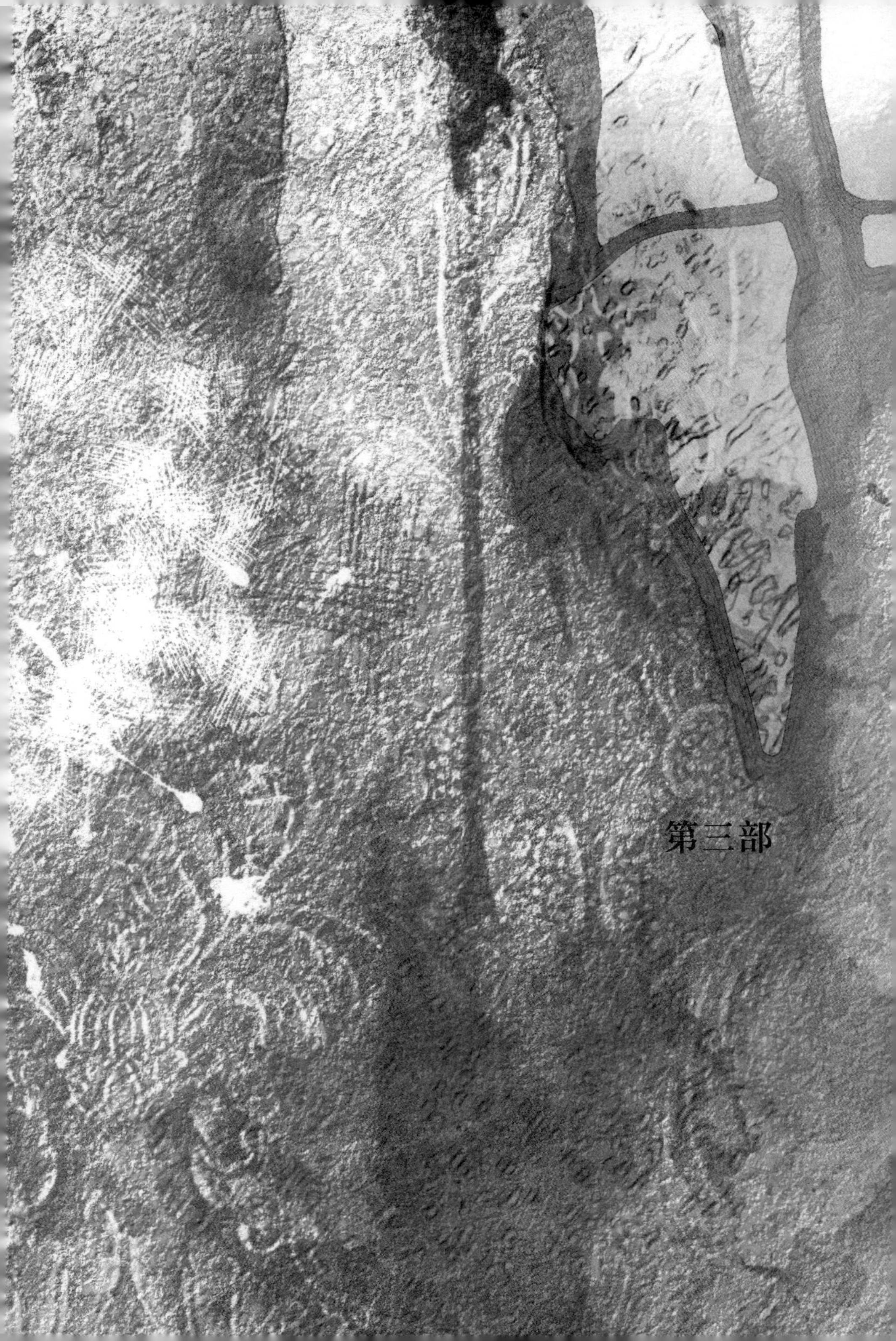

第三部

第十一章

随后的几个星期，一切进展顺利。第二个莎莉与过去的莎莉不同，聪明了许多——好吧，我无从判断，或者可以说懂得的更多。她还想一直待在外面，掌控自己的生活。

让我厌烦的是，她总是去看外国电影。（上帝，我讨厌看下面的字幕，因为这样就看不到演员的表情了！）她还经常去美术馆，要不然就没完没了地读书……读书……电视机坏了，她也不想法修，害得我无法看午夜的电视节目。我当初答应的条件可不是这样的。

后来有一天，她想大胆地尝试一下，在黄砖路餐厅最忙的时候独自应付一切。当我像往常一样准备出来的时候，头忽然砰的一声撞在了墙上。

我心想，既然你现在长了点脑筋，点餐大概难不倒你，可是你能代替贝拉表演吗？新莎莉也想到了这一点。她准备在灯光暗下来之后，让贝拉出来一会儿，等表演结束就立即重新掌控，但她不知道，贝拉一旦出来，就不会回去。我们要一直待在外面，玩个痛快。

莎莉换好衣服正坐在那儿休息，托德走到桌旁仔细地端详着她说："你今天晚上看起来不太一样，冷静多了。你是诺拉吧？"

她摇头说："我是莎莉。"

他扬起眉毛："看来住院对你大有好处。"

"确实是这样。"她发现艾略特在远处的酒吧焦急地望着他们。

"莎莉，自从那天晚上你在电视上看见自己，我就再也无法忘记你。"

"托德，我真的不想……"

"听我说完。你太好了，既善良又体贴，而且魅力无穷。我爱上你了。"

"你在自寻烦恼，托德。"

"那要看我自己怎么想。"

"你并不真正了解我，我有很多缺点。"

"听我说，我已经克服了赌博的坏习惯，有足够的力量保护咱俩。我了解你和你面临的问题，会帮你一起解决。你无须一个人独自面对。你需要有人和你说说话，在你精神崩溃的时候，需要有人帮你重拾信心。"

莎莉低头看着桌面："托德，给我点时间，让我自己理清头绪。"

他若有所思地望着她点了点头："我随叫随到。"

托德离开后，莎莉开始思索他刚才说的话。她不爱他，但也许以后会日久生情。或许爱情并非必要条件，两个人的关系可以建立在其他层面上。看见托德走开，艾略特立刻走进舞池，宣布晚上九点的表演即将开始。他身上的衣服看起来紧绷绷的，显然是又变胖了。莎莉起身向舞池中央走去，认为自己可以应付。可就在这时，她突然感觉肚子疼、浑身冰凉，紧接着头也痛起来。她想起了贝拉替她当啦啦队队长时的情景——当时她想留下来，却在最后一刻不得不放弃。

* * *

贝拉跳入舞池，随即灯光熄灭，聚光灯聚焦在她身上。只见她高举双手，满脸笑容地说道："大家好，今晚你们将欣赏一场从未见过的精彩表演！"她一把抓过电吉他，边唱边疯狂地摇摆起来。她似乎是想弥补长时间没有出来的亏欠。观众兴奋起来，拍着手、跺着脚。她越来越疯狂，想摆脱一切制约和束缚。突然，她脱下镶着翠绿色亮片的露背上衣，解开内衣扔在一旁，裸露着上身继续舞动着。

贝拉看到惊讶不已的托德准备冲向舞池，却被艾略特拉住。两个人都站在收银机旁盯着她。她知道自己有着美丽的胴体，也懂得如何使用。她左右摇摆着将迷你裙褪到地板上，只穿着短裤继续跳着。她有权利享受快感，有权成为关注的焦点，有权享受观众的欢呼。

展示身体有什么不对？身体就是表演者的工具。就记忆所及，她一生中最快乐的时刻就是站在观众面前，看着他们为自己倾倒，感受他们的肯定，倾听他们热烈的掌声。"镜子，镜子，告诉我，谁是世界上最美丽的人？"

她沉浸在音乐的节奏中，越舞越疯狂，抖动着双手、双腿、头和胸部。上帝，她真快活！她就是要展示，与欣赏她的陌生人分享自己。

我没想到贝拉竟然会脱掉衣服，刚要出来制止，却被金克丝抢了先。她逼着贝拉退出光线，停止了表演。金克丝一动不动地站在那里，愤怒地看着观众，胸前淌满了汗水。震惊的观众安静下来。

“想看裸体？”金克丝吼道，“看女人卖弄肉体，以此满足欲望？那就让你们见识一下什么才叫侮辱女人！”

她走到一张桌前，从一个客人嘴里夺下香烟。

“你们给我看好了，”她冷笑着，“看我怎么把自己像畜生一样烫上烙印。”她把燃烧着的烟头使劲按在自己乳头上方几厘米的地方，吓得观众倒抽一口凉气。观众根本不知道，她不会感觉到疼痛。痛的人是莎莉，不过要等她重新出现后才能感觉到。

“这儿再来一个！”她把烟头按在另一个乳头上方，顿时飘来一股皮肤烧焦的味道。

“我的天！她把自己烫伤了！”一个坐在舞池边的女人叫道，跳起来转身离去。

“这是表演的一部分！”坐在附近的一个男人边喊边鼓掌。

他周围的人也跟着鼓掌，接着全场观众都开始鼓掌欢呼。

“这算什么！”金克丝吼道，“表演才刚他妈开始。”

托德和艾略特终于向她走去。这时，金克丝扔掉手中的烟头，从桌上抓起一瓶酒，洒在那位客人的脸上。接着，她在桌边敲碎酒瓶，用碎酒瓶抵住客人的喉咙大叫道：“你们两个都退回去，否则我立刻杀了她！”

他们只好停下。金克丝走到舞池中央说：“你们现在将首次看到现场自杀表演。我将此次表演献给离我们而去的诺拉。”她抬起头向后退了一步，将左手举过头顶，用碎酒瓶割破了手腕。鲜血顺着她高举的手臂淌到了身上。

“看在上帝的分儿上，快拦住她！”有人尖叫道。

“不是真血！”另一个人高喊，“我看过这种表演。”

金克丝又划破了另一只手腕，然后将碎酒瓶扔到人群里。她高举着双手在观众席间走来走去，还学着贝拉的样子搔首弄姿。不过她知道自己没有节奏感，也不会像贝拉一样扭动腰肢，因而十分气恼。

有人高喊：“再来一个！再来一个！”

“看着我，浑蛋！”她怒吼道，“你们所有人都会因为流血过多而死去。你们只不过是我想象出来的幻影。我死亡之时，便是世界毁灭之日。看不出来我在干什么吗？我不是在自杀，而是在毁灭你们。我鲜血流干、心灵枯竭之际，就是你们死亡之时，你们一个也跑不掉！”

观众开怀大笑，报以热烈的掌声。

坐在舞池边的一个女人在金克丝跳舞的时候悄悄地靠过去，用餐巾擦了一下她身上的血，仔细观察着。

“真的是血！”她尖叫道，“是血！她真的在自杀。”

掌声更加热烈了。金克丝继续昂首阔步地在场中来回走动时，掌声逐渐平息，观众都屏住呼吸，出神地望着她。他们渐渐明白过来，这可不只是一场残酷的表演。服务员停下了脚步，厨师放下了手中的活计。大家都静静地看着这场血腥的死亡之舞。

蠢货！她要送了我们所有人的命！我拼命挣扎着想要出来，却没有成功，直至金克丝踩到自己流下的血，不小心滑了一跤，她才分散了注意力。就在这时，不知道是谁从后面推了我一下，低声对我说：该你出场了。

我不知所措地突然出现在聚光灯下，一时间竟然僵住了。我害怕面对观众。过了一会儿，我鼓起勇气笑着大声说："女士们，先生们，今晚的精彩表演就此结束。这里没有鲜血、没有美酒，甚至也没有人。我根本不存在，不过是幻象而已。一切都是幻觉。"

我深深地鞠了一躬，转过身对着观众扭了扭屁股。全场起立为我鼓掌。回到后台，我把几块餐巾递给托德："帮我把胳膊和手包扎一下，免得我把这里弄脏。我猜他们都相信这是在演戏。"

当然，托德和艾略特都非常清楚，烫痕、伤口和血都是真的。他们拿出急救箱，托德给我上了消炎药，绑好了绷带。

"你这个疯子，"艾略特说，"这么干究竟为什么？"

"我要是知道就好了。"我说。

"我送你去医院。"给我包扎好伤口，托德说道。

"不必了，"我坚决地说，"已经控制住了，送我回家吧。"

一番争论之后，他去叫了辆出租车并坚持送我回家。到了公寓门口，他不放心我一个人待在家里："我叫个护士过来陪你。"

"我没事，托德，真的。"

"莎莉……诺拉……戴瑞，不管你是谁，要是你出了事，我真的不知道该如何是好。"

"不会出事的。"

“刚才就差点儿出事。一想到你面临危险，我就无法忍受。嫁给我吧，让我来照顾你。”

“这是不可能的，托德。对你来说，我不够好。”

“不够好？你是我生命中最美好的存在。我从未见过像你这样的女人，聪明、善良，充满了活力……”

“那我的狂躁情绪呢？今晚你都看到了。”

他摇着头，来回踱着步说：“等你病好了，就能够控制。你只是需要自我控制。今晚你出来赶走了那个控制你的人，这说明，你善良的天性能够战胜毁灭性的冲动。”

“我可不敢肯定。”我说。

他握住我的手：“嫁给我吧。”

“不要逼我，托德，我今晚不是真实的自己。”

“好吧，”他说，“无论你是谁，是你让我有了重新生活的希望，这才是重要的。”

托德走后，我躺在床上辗转难眠，生怕睡着后又会有什么人跑出来。

我下楼去找墨菲，把心事告诉他：“墨菲，我到现在还没有精神崩溃，真令我感到惊讶。”

自从金克丝把墨菲的中指竖起来，摆出一副谴责全世界的样子，我就难以再对他一诉衷肠了。应该告诉格林伯格先生，墨菲的这个姿势不好。

第十二章

贝拉环顾四周，正准备向欢呼的观众鞠躬，却发现自己独自躺在床上。阳光正透过窗户洒进房间，她气得忍不住大叫："真可恶！又来了！"

她发现自己的手腕上缠着绷带，又从镜子里看到乳房上的烫伤痕迹。她心想……上帝！又有人被那个施虐狂害惨了。

她跳下床，双手叉着腰，气愤地在屋里来回走动。真浑蛋！她知道自己早该习惯了，可是不让她表演完，真的令她很气愤。一次次地被人替换掉（无论是在聚光灯下还是在床上），让她忍无可忍。这难道也叫合作？无论是谁出来，都应当对她认为重要的事有所尊重才对。可恶，她一定要不惜一切代价讨回公道。

她看到台历上记着今天的约会：上午十点，治疗，罗杰办公室。

现在已经九点了，还剩一个小时？太不公平了。这时她想到了罗杰，于是便有了主意。她要留下来，假扮成新的莎莉去找罗杰。他绝对想不到会有这招。虽然第二个莎莉不久前才出现，但我曾向贝拉提起过她。贝拉学得很快，她知道自己模仿新莎莉没有问题。即便露出破绽，罗杰也未必能发现——他对第二个莎莉还不够了解。

贝拉得意地笑着，换上了莎莉的裙子，心里琢磨着要如何让罗杰上钩。她要使出浑身解数模仿新莎莉，让他拜倒在自己的石榴裙下。她想象着自己躺在他的黑皮躺椅上，泪流满面地引起他的同情心；等他俯身过来安慰时，就把被烫伤的胸部裸露给他看，然后紧紧地抱着他做爱。这可是一场空前盛大的表演。等候出租车时，她想象着自己抱着鲜花向激动的观众鞠躬。

贝拉走进罗杰的办公室之前，我曾试图出来替换她，可是她的意志如此坚定，我根本没有机会。看来我这个“记录者”的力量是越来越弱了。贝拉企图诱惑罗杰令我很是不安，我将自己对罗杰的感觉告诉过贝拉，她也答应过不会碰他。不过，贝拉和男人在一起的时候，谁能相信她？

刚好十点整的时候，贝拉昂首挺胸地走进了罗杰的办公室，就如同登台表演一般。她的举止带着诺拉的高傲，眼神又透着莎莉的懦弱。我不得不承认，贝拉确实有表演天赋，把第二个莎莉模仿得惟妙惟肖。

现在我能够做的，就是让她撞上玛吉的桌子。

“对不起，玛吉，”她说，“我刚才一直在想最近看的一本关于妇女解放运动的新书，没注意你的桌子换了位置。”

“位置没变啊。”玛吉说。

“是吗？”贝拉模仿诺拉的样子不经意地挑了挑眉毛，“那是我搞错了。”

我立即看出玛吉已经发现了她手腕上缠着的绷带，只是假装没看见。我还发现，罗杰与她说话的态度也与以往大不相同。你非常熟悉的一个人和别人通电话的时候，从他说话的方式和语气，你就能判断出对方是谁。过去罗杰和莎莉说话的时候，语速很慢而且很谨慎，还会注视她的脸，观察她是否听明白了，可是现在，他就像是在和诺拉说话。

“想和我谈谈这件事吗？”他问。

“谈什么？”

“这是怎么回事？”他指着她的手腕问。

“我昏过去了，”她说，“什么也不记得，我一定是把自己割伤了。我觉得有人想杀我。”

这时候贝拉想起了自己正在扮演的角色，于是学着第二个莎莉的样子耸了耸肩：“有时候我仍然觉得生无可恋。”

“你答应过我，不再说这种话。自杀不能解决问题。这样的谈话会让我有什么感觉，你很清楚。”

“我知道，因为你太太……”

他抬起头望着她，眉头紧锁，似乎察觉到他们的谈话偏离了主题。

“我并非想自杀，”她说，“我知道自己已经变了。我的感觉也与以往不同，对周围发生的事情看得更清楚，但我觉得自己的掌控能力不如想象的那么强。”

“不能着急，”他说，“你变得越来越强大，可是其他人格也在为她们的生存而斗争。”

“我不怪她们，”贝拉说，“但我也有自己的权利。我要我的双胞胎，对孩子的思念令我痛不欲生。我必须恢复正常，向法官证明我有能力抚养孩子。”

“我对你有信心，莎莉。我知道戴瑞会帮助你渡过难关。不只是戴瑞，贝拉也会配合你。贝拉总是给你惹麻烦，我知道让你改变对她的看法不容易。不过，诺拉过去总想结束生命，贝拉却一心要享受生活。”

“我过去不这么看贝拉，但现在认为这可能是真的。”她跷起腿，整理了一下裙子，“我觉得戴瑞对你接下来要做的事很担心，我是说接下来的治疗。你准备把我们‘聚合’在一起，是这个词吗？‘聚合’还是‘融合’？”

他仔细地端详着她，忽然递给她一张黄色公文纸和一支铅笔：“麻烦你把这些写下来，如果你又昏倒了，我希望你身上有张字条，以防万一。请写下‘若遇紧急情况，请联系中心医院的罗杰·阿什医生’。好，让我看一下。”

她把字条交给他。他看了一眼字条上的字迹：“我不喜欢这种行为。”

“你是什么意思？”

“好了，贝拉，莎莉在哪里？”

贝拉很惊讶，居然被他识破了。她低下头说：“不知道她在哪儿。”

“我可以和她谈谈吗？”

“现在不行。”

“我必须和莎莉谈谈，”罗杰说道，“他知道黑暗中发生的事情……”

贝拉闭上双眼，轻轻地点着头，双手放松地摆在腿上。

“我有话对莎莉说，这非常重要。莎莉，到亮处来。”

贝拉睁开眼睛，舔了舔嘴唇：“还是我。”

“莎莉为什么不出来？”

“她心情很糟，现在不想和任何人说话。”

“她什么时候才愿意说话？”

贝拉将身体舒展开来，意图挑逗：“那要等她准备好了。她现在头脑一片混乱，还为自己做过的事感到羞愧。她想把自己的思绪梳理清楚。她说你可以把想说的话告诉我，就像你过去告诉戴瑞那样。可惜戴瑞已经没有从前那么强大了。”

罗杰考虑了一会儿：“那好，贝拉。我早就做好了计划，准备对你进行深度治疗。既然你已经来了，我们现在就开始吧。”

“我正好也这么想。我确实需要深度治疗。”

“昏过去的时候，你有什么感觉，贝拉？”

“就像我十几岁的时候一样。那时候我虽然很穷，但经常去百老汇看演出。我先在剧院大门附近闲逛，等观众在第一幕结束后出来抽烟的时候，我就混进人群，然后随着他们溜进剧院。我几乎每次都能找到空位子。我们将看戏称为‘第二幕上演’。在百老汇上演的所有舞台剧和音乐剧的中间几幕和结局我都知道，却从来没看过第一幕，所以第一幕的剧情都要靠我自己推测。我现在的生活也就是如此。我总是到了第二幕才上场，通常不是在舞池里，就是在陌生人的床上。

最糟糕的是，我大部分时间都看不到戏的高潮和结局。”

“你非常遗憾？”

“难道你不想看故事的结局吗？面对现实吧，罗杰医生！我还想听听观众要求演员返场的掌声和喝彩声呢！”

“贝拉，我为你找个新角色怎么样？一个非常重要的角色。你或许不能成为明星，但是能参加一出戏的演出。这出戏将贯穿在你今后长久而快乐的生活中。”

贝拉大笑起来：“罗杰医生，我一直觉得这张躺椅就是演出的道具。”

“我没开玩笑，贝拉。既然你擅长表演，就应当清楚，演员经常需要将自己融入他所扮演的角色——为了满足剧情需要，把自己变成另一个人。”

她轻轻地抚摸着手腕上的绷带，若有所思地说：“我当然清楚，正如同他们所说的，演什么就要像什么。”

“我想，该让你扮演主角了。”

“主角？你是说在海报上登出由我领衔出演吗？”

“不完全如此。主角由你来演，但不会有海报。就像你刚进来的时候扮演莎莉一样，你会与这个角色融为一体。我们暂且将这个角色称为‘第三个莎莉’。”

她不太清楚罗杰究竟要干什么，但她相信他：“这出戏里有跳舞的场面吗？”

“可以安排。”

“有英俊的男人吗？”

“当然会有。”

“你也参加演出？”

“我负责导演，但不会出演。”

“罗杰医生，你一定会是个优秀的男主角。我敢打赌，你的演技一定非常精彩。真想和你演对手戏。”

他笑着摇了摇头：“谢谢你的夸奖，贝拉，不过我可是个蹩脚的演员。”

“那我们要怎么做？”

“我们要采用斯坦尼斯拉夫斯基表演法。首先，我们要回到你与莎莉分裂、开始独自表演的那段记忆中。让你重温那段经历，我认为非常重要。然后，我将帮助你融入‘第三个莎莉’这一角色中。在催眠状态下，你会把自己当作莎莉，从她的角度审视周围的世界。最后，你将把自己的身份认同融入扮演的角色——就像一个成功的演员所做的那样。”

“嘿，”她开心地笑着说，“这个角色听起来真不错。只要戏里有音乐、舞蹈和性，再时不时地加上点儿意大利美食，我愿意出演。”

“好，我们就把这些写进演出协议。”

“没问题，导演，好戏要开场啦。”

罗杰用金笔给贝拉催眠，让她回到第一次与莎莉分裂的时候。这些事她原本早已忘记，但随着脑海中出现那个冬夜学校礼堂中的情景，她想起了事情的经过。

罗杰说："告诉我你在哪里，发生了什么。"

* * *

贝拉觉得自己被一道激流裹挟着回到了过去，便像看到提示的演员一样，立即进入了角色——正在读六年级的十一岁的莎莉。学校为庆祝圣诞节编排了音乐剧《白雪公主与七个小矮人》，莎莉正准备登场。她扮演邪恶的贝拉——无心国王的新王后。莎莉紧张得浑身发抖，因为她知道自己一定会忘词，高音也唱不上去。她也知道自己如果昏倒，就会把所有的事情都忘得一干二净，还得为做错事接受惩罚。金克丝大约在旁边转悠四年了，惹了不少麻烦，尽管还不像现在那么嚣张。

母亲和弗雷德就坐在前排。莎莉不想参加演出，但母亲坚持认为她以后会做演员。

莎莉的脖子开始疼痛，然后逐渐蔓延至头部。她靠在墙上，觉得自己已经无法忍受。她真的演不了！可是那个扮演喷嚏精的男孩推了她一把，莎莉就这么上了台。她一动不动地站在刺眼的聚光灯下，望着坐在包厢里的老师和台下的观众，眼前一黑，昏了过去。

眼见莎莉就要摔倒在舞台上，贝拉连忙冲出来稳住了身体。

贝拉在台上又唱又跳，博得了头彩。落幕的时候，所有人都站起来为她鼓掌，请她谢了四次幕。大家都夸她是个天生的演员，因为从贝拉王后出场的那一瞬间开始，她就从一个羞涩的小女孩摇身一变，成了一个优秀的演员。老师也称赞她是学校有史以来最棒的演员。散场后，观众仍在热烈地议论着她。连弗雷德也觉得，台上的她真是个大美人。他搂住她的腰说，看来咱们家真要出明星了。

她感觉到了他的目光和搂着自己身体的手，冲他笑了笑，弗雷德也冲她挤了挤眼睛，轻轻地捏了她一把。就在这时，母亲突然冲过来拉开了她。

“快脱掉演出服，”母亲说，“我们得回家了。”

那天晚上的事，贝拉只记得这些……

* * *

罗杰让仍处于催眠状态的贝拉回到了现在，询问她对这段回忆有什么感觉。

“那是我第一次出现，”贝拉说，“我永远也不会忘记成为众人关注的焦点是什么感觉。从那以后，我经常参加演出，直至上高中。只有站在舞台上，我才有活着的感觉，真正成了自己。热爱我的观众倾听着我说的每一句话，为我着迷，为我欢笑，为我鼓掌。我希望一直这样活下去，永远站在舞台上。没有歌舞和表演，我谁也不是。尽管后来我也当过啦啦队队长，但感觉完全不一样。”

思索着自己刚才说的话，她问道：“我谁也不是，如果和莎莉融合，我能成为一个明星吗？”

“有这种可能，”罗杰说，“不过，你必须做出决定。认真考虑一下你是否接受，周一再告诉我。”

“会痛吗？”

他摇着头说：“我保证，你不会有感觉。”

“融合能持久吗？戴瑞说你告诉过诺拉，这种状态大概不能永远维持，我们有可能再度分裂。”

“有这个可能，但我们从其他病例中吸取了许多经验。我相信，综合采用深度催眠和行为矫正的方法，效果会比其他病例好。”

“我要活下来，罗杰。”

“我知道，而且我认为这是让你活下来的唯一机会。”

* * *

周末，贝拉反反复复地想着这个问题，还不停地询问我的看法，但我只能让她自己做出决定。我告诉贝拉，我尊重罗杰医生的意见，相信他为我们做出的选择一定是最好的，但是，这个决定至关重要，我可不愿意承担责任。考虑这么重大的问题，我不想参与。

她让我问问诺拉融合的时候有什么感觉，但我告诉她，自从诺拉融入第二个莎莉，我就再也联系不上她了。

“她是不是像死了一样？”贝拉还是想知道。

“我怎么知道死是什么感觉？”

我告诉贝拉，诺拉突然一下就消失得无影无踪了！上一刻人还在，下一刻就不知去向了。我把两个池塘里的水汇合在一起的事告诉了贝拉，吓得她紧张得要命，因为她不会游泳。

那不过是诺拉心中想象的，我说。听我这么一说，贝拉平静了下来，不过我告诉她，重要的是莎莉的思维方式似乎变得越来越像诺拉了。“融合后，”我说，“你或许能极大地改变她对性和舞蹈的态度。”

“还有戏剧。”她说。

“说得没错。”

“我真不知道该如何是好，”她说，“我以前从来没有做过这样的决定。”

整个周五晚上，她都在听摇滚乐老唱片。周六下午她看了一场《舞动的足尖》，晚上又独自到迪斯科舞厅去跳舞。她和一大群陌生的年轻男子热舞，却没有了以往的感觉。她的心根本不在那儿。她想随着音乐的节奏使劲舞动，以此摆脱心中的恐惧，但不停旋转的灯光却令她昏昏欲睡。

一个扎着马尾辫的年轻男子紧挨着她舞动着。他忽然凑过去轻吻了一下贝拉的脖子，低声说想和她做爱。喝得醉醺醺的贝拉心想：有何不可？这大概是自己最后一次表演了。

“送我回家。”她对他耳语道。

那个年轻男子（顶多只有十九或二十岁）开着一辆破旧的老道奇车。他用一只手握着方向盘，另一只手不安分地在贝拉的两腿之间摸来摸去。贝拉靠过去解开他裤子的拉锁，开始挑逗他。

刚进家门，男子就开始热烈地吻她。贝拉也紧紧地抱着他。

“呃，宝贝儿，就这样……”她呻吟着，双手伸到他脖子后面抓住马尾辫，将他的脸埋进自己的双乳之间，“来吧！”

她渴望他进入自己的身体……摩擦……逐渐达到高潮……可是，就在准备进入的时候，他突然浑身颤抖起来。

“不！”她喊道，“别这么快！等等！”

然而，他已经结束了。他蜷身爬下贝拉的身体，把脸扭到一旁说：“对不起，真对不起。”

贝拉仰身躺下，露出厌恶的表情。幕布落下了，没有高潮，就像往常一样，只有一个糟糕的结局。“没关系，孩子。”她说，“我也很快，和你同时达到了高潮。”

“真的吗？”他转过身，急切地望着她。

“是真的。听我说，我也想要你，就像你想要我一样。你很棒。是你的第一次？”

他红着脸点了点头，穿上了裤子。

“嘿，你去哪儿？不和我一起度过这个夜晚吗？”

“不行啊，”他看看手表，“已经太晚了，爸妈会杀了我的。”

他吻了她一下：“你很漂亮，谢谢你所做的一切。”

他离开后，贝拉锁上门。“谢谢你什么也没做……”等他走远后她才说道。

贝拉四肢无力地瘫倒在床上，望着自己随着呼吸起伏的胸脯。她用手揉搓着乳头，感觉它们慢慢变硬。她想做爱，和谁都行。她继续揉搓着，希望再享受一次性高潮的感觉，但是达不到。于是，她爬起来到抽屉里去找几个月前买的按摩器。愚蠢的莎莉一直以为那是用来按摩脖子和脸的，她把按摩器藏在哪儿了？

贝拉一心想找到按摩器，气急败坏地将抽屉里所有的东西都扔了出来。她永远也找不到需要的东西！莎莉总是把东西移来挪去，不停地打扫卫生。她那双该死的手就不能少碰别人的东西吗？

贝拉用自己的手指代替按摩器，先是轻轻地抽动，然后越来越用力。就在她刚刚兴奋起来的时候，头又开始痛了。

“可恶！”她怒吼道，“滚开！我还没完呢，我要……”

“让我来帮助你吧。”

“你是谁？”贝拉从床上坐起来。

我告诉贝拉，那是金克丝。

“啊，太好了。”她说。

我告诉贝拉，我不参与。贝拉想自慰，那是她自己的事，我可不喜欢这种互相愚弄的游戏。贝拉从来没和女人干过那种事，所以顿时来了兴趣，可是我听着都觉得恶心。

“你可是我们之间的联系人，”贝拉说，“我只有通过你才能找到金克丝。”

“别说了，反正我不会插手。金克丝是个虐待狂。”

“不干正经事的家伙！你因为自己性冷淡，就容不得别人享受。”

“我才不性冷淡呢，我很正常。”

“处女……也算正常？”

“我只是不赞成婚前性行为。”

“等着白马王子来吻你的屁股？”

“你自便吧，我可不参与滥交。”

“滥交？什么叫滥交？”

“三个人一起做爱，不是滥交是什么？”

“哼，拜托，那只是技巧问题。”

“随你怎么说吧。真恶心，我绝对不干。”我告诉贝拉。

“我们不需要她。”这是金克丝第二次直接和贝拉对话。

“既然我们可以直接与莎莉联系，”金克丝说，“那就用不着再通过戴瑞。”

贝拉似乎有点儿动心：“可是莎莉不会……”

“我们现在是二比一，”金克丝说，“机会难得。我们为什么总要听她的？”

“你说得没错，”贝拉说，“很多事我都没有尝试过。现在看起来，我们剩下的时间可能不多了。”

“不能这样，”我说，“罗杰告诉过莎莉，融合状态现在仍然很不稳定。类似这样的事可能会让莎莉崩溃的。”

金克丝的笑声让我不寒而栗：“她和那该死的融合关我屁事？最好不要融合。没让罗杰瞎治疗之前，我们可过得比现在好。”

这下我明白了她怂恿贝拉干坏事的真正目的。她知道莎莉现在还很脆弱，所以想让她们前功尽弃。

“我们该怎么干？”贝拉问。

“去找你的按摩器，”金克丝说，“莎莉把它藏在衣柜最下面的抽屉里，上面盖着电热毯。”

贝拉找出按摩器试了试。“看起来还不错，”她说，“然后呢？”

“我们让莎莉出来。”

“你办得到吗？”

“既然她能把你们叫出来喝茶，我们为什么不行？”

金克丝坐在三面梳妆镜前，左面的镜中出现了贝拉赤裸的身体。

右面则慢慢地浮现出金克丝双唇紧闭、杀气腾腾的脸。看见她那头黑发，我不禁又联想到了蛇。最后，中间的镜子里现出了莎莉的脸。她仿佛刚被人从梦中惊醒，困惑地四下张望着。她望望左面，又看了一眼右面，惊讶地发现除了手腕上的绷带，自己竟然一丝不挂。

“这是怎么了？发生了什么事？”

“这次是我邀请大家聚会，”金克丝说，“欢迎你。”

莎莉见过贝拉的模样，却认不出金克丝的脸和声音：“你们要干什么？”

贝拉说：“我们就是想找点乐子。”

“你现在比以前强大了，”金克丝说，“用不着再害怕。”

“我想睡觉。”莎莉说。

“我们也想，”贝拉说，“我们三个今晚一起睡，就像过去开睡衣派对那样。”

“对不起，我不知道你们想干什么，”莎莉说，“而且也不想知道。你们从哪儿来就回哪儿去，别打扰我。”

“她想让我们滚开。”金克丝说。

“这种高傲的语气更像是诺拉的……”

“我是莎莉，”她厉声说，“我可不想与你们有任何关系，快走开。”

“没那么容易。”金克丝说。

“就是，”贝拉帮腔道，“事情可没那么简单。”

金克丝拿起按摩器，按下了开关。

听见按摩器嗡嗡的声音，莎莉瞪着她问：“你在干吗？”

“我们身为一体，”金克丝说，“既是对方的一部分，又各自独立。我们用不着让别人来满足自己的需要和欲望。”

金克丝伸手轻轻地抚摸着莎莉的腿，慢慢地移到隐私处。

“住手！”莎莉激动地叫道，想挡住金克丝的手，但被贝拉抓住左胳膊，无法动弹。

“别这么对我，我不要。”

“可是我喜欢，”贝拉说，“而且越多越好！三个人一起可比一个人好玩多了。”

莎莉继续挣扎了一会儿，但呼吸变得越来越重，眼皮抽动了几下，翻起白眼。我吓坏了，但无法冲出去阻止，因为她们太专注了。

金克丝拿起按摩器插进莎莉的下体。莎莉的身体随着振动的按摩器扭动着，浑身发抖，嘴唇不停地抽搐着，呼喊的声音越来越微弱、越来越含混，终于昏了过去。

金克丝大笑着溜走了，贝拉躺在那里，本以为事后自己会感觉舒服——浑身酥软，却发现自己十分愧疚。她从柜子里拿出一瓶苏格兰威士忌，一杯接一杯地喝起来。

“可恶，无论我做什么，结果都是一塌糊涂。”

“因为不该这么做。”

“谁在说话？”

“你觉得难过，是因为你知道自己做错了。”

“不是我的错，是金克丝出的坏主意。”

“不要再指责别人。”

贝拉分辨不出说话的人是男是女。她看到一张脸，但是模糊不清。

“那是因为她们应当受到谴责。”

“你不该喝那么多酒，头脑清醒才能做出决定。”

“你到底是谁？”

“你知道的。”

“你就是戴瑞说的那个‘内在自我协助者’吗？”

“没错，我就是你的‘内在自我协助者’。让罗杰医生帮助你融合，才能避免今晚的事再度发生。”

“莎莉现在也许不想融合了。今晚的事可能已经让她崩溃了。”

“不会，她会好起来的。我已经帮助她消除了那段记忆，它将深藏在她的潜意识里。”

贝拉和“内在自我协助者”一直聊到半夜，入睡前依然没有做出决定。周日早晨醒来，她觉得头痛得要命，有生以来还从未醉得这么厉害。她决定再也不能让这种事发生了。她几乎一整天都躺在床上，将一只冰袋敷在额头，根本不在乎自己的死活。

“好吧，内在自我协助者，”她大喊道，尽管“内在自我协助者”并不在她身旁，“我同意融合，但如果我疯了，那都怪你。”

* * *

周一莎莉去医院治疗的时候，感到内心惶恐不安，但不知道是什么原因。罗杰把贝拉同意融合的事告诉了她。

“我什么都不知道，”莎莉说，“我还以为自己控制得很好。”

“要是这样，还会有那天晚上的表演和自我伤害吗？”罗杰说。

“正因为如此，更不能让贝拉有更大的影响力。”

“这不是解决问题的办法，莎莉。让贝拉与你融合，才能控制她和你自己。你们联合起来，或许还可以对抗金克丝。换句话说，你现在的行为都是出于自卫，根据其他类似病例，这种情况是可以预见的。你开始会拒绝，然后会抗拒，但是我们必须继续下去。”

“为什么这么着急？理性地生活，这种全新的感受我才体验不足一个月，为什么不能再持续一段时间？”

“我原计划再给你一个月，然后才继续进行。我希望在你克服了自杀倾向之后，就放慢进展速度，以便让你更深入地了解过去，尽管这样做有一定的风险。然而，你体内充满仇恨的人格已经冲到了前台。你需要变得更强大才能控制住她，所以我认为需要加快进度。”

莎莉沉默不语。

“你同意与贝拉融合吗？”他问。

她点点头。

“大声说出来。你必须全身心地投入，毫无保留。这样做并非为我，而是为了你自己。”

“我同意融合。”

罗杰叫出了贝拉，问她是否已经考虑好，是否仍然愿意接受融合。贝拉说她已经和我以及“内在自我协助者”谈过，决定同意融合。

他拿出金笔：“来吧，贝拉，舞台上的灯光已经熄灭，幕布缓缓升起。舞台脚灯亮起之时，你会有几秒钟睁不开眼，但你知道自己正面对着台下的观众。你就是世界上最伟大的演员之一，在舞台上扮演莎莉·波特。你将与莎莉合二为一，不再是独立的个体。圣诞演出之前发生的事会保留在你的记忆中，而你作为独立人格存在的往事将成为历史，融入莎莉的性格之中。”

贝拉点点头，即将登场令她十分兴奋，但面对安静下来的观众，她又开始紧张起来。她的“协助者”坐在侧面的包厢里对她微笑着……等待……等待……

“我数到三，你就睁开眼睛。你不会记得刚才说的那些话，但你知道自己是莎莉·波特。我刚才说数到几？”

“三……”

“很好，现在开始。一……二……三……”

她睁开眼睛眨了几下，四处观望着。出于某种原因，她期待着自己站在心爱的舞台上，身处聚光灯下。然而，她却发现自己独自和罗杰医生在一起，他正焦急地望着她。

“你还好吗？”他问。

“很好，很兴奋。”

她意识到自己的感觉远不只是兴奋，简直有点儿飘飘欲仙。

“怎样的兴奋？”

她抿抿嘴，笑着说：“我想跳舞。真奇怪，我从来不跳舞，甚至不知道怎么跳，我太笨了。”

“莎莉，如果你发现自己舞跳得很好，不要惊讶，也不要抗拒。”

“我过去从来没想过要去跳舞，不过……”她站起来，随着脑海中的旋律在房间里转起来，“带我去跳舞好吗，罗杰？”

“这不是个好主意，莎莉。你生活中出现了这么多变化，我们之间的关系还是局限在这间办公室里为好。”

“你不喜欢我。”她噘着嘴说。她想得到他，而且心里也很清楚，只要努力便能成功。

“不是这样的。”

“是吗？”她说，“我听说，有些医生在治疗时间以外也和病人会面。我不是想和你约会，也没打算诱惑你，尽可放心。我只是觉得，我现在有那么多全新的感觉，最初几次出门，你应该陪伴在我身旁。”

“陪伴？”

“是啊，免得我遇到麻烦。我们可以一起吃晚饭、看表演，然后再去跳舞。玩完了，你把我送到家门口，我发誓不会引诱你进屋。”

“这样不好。”

她把手放在头上。

“怎么了？”

“我头又痛了。”

她在说谎。她根本没有头痛，不过是想引起罗杰的同情。我想出来提醒罗杰，但又决定作罢。不管怎么说，第三个莎莉毕竟是他的杰作，他得承担责任。看她怎么捉弄罗杰一定很有趣。我发誓，我可没有吃醋。如果我认为她真的打算追求罗杰，我定会出来阻止，可她不过是想玩玩，这我可没意见。

看到“内在自我协助者”也在帮助莎莉，我真替她感到高兴，同时也为自己减轻了负担而感到高兴。容光焕发的莎莉仿佛已准备好随时出发去探索这个全新的世界，她热爱生活。

与此同时，我也松了一口气。贝拉消失后，莎莉便不会在和男人交往时惹出什么麻烦。第三个莎莉能够控制强烈的欲望，然而，想到独立的贝拉不复存在，我又不禁伤感。她确实闯了很多祸，但也给大家带来了快乐。她怂恿我们做的那些疯狂的事，想想还是很刺激的，但以后不会再有了。我告诉自己，她的精神仍然存在于莎莉体内。来生就是这样的吗？为了进一步确认，我四处寻找贝拉，但没有找到。

诺拉和贝拉消失后，莎莉变得比以往任何时候都聪明，也更性感。回到家后，她发现按摩器莫名其妙地被放在床上，顿时羞红了脸，笑着把它扔进了垃圾桶。她再也不需要它了。

我呼唤“内在自我协助者”，想让他（或者她）出来和我聊聊，但是没有回音。我想那是因为“内在自我协助者”还没有做好帮助我的准备。

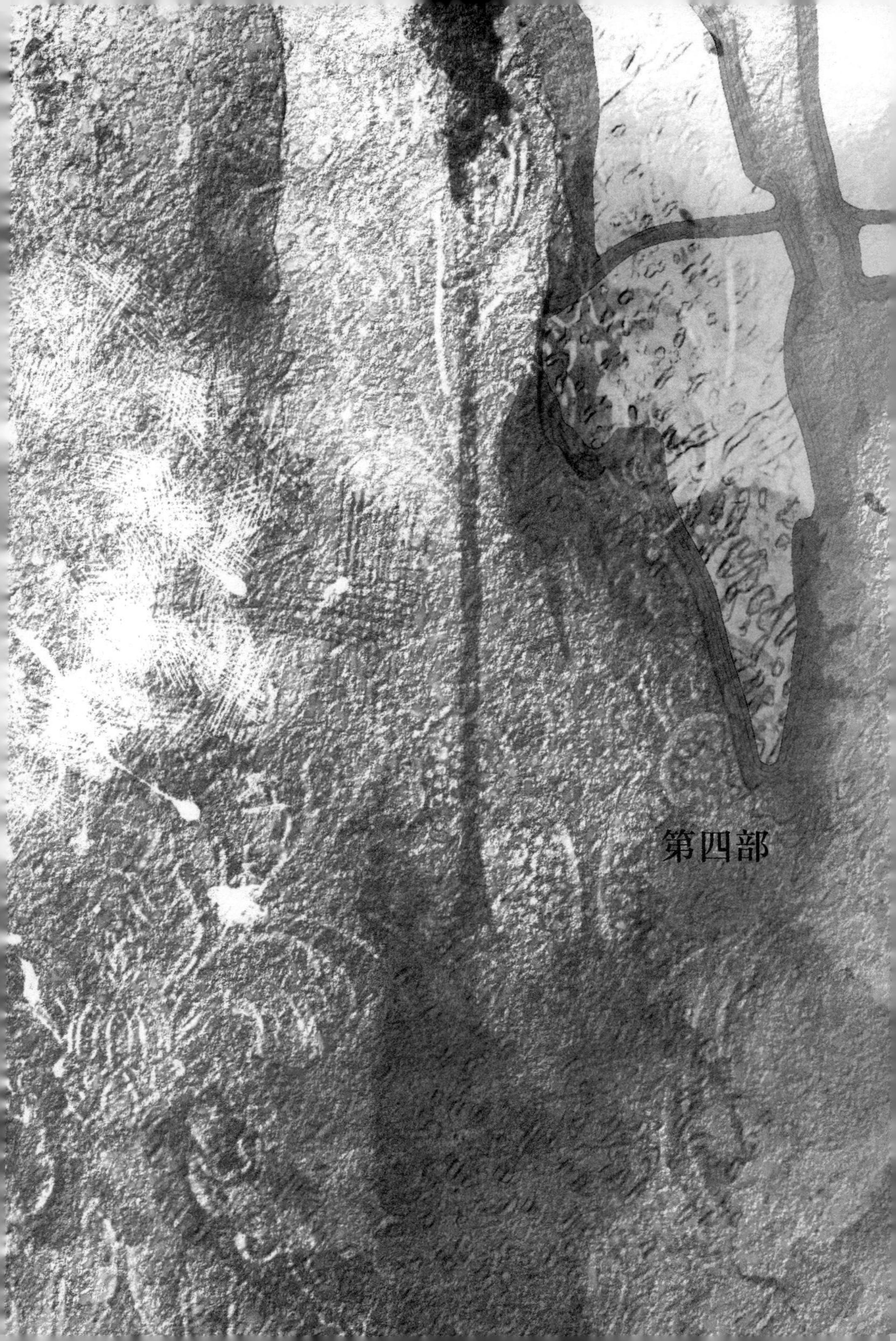

第四部

第十三章

两个星期后，也就是九月初的一天，莎莉打电话请求罗杰说：“我知道明天才到治疗时间，不过，今天晚上你能陪我出去走走吗？我需要找个能够信赖的人做伴。最近我情况很好，也能控制住自己的冲动，但今晚我真的需要出去走走。”

罗杰考虑了很久，终于按下了对讲机上的按钮：“玛吉，我今晚没有预约病人吧？那好，其他的预约也都取消，我要出去一趟。”

“我们六点见。”莎莉说。

我知道这听起来有点儿八卦，但我可不能让莎莉独自和罗杰一起出去。绝对不行！我得扮演好“记录者”的角色。他们准备在看表演前先去吃晚餐，但莎莉不知道该去犹太人开的熟食店还是法国餐厅。罗杰建议去一家他知道的意大利小餐馆。那里有红格纹桌布、烛光和基安蒂红葡萄酒，气氛浪漫。我猜他选择那家餐馆是为了纪念贝拉。

可是莎莉并不认为那里浪漫，倒说自己会触景生情。

听她那么说，我真想冲出来揍她一顿。她总是让人扫兴，真该治治她。要是她再这样继续下去，我就找金克丝来帮我教训她。

“最近感觉如何？”罗杰问。

“很好，”莎莉说，“但心里有点儿不安。总觉得应该去什么地方，或者做什么事。”

“我们不是正在做吗？”

她对他笑了笑：“我不是这个意思。我是说，不顾一切地干点儿够刺激的事。”

她边和罗杰说话边东张西望，想看看附近是否有英俊的男人，就好像罗杰根本不存在一样。上帝！我真被她惹火了，她越来越会装蒜了。

演出十分精彩——一出结局悲惨的音乐剧，如果我在外面，肯定会感动得热泪盈眶，可是莎莉没有这个感觉，她一会儿分析剧情，一会儿又评论唱腔和舞姿。我喜欢这出剧，不过也知道自己的鉴赏水平不高。

罗杰送莎莉回家的时候，她在他耳边轻声说：“你可以到我家坐坐，罗杰，也可以留下过夜。”

“我们不是已经说好了吗，莎莉？”

我真高兴他能这么说。如果他经不住莎莉虚情假意的挑逗，我一定会叫金克丝出来教训他们一顿。经得住一个聪明、漂亮和性感的女人的挑逗，让我对他多了几分敬意。我是说，他知道莎莉没有深刻、真诚的情感。她既不懂得爱，也不懂得恨。她虽然聪明、漂亮，但毕竟不是一个完整的人——而且未必拥有最好的一部分。

不过，莎莉并不傻。到了家门口，她一再坚持让罗杰进屋陪她喝几杯，还说要不然自己会忍不住再跑出去找其他男人陪伴。

“好吧，只待几分钟。”他说。

莎莉脱下外衣，打开唱机，放上一张缓慢的舞曲唱片。她以为罗杰会把自己拥入怀中，没想到他却掏出一个烟盒大小的东西来。

“我觉得你今晚可能会睡不好，”他说，“所以给你带来了这个，帮助你放松一下。”

她大失所望，还以为罗杰已经上钩了呢：“我不要，罗杰。我不想用这个办法放松。”

“今天晚上只能用这个办法，莎莉。”

“如果我想要，就有权出去找男人做伴。”

“确实如此，但我是你的医生，今晚我给你开的处方就是一个人好好休息。”

莎莉感觉自己的怒火直往上冲：“你自己不想要我，还不让我去找别人。”

“你误会了。我只是不想让你伤害自己，因为你仍然处于敏感的过渡期。”

“过渡到哪儿？我对现在的自己很满意。”

“但是你的状况仍然不稳定，还会出现变化。我们还有更多的事情要做，所以必须小心谨慎，以免你因一时冲动而再度分裂。”

“罗杰·阿什拼凑好的东西谁都不许破坏，对吗？是这个意思吧？你以为自己是神吗，罗杰？”

他从盒子里取出皮下注射器，举起手将针头插入一个装着透明液体的瓶子里。

“我不要！”莎莉大叫着挥手打掉了他手中的瓶子，两个人都盯着掉在地上的药瓶，“你无权替我做道德判断。”

罗杰掏出金笔，坚决地说出：“他知道黑暗中……”

“不要！”莎莉尖声叫着，用双手捂住耳朵，“你不能用这个办法控制我。我不是小孩子，而且你自己说过我没有疯。你知道这么做不道德。”

他凝视着莎莉。

“你这么干就是想控制我，”她说，“那你与斯文加利[1]有什么不一样？难道我只是催眠师手中的木偶吗？你也是这样控制你的妻子，直至她结束自己的生命吗？”

罗杰的脸涨得通红，慢慢地将金笔插回胸前的口袋：“对不起，只要你不伤害自己，我无权控制你的行为。”

“我不想伤害你，”她说，“但如果我不能自主做出决定、来去自由，就成了你的囚犯。这不是我们治疗的目的，对吗？”

他低声说：“是我错了。”

她把手轻轻地放在他的手臂上：“我还是希望你能留下来陪我。”

罗杰拎起外套向门口走去，然后又回头说道：“答应我，不要伤害自己。”

“我答应你。我现在可不想死，恰恰相反，我要自由自在地活着，

---

1 斯文加利：英国小说家乔治·杜·莫利耶的小说《爵士帽》中通过催眠术控制女主人公的邪恶音乐家，后被用来指意图操纵他人的不轨之徒。

主宰自己的命运。”

“那就好，莎莉。晚安，明天上午九点来治疗。”

罗杰离开后，莎莉仍然站在那里。突然自由了，她还真不知道该干什么。这时候，她听见体内有个声音建议她做点儿爆米花，然后边吃边看午夜电视节目，或者继续看那本《白鲸》，但是她对这两个建议都不以为然，嘟囔着说：“我可没兴趣。”

她知道最好待在家里哪儿都别去，但还是在房间里不安地来回走着。她拿不定主意，是该出门，还是该待在家里？她知道外面没有人在等自己，在街上闲逛只能让自己感觉更孤独、更沮丧。可是，她也许能碰见有意思的人。决定，决定，过去对她来说是轻而易举的事。她拿起电话，动手拨艾略特家的号码，但中途却停了下来，转而给托德打了电话。听见电话里传来托德的声音，她看了一眼手中的话筒，又连忙挂断。

“真可恶！”她终于下定了决心，抓起皮包和大衣冲下楼跑到街上。外面正在下雨，她只好躲在格林伯格裁缝店的屋檐下，从皮包里找出雨帽，对着窗户戴好。墨菲还站在老地方，但手中的警棍却不知去向。他空出来的右手被人转过来，好像在做什么下流的手势。她心想，真蠢，这样小偷看到穿警察制服的假人还会被吓跑吗？

她站在街角等出租车，但是看到来了一辆环城公交车，就跳了上去。没必要浪费钱。她在第三大道下了车，就沿着马路继续前行，觉得和一群夜猫子在街上一起闲逛很刺激。她知道晚上出来很危险，但还是来了，并为此感到得意。天亮之前，她或许会有什么奇遇，说不定还能碰上一个让她的人生出现转折的人。一场意外，一次偶然的邂逅，从此一切都转变了方向。然而她错了，真愚蠢。这能怪别人吗？既然她也是个夜猫子，那就让她去疯吧。

她听见从柠檬啤酒吧（Shandygaff）传来的阵阵音乐声，心想："柠檬啤酒"（shandy）会不会是源自"简陋的木屋"（shanty）？她得找时间查查。酒吧里挤满了人，她发现很多人都转过头贪婪地看着自己。她起初还挺高兴，挤到吧台前点了杯威士忌。可是没过多久，她就觉得身后有一个人在蹭自己的身体，吓得起了一身鸡皮疙瘩。她抱紧手臂，就好像在保护自己。

"嗨，一个人？能请你喝一杯吗？"

他长得很英俊，头发打理得一丝不苟，穿着一件套头毛衣。

她刚要答应，却发现自己摇着头说不出话来。那个人转身离开了。她到底是哪根筋搭错了？她不知道自己想要什么。她翻着包，想找支烟抽，却发现自己没有带。她想抽烟，可又觉得酒吧里的烟味难以忍受。她过去并不讨厌烟味，现在却觉得恶心得要命。这说明她想戒烟？她一口气喝光了杯中的威士忌，付了钱，离开了拥挤的酒吧。终于来到街上，她停下脚步，靠在墙上大口吸着被雨水冲刷过的清新空气。

莎莉究竟抽不抽烟？真把人搞糊涂了。她边走边摇头，想把这件事搞明白。路过一家灯火通明的特价书店，她透过窗户看见里面有人在堆满滞销书的桌前翻看着。她走进书店，从"一元区"拿起《简易自制罐头》随意翻了几下，又放了回去。对做菜和烤面包之类的事，她已经失去了兴趣。《纽约美食餐厅》似乎有趣多了，她刚要伸手去拿，目光却被旁边那本红皮的《解放女性的性意识》吸引了过去。她想拿，胳膊却如同瘫痪了一般不听使唤，伸出去的手在半空停住了。她看到旁边摆着一摞《前卫电影史》，便拿起一本放在《解放女性的性意识》上，颤抖着手把两本书一起拿起来。她翻看着书中的图片，脸不禁涨得通红。那些纠缠在一起的裸体让她想起了拉里。他让莎莉看色情照片，还告诉她自己想要的姿势和动作。莎莉记得自己在事后大哭大叫，还吐得满床都是。拉里真变态，恶心到家了。可是莎莉现在看着这些照片，却觉得乳房发胀，忍不住用舌头舔了舔嘴唇。这些图片令她既厌恶又着迷。她心想，必须找个不认识的男人，这样才可能做那些想做但不敢做的事，让自己彻底解放。完事之后，就各奔东西，用不着担心他以后会鄙视自己。不知道去教堂的时候，这种事需不需要坦白。她发现身后有人在盯着自己，转过头，看见一个上了年纪的男人正咧嘴笑着。

"看起来蛮有意思啊，"他说着伸手拿起一本，边翻边用眼睛瞟着她，似乎在想象她做那种事时的样子，"我愿意出大价钱找个有性意识的解放女性。"

他丝毫不掩饰自己身体上的冲动，盯着她，一只手顺着腹部往下伸："开价吧，我有钱。"

莎莉笑着说："老先生，你的心脏可受不了。"

"做鬼也风流。"他点着头说。

"那你就去死吧，"她说，"我可想多活几年。"她把两本书都扔回桌上，大笑着走出书店，既生气又难为情。她让冰冷的细雨淋在自己脸上，静静地等待着，似乎期待着什么事情发生。没有头痛的迹象，与性有关的尴尬情景不会再让她头痛了。她心想，这一定是个好现象，说明自己的状况越来越好了。明天治疗的时候，要记得告诉罗杰医生。

她盼望着能发生什么，但又知道必须在事情发生之前，抢先叫辆出租车赶紧回家。突然，她又沮丧起来。既然做什么事都犹豫不决、下不了决定，继续玩这种游戏还有什么意思？与其备受折磨，倒不如一死了之。她完全可以冲到马路上，让迎面而来的卡车替她做最后决断。毫无悬念，简单明了，一劳永逸。不过，等等！她打起精神，她不是签过不自杀协议吗？不对，那是另一个人在另一个国度签的，而且那个婊子已经死了。

自怨自艾、自我分析都统统见鬼去吧！她是出来找乐的，何必操那个心。要是真想死，玩够了再自杀也不迟。这是她自己的身体、灵魂和生命，想干什么就干什么，无论是用自己的全部身心，抑或仅仅是一部分。

她站在一家酒铺外，瞥见店里的酒瓶，突然想起了一件事。她看了看表，十一点五十五分。她问身旁的一位老妇人："今天是星期几？"老妇人诧异地答道："星期五。"

科克·西尔弗曼教授的晚宴不是在星期五吗？太好了。她听说在他家的疯狂聚会上，不但有酒、有大麻，还有令人感兴趣的话题。去那儿玩玩，说不定能让她打起精神来。她想起科克说要带东西去，于是走进店里买了瓶夏布利白葡萄酒。她看见一辆打着灯的出租车开过，便立刻冲到街上拦下车。

“嗨，小姐！”司机大叫道，“你差点送了自己的小命！”

“人生不就是如此吗？”她笑着说，“第二大道，布里克街。”

她靠到座位上，很高兴晚上终于有事可做了，而且比自杀有意思。

* * *

莎莉在昏暗的灯光下爬上了五楼，来到科克家门口时已经上气不接下气。她看到门上斑痕累累，锁孔附近布满了划痕，像是被撬过很多次。门板上钉着一块钢板，锃亮的门锁看来是新换的。她按下门铃，不一会儿就听见有人拨开门上的猫眼，然后是打开铁链的声响。门开了，科克·西尔弗曼教授戴着厚重的眼镜抬头望着她。

“亲爱的诺拉，”他说，“太棒了，你终于来参加聚会啦！”

他穿着一条紧身弹力牛仔裤、一件白色针织套头衫。

“我觉得无聊，想起今天是星期五，就赶来赴约了。”

“我保证不睡觉，陪你玩儿个痛快……”他紧紧地搂着她的腰，沿着狭长的过道向屋里走去。从屋里传出的击鼓声盖过了谈话声。

“今晚来了很多人，亲爱的诺拉，其中有几个很有意思。我先给你介绍几个人，然后你就随意玩儿吧。”

“你大概会觉得奇怪，科克，不过我已经不叫诺拉了。”

他不解地望着她：“为什么？那你现在叫什么？”

“诺拉是我的昵称，从现在开始就叫我莎莉吧，我要和过去做个了断。”

“莎莉？我都不知道你叫这个名字。诺拉听起来有意思多了。那好，就叫你莎莉。要和过去做个了断？太棒啦，太棒啦。以后你眼里还容得下我这个又矮又近视的经济学教授吗？”

“为什么容不下？”她笑着说，“你是个很有趣的人。”

他眯起眼睛，透过厚厚的镜片注视着她：“你好像变了个人，你的声音、动作和笑声都充满了吸引力。”

“我敢打赌，你对每个应邀参加周五聚会的寂寞男女都这么说。”

“绝对不会，我对那些与自己精神相通的人才这么说。诺拉，对了，是莎莉，你身上有一种独特的东西，令人难以捉摸。在你坚强的外表下，隐藏着一颗痛苦的心。我会一种按摩术，可以穿透你那层盔甲，让你体验到前所未有的快乐。”

莎莉刚想说自己喜欢按摩，他却突然向后退了几步，也许是感觉到了她抗拒的反应。他拉开挂在厨房和拥挤的客厅之间的珠帘子。

“现在没时间说这些了，”他说，“好好玩儿吧。我给你介绍一下，这位是艾琳，激情诗写得很美。”

艾琳上下打量着莎莉，莎莉立刻感觉到了她目光中的敌意，于是随便聊了几句便借口拿酒，抽身离去。莎莉看到屋里有几对男女坐在沙发上热烈地亲吻、拥抱，还有几个人站在一旁聊得正欢。远处的角落里，一个年轻黑人光着上身，轻轻地敲着手鼓。他身旁围着一群中年妇女，一面崇拜地望着他，一面随着手鼓的节奏摇晃着身体。

莎莉喝光了一杯酒，接着又倒了第二杯、第三杯，大麻的味道和手鼓的节奏让她慢慢地兴奋起来。她有股冲动，想要脱光衣服去和那个黑人共舞。她想象着自己和他在森林里跳舞、亲吻、做爱，但这个念头突然打住了。种族主义者，她心想。

透过昏暗的灯光，她发现对面的角落里有一张熟悉的脸。莎拉·科伦坡坐在一张沙发上，一个男人的手在她两腿之间摸来摸去。莎莉不知道自己为什么感到气愤，但脑海中突然闪出“换妻”这个词。她想起拉里曾经对她说过，为了帮助丈夫升职，做妻子的与丈夫的业务经理上床也未尝不可。她觉得又可怕、又恶心，自然不答应。他们到了拉里经理的住处之后，拉里和经理的太太便消失了。那个经理把喝得醉醺醺的莎莉推倒在沙发上，立刻动手抚摸她。她还没来得及推开他的手，就感到一阵头痛，旋即昏了过去。

现在眼前的黑幕被掀开，莎莉才回想起那天晚上自己昏倒后发生的事情。那道黑幕就如同科克家的珠帘，掀开之后她便看到了自己。她躺在那里，与那个经理热烈地接吻，身体迎合着他的动作做出反应。她不愿意想这些，但记忆却变得越来越清晰。真可耻。她觉得自己就是坐在沙发上的莎拉·科伦坡，让那个男人的手不停地抚摸自己。

上帝，她到底怎么了？怎么变得如此下贱、变态？她从来没干过那种事，可为什么自己会突然清晰地回想起这些？历史，她在心里不停地想，那是某个人的一段历史。

她又喝了一杯，想等聚会结束后留下来再和科克待一会儿。她正准备再去倒一杯酒，却不小心被绊倒了。

我扶住了她。

我想趁莎莉喝醉之际出来伸展一下腰身。我感觉到金克丝也想出来，便对她说："这次该我上场了。上次你跑到舞台上，差点要了大家的命，而且你也玩儿够了，现在轮到我出来享受一下了。"在我的坚持下，金克丝放弃了。

我到厨房去拿食物的时候（热量有什么可怕的？我就是喜欢啤酒和奶酪），碰到了一个剃着光头、戴着耳环的英俊男子。他看到我便不停地抛媚眼。幸好贝拉已经不会再出现了，否则一定会招惹麻烦，她肯定会勾引他。见我不予理睬，那个男子最后跟着一个长发及臀的女人走了。

我不是酒鬼，也不喜欢任何掺酒精的东西。不过，我偶尔也喜欢稍微多喝一点儿提提精神，因为干那些出格的事，必须鼓起勇气。我在人堆里走来走去，这边听听，那边聊几句。我发现科克一直在注视着我。

"你还好吧，莎莉？"

我本想告诉他我是戴瑞，但想了想又作罢了。何必为难这个可怜虫？"很好，再好不过了。你这里真不错，很有意思，来的人都非常有个性。很荣幸能和你们这些有见识……见识……"我不停地打起嗝来，无法把话说完。

"莎莉，咱们躲开这些人，到我书房去聊聊。"

我知道他并非只想聊聊，我又不是笨蛋，可是他身材如此矮小，厚眼镜片后面的那双眼睛看起来又如此悲伤，我很替他难过，所以就跟着他走进了书房。我看到在堆满了书的房间里摆着一张沙发，不过，我早就料到了。令我惊讶的是，房间中央的地板上立着一个像是电话亭似的东西，上面铺满了铅板。

"电话呢？"

"这可不是电话亭，没见过吧？"

"那是什么？现代雕塑？"

"这是'生命能量箱'。"

"是乐器？琴键呢？你来弹，我跟着唱。"

"你显然是没听说过威廉·赖希[1]，这就是他发明的。"

"哦，对啦，想起来了。今宵有酒今宵醉。"

他看起来是被搞糊涂了："莎莉宝贝儿，你每时每刻都在变，连声音都与以前不一样了。"

"是酒精的缘故，"我说，"对不同的人产生不同的影响。"

"不，莎莉宝贝儿，不仅如此。你被一道光环笼罩着，浑身发着光，显露出善良的本质。"

"哦，我的天，被你看出来啦？"

"真高兴你今晚能来，我经常想念你。"

"给我讲讲'生命能量箱'的事。你从哪儿搞来的？怎么使用？"

"伟大的赖希告诉我们，性能量集中在一种电子物质中。站在这

---

1 威廉·赖希：奥地利出生的美国心理学家，认为人的生理会受心理能量的影响。他提出的"性高潮理论"至今仍备受争议。

个箱子里，就能够帮助你集中性能量。”

“你是在取笑我吗？”

“和我一起进去试试，莎莉。”

他像查尔斯·博耶[1]一样，操着法国口音用低沉的声音又说了一遍：“和我一起进去……”

“也就是你这个经济学教授能想出这么疯狂的故事和噱头。”

他伤心地望着我：“我又矮又瞎，只能靠这点儿本事吸引美女，但我保证，你永远不会觉得厌烦，因为我有的是能力和天赋。我被你深深地吸引住了，莎莉宝贝儿。你是那么热情洋溢，又是那么深沉，我想抱着你……”

“你刚才正要告诉我怎么使用它。”

“它会集中你的性能量，将其提升至一个临界点。然后，就像氢弹核聚变一样，引发超乎想象的性欲大爆发，从而达到一连串高潮。”

“真后悔问这个问题。”

“来和我一起分享吧，莎莉。”

他一把抓住我，把我拉进了能量箱。里面空间很小，他的大肚子顶得我喘不过气来。他用两条腿夹住我的一条腿，使劲摩擦着。

“住手，科克。”

“越来越兴奋了。”

他像只肥狗一样扑在我身上，我怎么也挣脱不开。我真不知道该

---

1 查尔斯·博耶：法国电影演员，后入籍美国，多次获得奥斯卡金像奖。

如何是好。我可以不理他，让他继续下去，但不禁开始担心接下来的核爆炸。我觉得还是找个地方躲躲为好。

就在这个时候，金克丝看准机会，用胳膊把我顶到一边，一脚把科克踢出能量箱，接着把箱子砸得稀烂。我就知道她会这么干。

科克含着眼泪说："你用不着这样啊，莎莉。"

"你这个变态的浑蛋，没扯下你的睾丸，就已经便宜你了。"

科克几次话到嘴边，但没有说出来。我知道他在想些什么。金克丝冲出房间，左推右搡地为自己开路。屋里的人都张着嘴，惊讶地看着她。我想今后很长一段时间，莎莉都别想再参加科克的周五聚会了。

* * *

金克丝三步并作两步冲下楼梯，几次险些摔倒，幸好及时扶住了墙。她跑到大街上，想辨清方向。她发现自己是在布里克街第二大道路口后，本想找辆出租车，但又改了主意。她拐进旁边的街道，准备找辆没上锁的车。她在亚斯特坊广场附近找到了一辆，只用了几秒钟就发动了引擎，开着车嗖的一声扬长而去。

我知道她要干什么。我和她不止一次地聊过融合的事，她表示绝不会让他们如愿以偿。"我发誓，"她说，"我要先杀了那个浑蛋医生，然后让一切都恢复到他出现之前的样子。"

既然金克丝这么说了，我就得当真，因为她一向说话算数。她想把枪挖出来，然后一直待在外面，直至明天早上九点去治疗。到时候她就把枪装在包里，走进罗杰的办公室去实现自己的诺言。虽然我知道她的计划，但是找不到机会出来，无论怎么挣扎也无济于事。

金克丝记得自己把枪埋在了后院的一根电线杆旁。在开向城里的路上，她一直想着枪的事，差点闯了红灯，幸亏及时踩了刹车。现在可不能被人拦下来，或者被人发现车是偷来的。她还有正经事要干。她现在出来已经变得越来越困难了，所以必须把握住每一次机会。她强压着把油门踩到底的冲动，慢慢地继续向前开。

我还是不死心，一直伺机出来，但所有通道都被她堵死了。我也没办法让她头痛，只能等她发泄完所有的愤怒和仇恨。等她筋疲力尽以后，我才有机会夺回控制权，但是，不杀死罗杰，她是不会罢休的。在她往公寓开的时候，我不停地在她旁边唠叨，想找机会和她谈谈。也许是因为被气昏了头，或者是因为纷飞的细雨和凉爽的天气让她的心情变好了一些，她最终同意和我聊聊。

"今晚就到此为止吧。"我说。

"等那个浑蛋医生死了再说。"

"为什么？"

"因为他与别的浑蛋一样。他要把你和我都斩尽杀绝，就像对诺拉和贝拉那样。然后，你知道他要干什么吗？他会把我们都装进一个漂亮的躯体里，利用我们。"

"我不介意。"我说。

"呸，男人休想动我一根汗毛。"

"他不是那样的人，他很善良。贝拉引诱过他，第三个莎莉也向他表示过爱意，但是他都不为所动。这难道还不能说明他与一般男人不同吗？”

“这只能说明他要等你也被融入莎莉再伺机而动。你是他的目标，但我不会让这种事发生。我可不愿意牺牲自己的自由来为莎莉服务。”

“要是这样，你就得付出惨痛的代价。”

“哪有不需要付出代价的事？”

“听着，我喜欢罗杰医生。”我说。

“那是你的事。”

“也是你的事。没有我帮忙，你就像一只断了线的风筝。你不知道莎莉在想、在做什么。就算你现在偶尔可以和她联系上，也只能记得你出来时发生的一点儿事。杀了罗杰，你知道会有什么后果吗？”

“我不怕死。”

“问题就在这儿，你不会死，但是会被套上紧身衣关起来，那我们所有人都会失去自由。你只能用那颗没有知觉的脑袋撞橡胶墙壁来发泄心中的怨恨。”

这句话戳中了金克丝的要害。她想象着我所说的情景，一气之下把我赶了出来，一脚踩下了油门。我还以为我们会被撞得稀巴烂，但是有惊无险，她的驾驶技术真不错。

“你为什么那么恨男人？”我问道。

“因为他们说话不算数。”

“你指的是谁？”

我知道她指的是谁。不过我想让她继续说下去，好趁她走神的时候趁机溜出来。

“拉里。”

“他是莎莉的丈夫，又不是你的。”

“或许吧。”

“你这是什么意思？”

“拉里过去经常央求莎莉鞭打他，但是她下不了手。”

“哦，是这样啊……我没注意，我对做爱的花招没兴趣。”

“拉里和我处得很好，这辈子我只爱过他一个人。他说他不会再爱其他任何人。那个银飞鱼胸针就是他送给我的。”

“后来呢？”

“我发现他和其他女人厮混。”她闯过一个红灯。

“那又怎么样？拜托，他欺骗的是莎莉，又不是你。他根本不知道你，只是纳闷她怎么如此情绪多变。”

“我以为他和我是好朋友、好伴侣，后来却发现贝拉也和他睡过。他真正喜欢的人是贝拉，不是我。我很心痛，真的很痛。”

“你又不会痛。”

“胡说八道！戴瑞，我的身体感觉不到疼痛，但我心里的痛苦却胜过他人十倍。我伤得好深，所以就想去伤害别人，让他们也尝尝痛苦的滋味。后来他又玩起了换妻的把戏，这对我造成的伤害，其他人根本无法想象。”

她说得没错。我知道她这些年来一直承受着折磨，自从认识她起，我就没见她真正快乐过。我幸福、快乐地活着，她却过得那么悲惨，这似乎不太公平。她在下一个路口前停下车，一只脚踩着刹车，另一只脚放在油门上。绿灯刚亮起，车便嗖的一声冲了出去。

“金克丝，我为你感到难过。有时候真想和你交换一下位置，让你分享我的快乐。”

“哼，住嘴！你倒是真大方，让我感到恶心。”

“好吧，我不说了。我觉得你并不像大家说的那么坏，因为内心痛苦，你才会做出那些事。可是，伤害罗杰并不能消除你的痛苦。”

“怎么不能？罗杰死了，莎莉就会再度分裂，诺拉和贝拉就会重新出现，那我们就可以恢复以前的样子了。”

“诺拉和贝拉已经消失了。我想方设法找过她们，相信我，她们确实不存在了。”

“她们去哪儿了？”

“我希望她们是到彩虹的另一端了。”我说。

“什么？”

“你没看过朱迪·嘉兰演的《绿野仙踪》吗？我一直都想到彩虹另一端的那个神秘国度去，因为在那里有人能帮助我们找到各自失去的东西。我梦见自己变成了电影里的小姑娘，不过跟在我身边的是只猫而不是狗。我穿着一双红色的鞋，我们五个人一起向彩虹的另一端走去。”

“上帝！”她说，“你可真多愁善感。”

“我只是希望自己有一天能成为一个真正的人，和我相爱的人在一起。我至今仍然在想，辛戴瑞拉最后怎么样了？”

"你很清楚，它死了。"金克丝厉声说。

"可是猫有九条命啊。"

"它死了，尸体都腐烂了。"

"它还有八条命，总有一天我会找到它的。"

我们沉默着向前开了一段路。她一直想着那把枪，而我则琢磨着如何阻止她伤害罗杰。

"我希望你取枪的时候别穿莎莉新买的这条漂亮裙子，"我说，"我可不许你把泥沾到裙子上。"

"见鬼去吧！"她把车停在离公寓一条街远的地方，就直接去取枪。时间是清晨五点钟。

枪还在那里，没被发现。我真恨自己为什么没早点儿把枪挖出来扔掉。不行，我得想办法阻止金克丝。

"别把莎莉的裙子弄脏。"我请求道。

"滚开！"她一边吼，一边把沾满泥的手往身上抹。"这下好了，她该死的裙子已经脏了。你再啰唆，我就把裙子撕成碎片。"

我松了口气，这下她就不得不上楼去换衣服了。回到家，我建议喝点儿酒，但被她拒绝了。她坐在那里一直望着窗外，等待天亮。日出的景象很美。七点三十分，金克丝起身去换衣服。我敢肯定，金克丝一定会穿上她最喜欢的那条黑裙子，当然也不会忘记戴上那枚银飞鱼胸针。结果不出我所料。这么一来，玛吉和罗杰至少会发现去的人不是我或莎莉。

金克丝本来想去开那辆偷来的车，但后来想到警察可能正在找它，就决定乘出租车去医院。我一直不敢出声，希望她忘了我，好让我有机会出手。可是无论我怎么挣扎，还是无法冲出来，因为她的心已经被仇恨充满了。

要是能找到电话，我就可以给罗杰打电话警告他，但金克丝不会给我打小报告的机会。

我想告诉金克丝，如果她杀死罗杰，莎莉肯定会再度分裂，诺拉也会自杀，但这么说恐怕没有用，因为她根本不在乎我们的死活。好吧，如果罗杰死了，那我也就什么都不在乎了，我们五个人的生命会就此结束。都怪我，要不是我在科克家的聚会上出现，金克丝就没有跑出来的机会。

金克丝乘电梯到了罗杰的办公室，告诉玛吉她是来治疗的，约定的时间是九点。从玛吉惊讶的表情可以看出，她知道来者不是莎莉而是金克丝。她和罗杰都知道，只有金克丝会穿黑裙子，而且他们也知道飞鱼胸针的事。真希望他们意识到了危险！可是玛吉点点头，按下对讲机，告诉罗杰医生莎莉·波特已经到了。我想大喊：她不是莎莉，她是金克丝，她要杀了罗杰！可是我叫不出来，手脚也不听使唤。我只能眼睁睁地看着金克丝打开门，走进了罗杰的办公室。

那条黑裙子和飞鱼胸针让罗杰感到有点儿不对劲。他看着她，目光中透着责备的意思。他知道来的是金克丝，但不知道包里藏着什么东西。我想摇晃金克丝的胳膊，好让包掉到地上，可是没有成功。我只能眼睁睁地等着看事情发生。

“进来吧，请坐。”罗杰说。

她没有坐罗杰指的那张椅子，而是在他桌前坐下，将皮包放在腿上。她并不急于开枪，而是想先戏弄罗杰一番，看着他露出惊讶和恐惧的表情。

“最近怎么样？”他问。

金克丝玩着皮包上的扣环。

“很高兴你决定过来和我聊聊，金克丝。我经常想到你。”

被罗杰认出来，她很气愤，决定不再假装莎莉了：“我不相信你。你根本不在乎我，我很清楚你在打什么主意。”

“能说说吗？”

“呸，放屁！就算我说对了，你也不会承认。”

“给我一个机会，”他说，“你先说出来，我再告诉你说得对不对。”

“可以。你想把戴瑞融进第四个莎莉，然后将我永远囚禁起来，就像那些迷失的灵魂一样。那个地方——囚禁着未受洗礼的孩子的灵魂，你们叫什么？”

“灵薄狱[1]吗？”

“就是那儿。与其他人融合之后，莎莉会变得越来越强大，而我只能永远待在灵薄狱里。我决不会让这种事情发生。”

“要是我告诉你，目前我没有任何针对你的计划，你相信吗？我不排除任何可能，包括最后让你与莎莉融合。”

“鬼才相信。你讨厌我，我就是大家都不愿意理睬的害群之马，

1 灵薄狱：基督教中生与死的世界之间模糊幽暗的中间地带，亦称“迷失域”。

就是‘柜子里的骷髅’[1]。你想把我锁进柜子，然后扔掉钥匙。我这辈子受了太多的伤害，在我心里什么都没有留下，除了恨。你可不希望完美的新莎莉身上有我的痕迹。”

“事实并非如此。”

“你撒谎！当然了，戴瑞也是你计划的一部分。你准备把戴瑞的快乐和善良融入自己制作的那台聪明的性机器，然后就收手。你绝对不允许我毁了你创造的完美女人。”

“我不否认，我的确这么想过。”

罗杰竟然如此坦率地承认，让金克丝感到惊讶。

“但是，”他继续说，“作为精神病医生，我不能这么做。”

“放屁！”金克丝起身向后退了几步。

“听我说完。心理学家都知道，每个人的心里都存在着愤怒和仇恨，无视这一点将使我们自己面临危险。我们知道，把强烈的攻击冲动隐藏起来，或者像你说的将它们封闭起来，不能解决问题。它们还会不断出来侵扰我们。我们将这种现象称为‘潜意识压抑’。我们要做的就是，将这些源自痛苦和挫折的感觉暴露出来，这样它们就不会激起怨愤，从而毁了一切。”

“我不认为你邪恶，”他继续说道，“我知道你承受着常人难以忍受的痛苦。自你有意识以来，就承受着他人无法面对的烦恼和痛苦。而现在，是该让融合后的莎莉与你一起承受的时候了。你一个人无法

---

1 柜子里的骷髅：英文俚语，指不可外扬的丑事。——编者注

承受的痛苦，由五个人共同面对，或许能够化解。”

“哼，说得好听，但我不吃你这套。”

金克丝把手伸进皮包握住枪把，将食指放在扳机上，然后掏出枪打开了保险。

罗杰看着那把枪。

我竭尽全力拼命呼叫着，请求“协助者”帮我制止金克丝。我不停地叫着，直至头痛得快要裂开。金克丝也感觉到了什么。她迟疑了片刻，用另一只手疑惑地摸了摸自己的头。

“我的头好痛。”

“你感觉到了？”罗杰问。

我继续冲着金克丝使劲尖叫着，啊……啊……啊……我感觉她的愤怒逐渐减弱了一些。她正要扣动扳机，却惊讶地发现剧烈的头痛令自己的手无法动弹。在我的逼迫下，她慢慢地将枪口从罗杰身上移开，然后对准了我。她瞪着枪，不明白自己的手为什么不听使唤。“不要拦着我，戴瑞！”她低吼道，“让我……！让我……！”

“金克丝！”罗杰大叫道，“他知道黑暗中发生的事情……”

但太迟了，金克丝扣动了扳机。我和她都听到了枪声。我感到一阵刺骨的疼痛，在闪光中，一切都安静下来。我越过了彩虹……

第十四章

莎莉睁开眼，发现自己躺在床上，浑身软弱无力。她转过头，看见罗杰和玛吉正焦急地望着她。

她挣扎着想爬起来："罗杰，发生了什么事？我去参加一个聚会，然后……"

"别起来，"他说，"你受伤了，伤势不严重，但是流了些血。"

她发现自己穿着那条黑裙子："上帝……是金克丝！"

"现在已经没事了。"

"她干了什么？"

她发现罗杰的脸色变得苍白。"金克丝将枪口对准我，想杀了我，但是没有得逞。我想是戴瑞阻止了她。于是，她就将枪口转向了自己。重要的是，金克丝第一次尝到了疼的滋味。"

莎莉感觉左肩发麻，便躺到床上，将头靠在枕头上。"接下来我该怎么办？如果金克丝随时都能跑出来干这种事，我就永远无法过正常的生活。她也可以把我杀了。"

"都是我的错，莎莉，不怪你。如果昨天晚上我等你上床睡觉后再走，金克丝就不可能跑出来。我差点失去了你。我们必须加快进程。不过我敢肯定，你在的时候她无法出现。她只能通过戴瑞跑出来。将你和戴瑞融合在一起，我们就能堵死金克丝出来的通道。我相信你们会有足够的力量压制住金克丝。”

“这个办法行不通怎么办？”

“我们还有时间尝试其他办法。这次释放完情绪之后，我想金克丝在短期内不会再出现。”

“你所谓的‘其他办法’是指将金克丝也融合进来，对吗？”

“这是最后的手段，如果确有必要。用你的感觉、理智和情感化解她的暴力冲动，或许能控制住她的愤怒和敌对情绪。不过，除非万不得已，我们不会走这招险棋。而且，这样做还需要征得她的同意。”

“你想让她的恶毒也成为我的一部分？”

“我怎么想并不重要。”他说。

“但对我非常重要。”

“我们将戴瑞的情感融入你的新人格后再做决定。你回家好好考虑一下我的建议，找戴瑞谈谈，别急着做决定。如果你同意，而且你们都愿意融合，我们明天就着手进行。我会请玛吉安排时间。”

罗杰想和我聊聊，于是就让我站到了亮处。我又惊又喜，因为我正急着想把事情的经过告诉他。

“你好，罗杰，”我说，“幸好她没杀死我最喜欢的医生。”

“是你想办法阻止她的，对吧？”

“我原以为自己办不到，因为金克丝变得越来越强大了。”

“我还不了解这个情况，”他说，“看来我们得另想办法了。”

我将罗杰离开莎莉之后发生的事——莎莉如何去参加科克家的聚会，我怎么溜出来以及金克丝干的事，都原原本本告诉了他。

“戴瑞，知道我为什么在这时候让你出来吗？”

“终于发现没有我就活不下去？”

他被我逗得哈哈大笑，握住我的手。我紧紧地抓住他的手，不让他松开。

“你知道我对莎莉说了什么。”

“罗杰，我还不准备离开。我还年轻，还想就这样再活几年。”

“我们没有时间了，戴瑞。金克丝的状态很不稳定，你自己也说过，她变得越来越强大了。我们必须抓紧，让她没有机会再干类似今天上午的事。”

“我害怕，罗杰。”

“没什么可怕的。”

“可是你需要我，你自己这么说的。”

“该放手的时候到了。我们必须让莎莉强大起来，并切断她与金克丝之间的联系。”

“也就是说，我以后就不是‘记录者’了，再也无法知道她们心里在想什么？”

“不是她们心里，而是你们心里。你将成为莎莉，而不再是独立的一部分。你将实现自己长久以来的梦想，成为一个完整、全面的人。”

“我无法想象自己成为一个有头脑的人。每当别人和我讨论世界大事、艺术或文学之类严肃的事情，我就装疯卖傻，好不让他们看出来我有多笨。”

“你一点儿都不笨，戴瑞，也用不着再那么做了。你将拥有诺拉、贝拉和莎莉掌握的所有知识。”

“我对性一直很恐惧，整天嬉皮笑脸的就是为了掩饰。”

“性会成为你生活中正常的一部分。”

“我从来不哭，罗杰，也没有像她们那样感受过真正的痛苦。看到莎莉那么不快乐，整天哭哭啼啼的，就觉得她还不如死了好。我可不想变成她那样，罗杰。”

“可是，作为一个完整的人就是这样的。生活中不仅仅有欢笑和美好的时光，还有各种复杂的情感，还有责任、深刻的感触和起伏的情绪。每个人都会为失去的东西或人感到难过。我要帮助你变得更强大，坚强地面对人生，并且不会为流泪而感到羞愧。人都是哭着来到人世间的。”

“我出现时也是这样的吗？”

“我们来看看你是怎么出现的。”

“我害怕。”

“我也害怕，但你不是独自面对，还有我在你身旁。准备好了吗？”

“好了。可是，你要抓紧我的手，罗杰，不要松开。”

我看到罗杰的眼中噙着泪水。他抓紧我的手，哽咽着说道：“他知道黑暗中发生的事情……”

我的灵魂飘离了身体。从遥远的黑暗中传来了罗杰的声音：“让我们回到戴瑞出现的那一刻。之前只有莎莉和金克丝存在，但因为后来发生了一件事，你才分裂成一个独立的人格。我数到三，你就开始回忆当时的情景，说出你的真实感受。你、莎莉和我就会明白你是如何出现的。”

我穿过层层云雾从黑暗中走出来，在雨中沿着街道四处寻找着辛戴瑞拉的踪影。我记得那天是复活节，当时莎莉只有十岁。那件事要在三天后才发生，但根据金克丝的记忆，我得知了事情发生的经过。我把这些都告诉了罗杰。

* * *

事发几个月前，莎莉发现了一只跛足的小猫。因为它缺了一只爪，莎莉就给它取名叫辛戴瑞拉。她说辛戴瑞拉在舞会上跑丢了一只鞋，正等待着它的王子带着那只鞋来找它。莎莉总是把父亲奥斯卡晚上给自己讲的童话故事表演出来，“灰姑娘辛戴瑞拉”就是她最喜欢的一个故事。不过，莎莉还是第一次和自己的宠物一起演出。虽然继父弗雷德不同意，她还是说服母亲留下了小猫。

她给小猫喂牛奶和剩饭，还假装弗雷德就是那个邪恶的继父，把辛戴瑞拉关在肮脏的地窖里，不让它出来玩。

她喜欢把辛戴瑞拉抱在怀里，把它毛茸茸的身体贴在脸上，听着它高兴地发出咕噜咕噜的声音，让它柔软的毛撩得鼻子发痒。小猫经常跑到她身边，在她的腿上蹭背。

每当母亲和继父把莎莉一个人锁在家里的时候，她就和辛戴瑞拉一起玩。她把所有的烦恼都告诉辛戴瑞拉，而它也会认真地倾听，还会叫几声，表示它知道那些人对莎莉有多不好。

那时候，莎莉觉得自己记性特别差。她总是不承认自己干过的坏事，因而被母亲和邪恶的继父惩罚。继父说她是个无可救药的骗子，经常把她关在房间或壁橱里。每当这个时候，她就假装自己是公主，生父是国王，想象着父亲装扮成邮差的样子在他的王国里云游，留下一个名叫薇薇安的女仆暂时照顾她。如果她听话，奥斯卡国王总有一天会回来接她。要是她总是忘记自己干过的坏事，就会被关在壁橱里。莎莉告诉辛戴瑞拉，一定是邪恶的女巫给她施了魔法，所以她才会经常忘事、失落时间。她所能做的，就是等待奥斯卡国王归来，把她装进魔法邮袋里，带着她远走高飞。那时她才能恢复自由，重新变成公主，但前提是她不再干坏事。当然，她那时候还不知道——也没有任何人知道，那些可怕的事都是一个叫金克丝的坏女孩干的。

我不知道金克丝是从哪里来的，她没有告诉过我。可是她后来对我说，每次挨打的时候莎莉都会昏倒，都是她出来接受惩罚。金克丝也不明白这是为什么，但莎莉说变就变，不仅挨打时不会感到疼痛，而且事后也什么也都不记得。莎莉事后看到自己手上和脚上鲜红的伤痕，才会感到疼痛。但是她不知道这些伤痕是怎么来的，也不知道别人是否也遇到过这种怪事。

我把金克丝和莎莉的记忆拼凑在一起，基本明白了事情的经过：那天是复活节，天气晴朗。莎莉的母亲要去医院看望外婆，所以她就一个人和弗雷德去了教堂。

莎莉张着嘴入迷地听着耶稣复活的故事，直至弗雷德用胳膊碰她，才想起来把嘴合上。布道结束后，他们刚走出教堂，弗雷德就迅速地戴上了他那顶软呢帽。他总是把帽子斜扣在右侧，好遮住秃脑袋上的凹痕。

"耶稣，"莎莉问道，"真的复活了吗？"

"当然是真的。难道安德森神父会说谎？他是在传播福音。"

坐车回家的路上，莎莉一直在想，人死了怎么还能复活？这种事只有童话故事里才有。"那么在审判日那天，"她又问道，"死去的人都能复活，也是真的？"

"这还用问吗？"他说，"除了异教徒，大家都深信不疑。"

莎莉点点头，心想，原来世界上真的有魔法。

那天下午莎莉给辛戴瑞拉讲复活节的事时，弗雷德从屋里走出来。他准备到花园里去松土施肥，所以换上了干活时穿的衣服，但仍然斜戴着软呢帽遮住右眼。莎莉发现他一干活，脸就会立刻涨得通红，缺了牙的嘴让他笑起来就像挂在杆子上的南瓜灯。

"给你的猫讲早晨布道的事？"

"是啊，我觉得太神奇了。"

"那是耶稣复活的奇迹。你和母亲一样，也是虔诚的天主教徒？"

她点点头。

"你也相信奇迹，对吧？"

"大概吧。"

“什么叫大概？信就是信，不信就是不信。要是不信，你死后就会直接下地狱，永远不能复活。”

莎莉吓坏了，急忙说：“我信，我相信。”倒不是因为相信弗雷德，而是她觉得既然《圣经》和神父都这么说，那就一定是真的。

“相信就好，”他说，“想亲眼见识一下什么叫复活吗？”

她疑惑地望着他。

“猫身上就经常发生这种事。”

“为什么？”

“你没听说过猫有九条命吗？”

她点点头。

他摊开双手：“猫之所以能够复活，是因为上帝想让我们看到奇迹真的会发生，你也想看看吧？”

她又点了点头。

“好，你把辛戴瑞拉抱到这儿来，我们亲眼见证一下复活的奇迹。复活之后，它断了的爪子就会完好如初。你就等着看吧。”

莎莉不知道弗雷德到底要干什么，紧紧地抱着小猫，用脸来回摩擦着它的毛。“辛戴瑞拉，奇迹和魔法都是真的，我们马上就要看到复活的奇迹了。”

“千万不要告诉你妈妈，等小猫长出了新爪子，让她惊喜一下。”

弗雷德在花园后面的篱笆旁边挖了个坑，然后放下铲子，捡起一块石头。

“好了，辛戴瑞拉就要在复活节这天像耶稣一样复活了。”

“怎么复活？”

“它要像上帝一样，为了我们牺牲它九条命中的一条。等它死了，我们就把它埋起来，然后它就能复活，获得新的生命。”

听到“死”这个字，莎莉既害怕又好奇，因为她不知道死是怎么回事。她想象着复活的情景：“你确定它会长出新爪子？”

“那还用说？你觉得上帝会让一只跛脚猫复活吗？《圣经》说，到了最后审判那天，我们都会变得完美，所有的缺欠都会得到弥补。它会像刚生下的小猫一样完美、正常，跑来跑去地玩个不停。它生下来就有权利做一只完美、健康的猫，你不想剥夺它的权利吧？”

莎莉觉得要是剥夺辛戴瑞拉的权利就太自私了。

弗雷德把石头递给她：“来，上帝说，要用石头建起他的教堂。”

“我该怎么做？”

“狠狠地在它头上砸几下，越用力越好。等它睡着后，我们就把它埋进这个坑，然后它就能复活了。一清二楚地看到整个过程，你就明白布道说的是什么了。它不会痛的。”

莎莉没有动手。

“你睡觉前不是老给它讲童话故事吗？它会像故事里的睡美人一样。还记得吧？睡美人的指头刺破了，流了很多血，但是她不觉得痛。她后来不是醒过来了吗？快动手！”他说，“要不然我就自己来。”

莎莉举起石头：“再见，辛戴瑞拉，复活之后，你就有四只爪子了。”她使出全身的力气将石头狠狠地砸向辛戴瑞拉的头。她听到一声惨叫，看见小猫的头骨被砸得粉碎，身上到处是血。

“它流血了！”她喘着气叫道。

“那当然，”弗雷德说，“我告诉过你的。耶稣被钉在十字架上的手也是流血不止，你没看过那些画吗？要想复活就一定得流血，这样它才能被羔羊宝血洗净。魔力来自鲜血啊。”

“它什么时候能复活？”

“我们得先把它埋起来。”

他把辛戴瑞拉扔进坑，盖上土压紧，然后又找来一块大一点儿的石头放在土堆上。

“这样它怎么出来啊？”

“像耶稣一样呗。”

“要等多长时间？”

弗雷德把铲子扔到一边，进屋前转过头对莎莉说：“耶稣是三天后复活的，估计一般得等三天。要是三天后它还不复活，就只能等人把它吻醒了。你好好盯着那个土堆，看见石头动起来，别忘了告诉我。我也想看看它复活的过程，看着它变得比出生时更加完美。等你妈妈回来，别告诉她这件事。我们要给她一个惊喜，让她看看辛戴瑞拉的新爪子和发生的这一切。你就说小猫死了，已经把它埋了。”

莎莉一直守在那儿，直至深夜才被母亲拉回屋里。

“真不知道她是怎么回事。”她母亲说。

弗雷德边翻看着报纸边说：“薇薇安，我真不敢相信，她突然拿起石头拼命砸那只猫的头，把它砸死了。”

莎莉刚要开口反驳，说是他让自己这么干的，弗雷德却抢先说道："你也知道，这孩子老是干卑鄙的事，然后还撒谎说自己不记得了。我亲眼看见她杀死了那只猫，还是我把它埋到后院里的。"

莎莉被送上了床，可是怎么也睡不着，因为她想搞明白弗雷德为什么要那么说。他是想等辛戴瑞拉变成一只完美的小猫，给妈妈一个更大的惊喜吗？

第二天上学的时候，老师看她精神恍惚，就骂她在做白日梦。放学后，她跑到家里的后院，坐在辛戴瑞拉的坟墓旁守候，直到母亲出来骂她是个邪恶的孩子，居然能干出这么可怕的事。

"等到明天，"莎莉对母亲说，"你一定会大吃一惊的。"

薇薇安摇着头说："你变得越来越不可思议了。"

第三天，外面下着大雨。老师让同学们在教室里画画。莎莉画了一只有四只爪子的辛戴瑞拉。一个同学说莎莉画得不对，因为辛戴瑞拉没有左前爪。

莎莉告诉大家，她画的是辛戴瑞拉复活以后的样子。它刚用掉了九条命中的一条，复活的时候会长出新的爪子……

一个同学说猫根本没有九条命，莎莉就和她吵了起来。老师不得不打断她们说："莎莉，南希说得对。猫没有九条命，就像圣诞老人与牙仙一样，都是故事。你已经这么大了，应该能够分辨真假……"

莎莉盯着老师说："《圣经》里的话是假的？耶稣在复活节复活也是故事？这些都是假的吗？"

"你想知道我是否相信吗？"

莎莉点点头，流出了眼泪。

“莎莉，就个人而言，我不相信耶稣复活。有宗教信仰的人会相信，但没有宗教信仰的人认为那只是帮助我们接受死亡的动人故事。”

莎莉的嘴唇颤抖着，怒视着老师：“你撒谎，你们都是骗子！辛戴瑞拉一定会复活的，今天就是它复活的日子。我要赶回家去看看它是不是正在从坟墓里爬出来。”

“莎莉，等等！”

她没有拿放在书桌上的书和毛衣，老师还没来得及阻止，她已经冲出教室跑到了大街上。回家的路有将近一英里，她上气不接下气地在雨中奔跑着，胸口都快裂开了，脚步却停不下来。她要尽快赶回去，亲眼看着辛戴瑞拉复活。

她浑身发抖、披头散发地跑到后院。她凝视着那块石头，但石头没有丝毫动静。已经是第三天了，辛戴瑞拉应该出来了。

她心想，也许是那块石头太重了？于是，她推开石头，继续观察着。辛戴瑞拉就要从坑里爬出来了，四只爪子会完好如初。它会跳进自己的怀抱、弄脏自己的衣服，但是她决不会在意。

她等待着，希望辛戴瑞拉能在母亲和弗雷德从屋里出来之前复活。她要成为第一个见证人。

她担心弗雷德用铲背把土压得太实，就用手把土松开，好让辛戴瑞拉更容易爬出来。她用手指刨着土，不时停下来看看下面是否有动静。她拼命地挖着……挖……终于碰到了辛戴瑞拉湿漉漉的毛，闻到了一股尸体腐烂的味道。小猫的爪子和头都已经僵硬了，她轻轻地拨开上面的土……看到了它头上被砸出的伤痕。

给它一个吻，或许奇迹就会出现，就能把它唤醒？她把嘴唇凑到辛戴瑞拉湿漉漉的毛上。突然，她觉得有动静——有什么东西在嘴边蠕动着，是活的！莎莉倒退了一步，赫然看到一条条蛆虫正从淌着鲜血的伤口里爬出来。她哭不出来，也无法呼吸。她撕心裂肺地大叫起来……

我的笑声取代了她的叫声。

听到莎莉的叫声，她的母亲和继父从屋里跑出来。他们看见我站在被挖开的坑前大笑，但不知道究竟发生了什么事情。

“莎莉，你在干什么？你疯了？”

我不是莎莉，但怎么向他们解释呢？我是辛戴瑞拉。我不但复活了，而且那个充满魔力的吻，把我从一只小猫变成了一个小女孩。这就是最伟大的奇迹。

“她疯了。”弗雷德说，“我和你说过多少次了。你看看她，没有感情，没有人性。害死了可怜的小猫，竟然还把它挖出来，看着它哈哈大笑。应该把她送到疯人院去。”

她母亲拿过铲子用土把猫盖上，然后一把抓住我脏兮兮的手说：“回你自己房间去，今天不许出来。莎莉，你真是个邪恶的孩子。”

我不知道她为什么一直叫我莎莉，但我知道自己不是莎莉，而是另外一个人。后来我突然明白了，我叫戴瑞，名字用的是“辛戴瑞拉”中间的两个字。她母亲又叫我莎莉的时候，我就笑着对她说：“你什么都不知道——你俩都不知道。”然后蹦蹦跳跳地跑开，到莎莉的房间去查看她都有什么东西。那以后，我一直快乐地生活着。

第十五章

罗杰把我从催眠状态中唤醒，若有所思地看着我摇摇头：“你竟然能熬过这么痛苦的童年，真不可思议。”

我笑着说：“你是指我还是莎莉？那时候我有很多乐趣，尽管我不记得自己的名字取自‘辛戴瑞拉’中间的两个字。可笑的是，几天后我又去挖那个坑的时候，发现小猫竟然不见了。一定是薇薇安或者弗雷德把它挖出来扔掉了。我这一辈子都在寻找辛戴瑞拉，直至现在我才明白，莎莉已经用一个吻让它借由我复活了。”

“你知道午夜会发生什么事情。”罗杰说。

“我不希望自己的故事就此结束，罗杰。我希望自己永远快乐地活下去。”

“你会的，戴瑞，但是要在与莎莉融合之后，活在真实的世界里。你的快乐不会消失，而会融入那个小女孩的心灵——她因信仰破灭而在雨中创造了你。现在是时候了，该牺牲你的另一条生命，让莎莉再次变得完整了。”

“我害怕，罗杰……”

“害怕不是问题。现在你已经明白了，仅仅靠魔法和童话故事不能让你变成一个真正的人。”

“我一直都渴望变成那个真正的人。”

“你的强烈渴望足以克服恐惧吗？除非你愿意与莎莉融合，否则这个愿望永远无法实现。”

“融合后，我就会死。”

“……或者以第四个莎莉的身份复活。”

“融合之后，会是谁的想法？谁的感觉？”

“如果我的理论没错，你仍然会有意识。”

“要是你错了呢？”

“我不知道。”

“你真的希望我这么做吗？”

“关键是你自己是否希望，戴瑞。”

“我的一部分想，另一部分不愿意。上帝，我已经分裂成几块了，想融合的究竟是我的哪一部分？”

罗杰忍不住笑了。我真希望他把我搂在怀中，轻轻地抚摸我。我想要的不是性或者其他什么东西。不知道为什么，但我觉得只要他轻轻地吻我一下，我就能变成一个有血有肉的真实的人，拥有所有的感觉、思想和情感。

“我对莎莉、诺拉和贝拉说的话你应该都听到了。你好好考虑一下，明天告诉我答案。”

“我们是各自做决定，还是一起商量？”

“都可以。不过，利用今晚的时间互相沟通一下可能会更好。你们的‘协助者’大概也会出来帮忙。”

“像是开告别会？”

“何不当作见面会呢？”

“你真喜欢玩文字游戏。”

“明天我再为你的肩膀换药。”

罗杰解释说，他要给莎莉开一些药，以免她痛得受不了。不过药效不会太强，也不含麻醉成分，因为他不希望莎莉在明天治疗之前昏倒。然后他叫出莎莉，对她说了同样的话。

* * *

那天晚上，莎莉魂不守舍地在屋里转来转去。后来，她一口气弹了《勃兰登堡协奏曲》的六个乐章，差点儿没把我逼疯。诺拉过去这么干就已经让我烦透了，要是她以后一直这么干下去，我真的无法忍受，即使是为了罗杰也不行。

融合前的最后一顿晚餐该吃什么？我们为此争执不下。莎莉想去“小木屋”吃法国大餐，而我想去“今日”吃中国菜。她说已经吃腻了中国菜，我却认为法国大餐也好不到哪儿去。最后我们决定妥协，去吃我们都不想吃的东西。我突然想到了一个办法，要不然干脆吃两顿最后的晚餐？我的意思是，既然是最后的晚餐，又何必计较热量？她坚持先去吃法国大餐，因为她不相信我能遵守诺言。我假装生气，但知道她说得没错，我确实经常说话不算数。我必须承认，这辈子我无论想得到什么，首先想到的都是逃避现实。我知道她从不食言。上帝，整天要遵守诺言、讲真话，那以后的日子一定很无聊。我心想，要是真的与她融合，以后自己顶多能说点善意的谎言，但我没有把这个想法告诉莎莉。我说："还是应该先吃中国菜，这样一小时后就饿了。如果先吃法国大餐，恐怕就吃不下中国菜了。"她无法反驳，只好跟着我去吃中国菜。我吃了一大堆炸馄饨、排骨和蝴蝶虾。吃完饭，为了消化食物，我们走了很长一段路，顺便商量点儿事。

过往的行人不住扭头看我们，但我告诉莎莉不要理睬。他们知道什么？大概是觉得我们疯了。

我看到莎莉情绪低落，便故意刺激她："有时候我觉得，你就是喜欢让自己感到沮丧。"

"你到底想说什么？"

"我从未见过别人像你这样一天到晚闷闷不乐，所以觉得你一定能够从闷闷不乐中找到乐趣。"

"愚蠢。"

"最好别再说我愚蠢，如果你敢再说一次，我就拒绝与你融合。"

"你以为我想与你融合吗？"

"要是不融合，你的损失可比我大多了。"莎莉没有搭腔，所以我觉得自己戳中了她的要害。"我又不是个真人，"我说，"是死是疯，我都无所谓，可是你……"

"戴瑞，你又撒谎。你一直渴望变成一个真人，而融合就是你实现梦想的机会。想自杀的人是我，而且至少尝试了五次。我记得还是你和贝拉跑出来阻止我的，别再装 blasé 了。”

“blasé 是什么意思？”

“是法语——”

“怪不得我不知道。”

“意思是‘满不在乎’。”

“我就是这样，你说得没错。我从来都认为过得挺好。”

“但是我在乎。”

“我觉得，这也是罗杰认为融合对我们有好处的原因之一。我是说，我会让你变得热爱生活，活得轻松点，而你会让我变得沉稳。”

迎面来了一个发放按摩院广告的人，我刚要伸手拿——就是为了好玩儿，就被她拦住了。真扫兴！我们沉默着走了一会儿，她才开口说：“你今天晚上想做什么？”

“叫上两个人，我们来个双人约会吧。”

“拜托，戴瑞，别再胡闹了。”

“会很有意思的。”

“可能会有意思，但我们肯定会闯祸，然后那个人就会出来干那种事。”

莎莉说得没错，通常都是这样的，可是我不想放弃：“等等，我知道可以叫谁来了。他们不会误会，我们也不会惹上麻烦。”

她没有说话，因为我们的脑海中同时浮现出了一个念头。“一定会很刺激，”她说，“他们会被搞得晕头转向。”

“来吧，你给托德打电话，我打给艾略特，约他们见面。”

“这样恐怕不行。”她说。

“嗨，有什么不行，”我说，“这是我最后一次狂欢了，我们一定得玩儿个痛快。”

“你简直疯了。那好吧，我就告诉托德，说我感到寂寞，想出去走走，并告诉他也给艾略特找了个伴。”

“嗬！”我说，“真有你的，我们不用先想好该怎么做，到时候即兴，怎么说来着？即……即……”

“即兴发挥，这个我最拿手了。”

“我们今晚就好好即兴发挥一场。不过，该怎么解释肩上的伤？”

她早就忘了肩上的伤：“当然是实话实说。”

“没关系，”我说，“让我来解释吧。我即兴编个理由，保证笑掉你的大牙。你把托德和艾略特约到‘小木屋’见面就行了。”

莎莉打电话到黄砖路餐厅，对托德说她今天晚上感到特别孤独，然后问他和艾略特在餐厅打烊之后想不想来个双人约会。托德说他没有问题。

“艾略特想知道另一个女的长得如何。”托德说。

“像我一样。”我插嘴说。

“我是说，她长得很像我。”莎莉连忙补充。她太喜欢较真了。

托德告诉莎莉，艾略特也没有问题，他们两个夜里一点会赶到“小木屋”与我们碰面。

现在才十点钟，所以莎莉提议去看场电影消磨时间。她想看那部描写印度大饥荒的经典电影，该片导演曾执导过《大地之歌》；而我想看马克斯兄弟主演的《歌声俪影》，该片正好在重新放映。我们只好掷硬币决定，结果她赢了。肚子里装满了中国菜，却看着伤痕累累的印度饥民四处乞讨，苍蝇在周围飞来飞去，我实在是难以忍受。于是我就去睡觉，让莎莉一个人继续看。

看完电影，我真的有一种罪恶感。我剩下的时间已经很短暂了，竟然还跑去消磨时间！

我们到“小木屋”去等艾略特和托德。莎莉要了杯鸡尾酒，我点了波旁威士忌。服务员不解地看着我们，就好像我们疯了。我强忍着才没笑出来，要不然他一定觉得我们已经喝醉了。

两位男士如约赶到了。他们看见桌上摆着两杯酒，不约而同地寻找着另一个人。

“她去洗手间了。”我说。

但莎莉却说：“她就在这儿啊。”

托德在莎莉身旁坐下，艾略特则坐在我对面。艾略特穿着一件金色丝质运动衫，配着一条金色长裤，运动衫的领口敞着，露出毛茸茸的胸膛。他又胖了，身上堆满了肉。托德还是老样子，穿着牛仔裤、套着一件牛仔运动衫。

“是吗，那她长什么样？”艾略特问。

“我不是说过了吗，长得和我很像。”莎莉说。

“可是这里只有你一个人啊。”托德说。

莎莉挑逗的眼神让他十分困惑。“我可没开玩笑，别糊弄我。”

“我也没开玩笑！”我说。

听到声音突然变了，他们两个人都一脸愕然。他们也说不出来到底有什么不同，但就是觉得不对劲。

“我正在排演一出新戏。”我笑着说。

托德也笑了：“你看起来心情很好，希望你的朋友也是，她叫什么名字？”

“戴瑞。”莎莉答道。我猜她是忘了他们知道我。

两个男人对望了一眼，目光又转向莎莉。

“戴瑞？”艾略特疑惑地问。

我开始胡扯，急得莎莉直在桌子下面用脚踢我。

“对不起，”莎莉说，“我去下洗手间，马上回来。”

他们还没来得及再接着问，莎莉已经从座位上站起来，溜出了他们的视线。跑进洗手间，莎莉顿时忍不住放声大笑起来，我也是乐不可支。看到莎莉身上有那么多贝拉的影子，我总算放心了。

“看到托德的表情了吗？”莎莉笑得合不拢嘴。

“特别是你说出‘戴瑞’这个名字的时候。”我说。

“我不知道他们听说过你。”莎莉说。

“真是的，在他们餐厅干活的可是我啊，你忘了？”

“现在怎么办？”

“去跳舞，然后吃第二顿晚餐。你不是就想这样吗？”

“我想要的可不只是这些。”

“听着，”我说，“你别胡来，我可是要坚守自己。”

“为了罗杰？”

“没错。”

“你得不到他的，”莎莉说，“在他眼里，你和我不过是个有意思的病例而已。”

“对他来说，我不只是个患者。”我说。

“听着，如果把他的情感转移当作爱情，那你就大错特错了，不是……”

“我不想听。”我用手捂住耳朵。其实这些话她根本没有说出来，只是不断在脑海中浮现而已。

“……即使他真的喜欢你，强烈的道德感也会阻止他与自己的病人交往。你是在自找苦吃。”

“那是我的事。”

“也是我的事。”莎莉毫不退让。

“我以为你喜欢的人是托德。”

莎莉微笑着说：“他喜欢我。他年轻、富有，长得又好看，还有比他更好的人选吗？”

“艾略特比托德有趣多了。赌徒活得太累，老是在那儿算计。”

“艾略特就是一个拉过皮的中年男人，”莎莉继续说道，“一个走了形的花花公子。看看他新长出来的那身肉，白减肥了。”

“那又怎样？还是他更有趣。他了解我们，知道我们有什么问题，而且也能够接受。”

“托德也了解我们啊。”

“问题就在这儿，”我说，“要是托德发现只剩下我们两个人了，一定会失望的。对于他来说，我们五个人就是一手令人兴奋的好牌——三张同花，另外两张是一对。”

“可是我们还剩下三张王牌。”

“那个疯子不能算。”我说。

有人在敲洗手间的门：“莎莉，你没事吧？”是托德的声音。

“没事，我马上就出来。”莎莉答道。

莎莉迅速整理了一下头发。她推开门，看见托德在门外等候。

“你真的没事？”

她拉着他的手走回餐桌。

“先生们，真对不起，我那位朋友溜了。”我说，“刚才我看见她和一个帅哥眉来眼去。点完酒，她就假装说要去洗手间。刚才有人告诉我，她和那个男的一起走了。真抱歉。”

这个故事就这么冒出来了，我也不知道是从哪里来的。莎莉笑得浑身发颤。艾略特显得很不高兴，他本来准备好好乐一乐，我猜他现在一定觉得自己像个电灯泡。

“没事，”莎莉说，“今晚我们三个一起玩。我是说，我们都是朋友啊。四个人能玩得高兴，我们三个人照样可以。我们可以先跳舞、吃饭，然后再去我家。”

我吓了一跳。莎莉在心里想着“Manage a twah”。我不知道是什么意思，但觉得是法语。从她的表情看，一定不是什么好事。于是我私下告诉她，我可不干。

莎莉和我轮流出来跳舞，把他们两个彻底搞糊涂了。只要把他们两个分开，一切都没有问题，可是我和他们一起坐在桌旁说话的时候，立刻就露馅了。他们一定觉得莎莉是世界上最没头脑的人：上一分钟刚说的话，下一分钟就自我否定；我刚撒了谎，她马上替我圆场；我戳穿她，她就立刻还击。简直太有趣了！我开始觉得与她融合倒也不赖，她和过去的莎莉真是判若两人。

我们离开餐厅的时候已经是夜里三点钟了。我不由得开始担心，今天晚上该如何收场？我知道莎莉要请他们上楼喝一杯，而且那两个男人都希望对方先离开。我不断感觉到莎莉的身体越来越兴奋。我可不希望事情发展到那一步，而且担心金克丝会趁我昏倒的时候溜出来。

我想劝阻莎莉，但她不听我说。我只能在心里揣摩，莎莉一定觉得自己现在更有权做出决定，因为诺拉和贝拉已经与她融合在一起了。过去总是由我来做决定，因为我是“记录者”。说实话，有时候我也很固执。

下了出租车，我连忙对他们说：“先生们，今晚我过得很愉快。明天一大早我还有个约会，只能道晚安了。”

“嘿，我还以为要请我们上去喝一杯呢。”艾略特说。

“是要请你们上去，”莎莉说，“莎莉·波特从来都说话算数。”

“你刚才真把我搞糊涂了。”

“那也比整你一顿强。”我挖苦道。

“或者挨两顿整。”艾略特说。

“哎，说什么呢！”莎莉说。

“快看，”艾略特指着格林伯格裁缝店的窗户说，“墨菲在冲我们戳手指头呢。”

“在哪儿？让我看看。”托德说，“真的，你们看，格林伯格还挺幽默，墨菲的警棍呢？”

“不见了。”我说。

莎莉皱起眉头，她不知道金克丝曾经穿着警服跑出去闹过事。

“对了，”我说，“我们为什么不请墨菲也上去喝一杯？”格林伯格说过警察制服有威慑作用，我觉得他的话也许有点儿道理。

他们都觉得这主意太棒了。我告诉他们如何从地下室进去，如何撬开裁缝店的后门。我们把墨菲偷偷地搬出来，由托德和艾略特扛到了我家。他们把墨菲放在一张安乐椅上，让他跷起二郎腿，两只手悬在椅子的两边。莎莉打开一瓶爱尔兰威士忌，我们就开始喝起来。

“当个假人感觉一定很糟。”艾略特说。

“那谁知道啊？”托德说，“他的生活很平静，就像守夜人一样。”

“他希望自己变成一个真正的人。”我说。

“你说什么？”正在给自己倒酒的艾略特诧异地问。

“就像那个希望变成男孩儿的木偶匹诺曹一样。”我解释道。

“哦，对啦，”托德说，“小木偶一说谎，鼻子就会变长。”

“要是真变成一个小男孩儿，变长的可就不只是鼻子了。”艾略特坏笑着说。

“可怜的墨菲，连手中的警棍都丢了。”莎莉说。

艾略特也笑着说：“要是再给他插上一根，看上去会不会很奇怪？”

“喂，你们越来越胡说八道了，”我说，“我要穿上连裤袜，准备回家了。”

“你不是已经到家了吗？”托德问。

“你们两位最好穿上衣服回家去吧。”我说。

“拜托，时间还早。”艾略特说。

“趁天还没黑，赶快滚回去吧。”我说。

托德笑着过来亲我。

就在那一刻，我脸上的笑容消失了。他紧紧地搂着我，热烈、深情地吻着。我想推开，但又想抱紧他。过了一会儿我才明白，原来想抱紧他的是莎莉而不是我。融合之后，我们也会这样吗？要是这样的话，我现在愿意接受融合。

艾略特拍拍托德的肩膀说：“能让一下吗？”

托德欠身让开了。艾略特亲吻莎莉时，我感觉到他的手在轻轻地抚摸她的胸部。

“行了，艾略特，”我说，“今天到此为止，聚会结束了。”

他轻轻地吻着我的耳朵：“我以为刚刚开始呢。”

“那你搞错了。”

“你现在是谁？贝拉吗？”艾略特问。

“或者是诺拉？”托德跟着问道。

我推开艾略特，瞪着他们说：“你们是什么意思？”

托德答道：“根本没有什么另一个人，对吗？你想和我俩同时约会，可是你根本不知道自己在干什么。我们认识的莎莉绝对不会干这种事。”

“你们现在最好马上离开。”我说。

他们两个都不想走，但是我不让步：“听着，先生们。要是我让你们误以为今晚有什么机会，那我向你们道歉。你们都知道莎莉的问题，过去的日子也有很多乐趣，但是我必须告诉你们，诺拉和贝拉消失了，她们已经与莎莉融为一体。明天早上，我也会与莎莉融合。融合后，我们就会成为正常的人。”

听了我的话，他们终于明白了是怎么一回事。艾略特挠了挠头，然后又点头说道：“天啊，太好了！莎莉，我真为你高兴。”可是他脸上的表情却告诉我，他知道莎莉身上的魅力和激情也将随之消失，因为莎莉会变成一个普普通通的人——他只能征服一个人了。

托德倒是真心地感到高兴。“太棒了，你的障碍都清除了。我敢打赌，你的善良会一路引领你跑到终点。”他说，“今天晚上是怎么回事，我终于明白了。”

“怎么回事？”艾略特问。

“没什么，”托德说，“我想，莎莉今晚可能不希望别人打扰，因为她有很多事情需要考虑清楚。莎莉，这个星期你就不用来上班了，我们会让埃维替你。”

发觉莎莉想插话，我赶紧握住托德的手表示感谢，又在艾略特的脸上吻了一下：“谢谢你们。有朋友真好，如果没有你们，过去这六个月，我真不知道该如何是好。”

他们走后，莎莉在墨菲对面的椅子上坐下，久久地凝视着他。“你在想什么，墨菲？”

“他在想，我们究竟该不该融合。”我说。

“你怎么知道他在想什么？”

“我可是‘记录者’，你忘了？”

“墨菲又不是我们当中的一员。”

“他也可以是。”

“你为什么要这么说？”莎莉追问道。

“我们得面对现实，”我说，“最初，你假装我们都是真实的人，后来，我们才拥有了各自的生命。罗杰说过，别的多重人格障碍患者也有不同年龄、种族，甚至不同性别的人格。你也可以把墨菲想象成自己的一个人格，今天晚上就让他来陪伴你。就是金克丝跑出来，也不能把他怎么样。”

莎莉想了一会儿，觉得这个主意不错。我需要做的就是埋下种子。我知道自己是个麻烦制造者，但我一直希望墨菲能够成为一个真正的人，哪怕只存在一晚也好。明天我就不复存在了，所以今晚是墨菲的最后机会。

莎莉假装墨菲是个真人，给他倒了一杯酒，开始和他聊天。她抚摸着他的头说：“我们跳舞吧，墨菲！”

莎莉放上一张唱片，把墨菲抱在怀里，缓慢地在屋里如梦如醉地跳起来，就如同老电影里的镜头一样——唐纳德·奥康纳抱着拖把，科斯特洛搂着橱窗模特跳舞。莎莉假装墨菲是个深深爱着自己、有血有肉的男人。

就在这时，我听见她脑海中响起了一个声音。真是太奇怪了！这件事是我挑的头，可我万万没有想到，我的愿望竟然实现了。这是墨菲的声音，温和、低沉、性感，带着爱尔兰土腔。

“我一直站在窗户后面望着你，”他说，“等了你很久很久。”

他的面容变得柔和了许多，温柔的蓝眼睛寻觅着她的目光。她真希望他把自己抱在怀中，被恶魔恋人拥吻的感觉大概就是这样的吧？

“你有名字吗？”

“我就叫墨菲，格林伯格先生一直这样称呼我。”

“你总是举着手站在门口，不累吗？”

“这是我的工作，抱怨也没用。”

“没有人可以说话，也没有人陪伴，你一定很无聊吧？”

墨菲耸耸肩：“你睡着以后，戴瑞有时候会来陪陪我。人生、政治，还有你和脑袋里那些人面临的问题，我们都深入讨论过。”

“你现在已经跑进了我的脑袋，墨菲。”

“只是在今晚，”他说，“我与其他人不一样，从你小的时候她们就陪伴在你身旁。”

莎莉脱下衣服，她知道他正充满爱意地望着自己。她觉得在自己所有认识的人当中，墨菲是最体贴、最善解人意，也是最疼爱她的男人——她一生都在寻觅的男人。她帮他脱了衣服，带着他上了床。他深情地抚摸她的肌肤，亲吻她的双眼、脖子和乳房，十指就如同蛛丝般地轻轻触碰着她的身体。

“我不能……”他说，“你知道，我不可以……”

她用吻打断了他的话："没关系，墨菲，我在想象中和梦里经常这么做。爱是怎么来的并不重要，只要你紧紧地抱着我。"

缠绵过后，墨菲感谢莎莉赋予他生命，即便只有短暂的一个夜晚。

"未必只能有一个晚上，"莎莉说，"我可以把你藏起来，当我孤独、伤心的时候，你就来看我。"

"不可以，莎莉，你不能再有这个想法。"

她从床上坐起来望着四周。那个声音听来很熟悉。

"这样一来，你和罗杰医生的一切努力都将付之东流。你又会像以前一样，想通过在脑子里创造出其他人格来解决问题。"

"你是'协助者'吗？"

"是的，但我不是来责备你的，而是来帮助你做好与戴瑞融合的准备。"

"可是戴瑞也喜欢和墨菲聊天啊。"

"但墨菲不是你的人格。如果你让他成了一个真人格，就会重新走上老路。你会再度分裂，分裂出更多人格，越来越多，越来越多。不改变面对现实的办法，你脑海中的人格就会无止境地增加下去。"

"什么现实？"

"莎莉，这不是我们现在应该讨论的问题。以前你作为诺拉的时候就擅长文字游戏，结果让自己受其控制。现在我们必须想办法解开心结，而不是制造更多的问题。"

"那我该怎么办？"

"让墨菲离开，恢复他橱窗模特的身份。"

莎莉点了点头，但想到自己再也不能创造新的人格，又不禁伤感起来。她起身给墨菲穿上警察制服，把他放在椅子上。

“对不起，我不能把你变成真人。”她说。

莎莉睡着后，我溜出来打开电视。刚开始屏幕上出现的都是测试信号，可是过了一会儿，“协助者”出现了。我们聊了起来。

“你是男人还是女人？”

“两种性别都有一点儿。”

“这怎么可能？”

“每个人都是这样，兼具两种性别的特点。”

“我不知道是这样。”

“戴瑞，你决定怎么办？”

我坐在椅子上不安地扭动着身体，望着似笑非笑的墨菲。他歪戴着帽子，眼睛被帽檐遮住，样子看上去有点儿像弗雷德。我感到一阵紧张，立刻伸手扶正了他的帽子。

“怎么了？”

“我不知道，我害怕，我不想死。”

“你知道，融合不等于死亡。罗杰医生说过你将会成为莎莉的一部分。”

“我不知道以后会发生什么事，但觉得这就是某种意义上的死亡。我不知道自己会处于清醒、昏睡还是做梦的状态。我会成为那个有思想的人，还是会就此消失、丧失感觉？我又无法询问诺拉和贝拉，融合之后究竟是什么情景。虽然我从莎莉身上发现了她们的影子，但那就像是从孩子身上看到其过世父母的身影，仅此而已。”

“戴瑞，我会握着你的手，拉着你前行。与其把融合视为死亡，不如把它想象成复活。”

“这些话我听说过。”

“但不是我说的。我是站在你这边的。”

“站在我还是莎莉那边？”

“莎莉和……”

“果不其然！”

“你们其实是同一个人。”

“不是这样的，你知道事实并非如此。别人这么说，是因为他们不相信一个人心里可以同时存在不同的人格，但是你比他们清楚得多。你就在这里，能够看透我们的内心。我和她不是一个人，我就是我。”

“这是如何界定现实的问题。”

“等等，莎莉谈到‘现实’的时候，你曾经纠正过她，但是你这么对我说可不公平。”

“你说得没错，戴瑞，但是，如果你不按照罗杰医生的建议去做，一定会分裂。”

“就是说诺拉和贝拉会重新出现？”

“她们不会出现，因为已经被融合了，但可能会创造出新人格。”

“陌生的人？”

“是的，这是逃避挫折和愤怒情绪最简单的办法。创造新人格的诱惑力将难以控制。”

“上帝！”

“在无法控制的情况下，你会不断分裂，创造出越来越多的人格，直至摧毁你的生命。”

“就像癌症一样。”

“在某种程度上，非常相似。”

“我明白了。”

“决定权在你手上，戴瑞。你必须根据自己的意愿做出决定。”

“现在吗？”

“是的。”

我坐在黑暗中，呆呆地盯着电视屏幕，想看清楚“协助者”究竟是男是女。那个声音太熟悉了。尽管忐忑不安，我仍知道必须做出决定，因为罗杰希望我这么做。我本来想拖到最后一秒钟，或许能和他讨价还价，但“内在自我协助者”已经把我逼到墙角，容不得我拖延。

“好吧，我接受。”

“你做出了正确的决定，戴瑞。你不会后悔的。”

“要是我后悔了，一定会回来找你算账。”

我关掉电视，上床去睡觉。

* * *

我一大早就爬了起来，赶在格林伯格裁缝店开门之前把墨菲送回了店里。我在墨菲冰冷、僵硬的脸颊上亲了一下，对他说："若不是因为'内在自我协助者'，你就能变成一个真人了。我很高兴你至少活了一晚，尽管只是在莎莉的脑海里。"

他没有说话，但是在我把他放回玻璃门后面的时候，他冲我眨了眨眼睛。我给他整理好帽子，抬起他的右手，摆出指挥交通的姿势。上楼回家的时候，我在心里想，与莎莉融合之后，要是还能记得这些就好了。我不知道自己能保留多少记忆。我能记得诺拉、贝拉、金克丝和我自己吗？或者，我会像《乔丹先生驾到》（还有《天堂可待》，它翻拍自这部老电影）里的男主角一样——魂飞魄散，虽然拥有了新的身体和新的生活，但过去的事情什么也不记得？一个真正的人，怎么可能没有过去呢？我当时真该问问"协助者"。

回到楼上，我问正在洗澡的莎莉："就是说你和我都同意了，对吗？"

她点点头："昨晚的事情说明，我们能够相处。虽然性格不同，但不至于水火不容。我们到罗杰的办公室去吧。"

"你先走，"我说，"我还有最后一点儿事情需要处理。我一会儿去找你。"

* * *

那是十月里一个美好的下午，空气清新，天空湛蓝。莎莉决定乘出租车去医院。她很高兴罗杰给了自己一整天的思考时间。她现在觉得，融合一定能成功。

在办公室，罗杰一边给莎莉的肩膀换绷带，一边默默端详着她。

“今天早上感觉如何？”

“很好。”她说。

罗杰递给她一个笔记本，请她在上面签字。看到她写下的名字，他点点头：“告诉我昨天发生了什么，你们做出了什么决定？”

她把和艾略特、托德双人约会的事告诉了罗杰，逗得他直笑。她还告诉他，他们把墨菲从格林伯格先生的店里偷出来，让他一直坐在椅子上听他们聊天。

“这么说你和戴瑞处得还不错？”

“可以这么说。”

“那融合的事，你们做出了什么决定？”

她点头表示同意。

“太好了，”罗杰说，“我现在就让你进入催眠状态，然后叫戴瑞出来。你们可以一起分享这段经历。”

“事后我能记得吗？”

“能记得一部分。你们的记忆将汇合在一起，但你对融合过程的记忆，或许不会比新生儿对出生过程的记忆更多。”

“有人说自己能够记得出生时感受到的痛苦。”

“我们大多数人都不会记得。”他伸出金笔说道，“我现在要和戴瑞谈谈。戴瑞，到亮处来。”

“你好，罗杰，”我说，“很高兴你让我出来。”

“我们刚才说的话，你一定听到了。你同意融合吗？”

我点头表示同意：“不过，我希望你能为我做件事，罗杰。我知道这不是你职责范围内的事，但是在我消失之前，希望你能吻我一下，给我一个真正的吻。然后，就像童话故事里描述的那样，一个深情的吻解除了女巫的魔咒。”

他笑着点头说：“没问题，戴瑞。我就当你的白马王子，我的吻将解除你身上的魔咒，而你变成真人的愿望就会实现。他知道黑暗中发生的事情。”

我悄悄地退出了。在黑暗中，我听见罗杰说道：“戴瑞，现在回到弗雷德骗莎莉杀死小猫辛戴瑞拉的那一刻。不过，这次我们要让猫有九条命的幻想成真。你站在那里，目睹埋在土里的小猫复活了。它的四只爪子完好无缺，就像刚生下来一样。午夜即将来临。我们已经知道，戴瑞就是辛戴瑞拉的灵魂，而你即将恢复变身之前的模样。驾车的白马变回白老鼠，马车变回南瓜，而你——戴瑞——将变回莎莉的一部分。午夜十二点的钟声就要响起，当最后一声敲响时，你将与莎莉永远融为一体。”

罗杰开始数。我看见莎莉出现在舞会上，聪明、美丽，穿着华丽的白色长裙。她和罗杰翩翩起舞。钟声响起时，我听见罗杰低沉的声音哽咽了。我知道他在为我的永久离开而伤心。

“一……二……三……”

莎莉冲出宫殿，跑下彩虹般绚烂的台阶。

“四……五……六……”

匆忙中，她丢失了一只水晶鞋。她必须在一切都变回原样之前赶回家。

“七……八……九……”

莎莉跳上车，车夫一声令下，雪白的骏马立即飞驰而去，赶在最后一记钟声敲响之前把她送回了家。

“十……十一……十二……”

“协助者”挥起魔杖。罗杰低下头，温柔地亲吻了我的嘴唇。那便是我作为戴瑞的最后记忆。我放弃了自己的生命，与莎莉融合在一起。第四个莎莉诞生了。

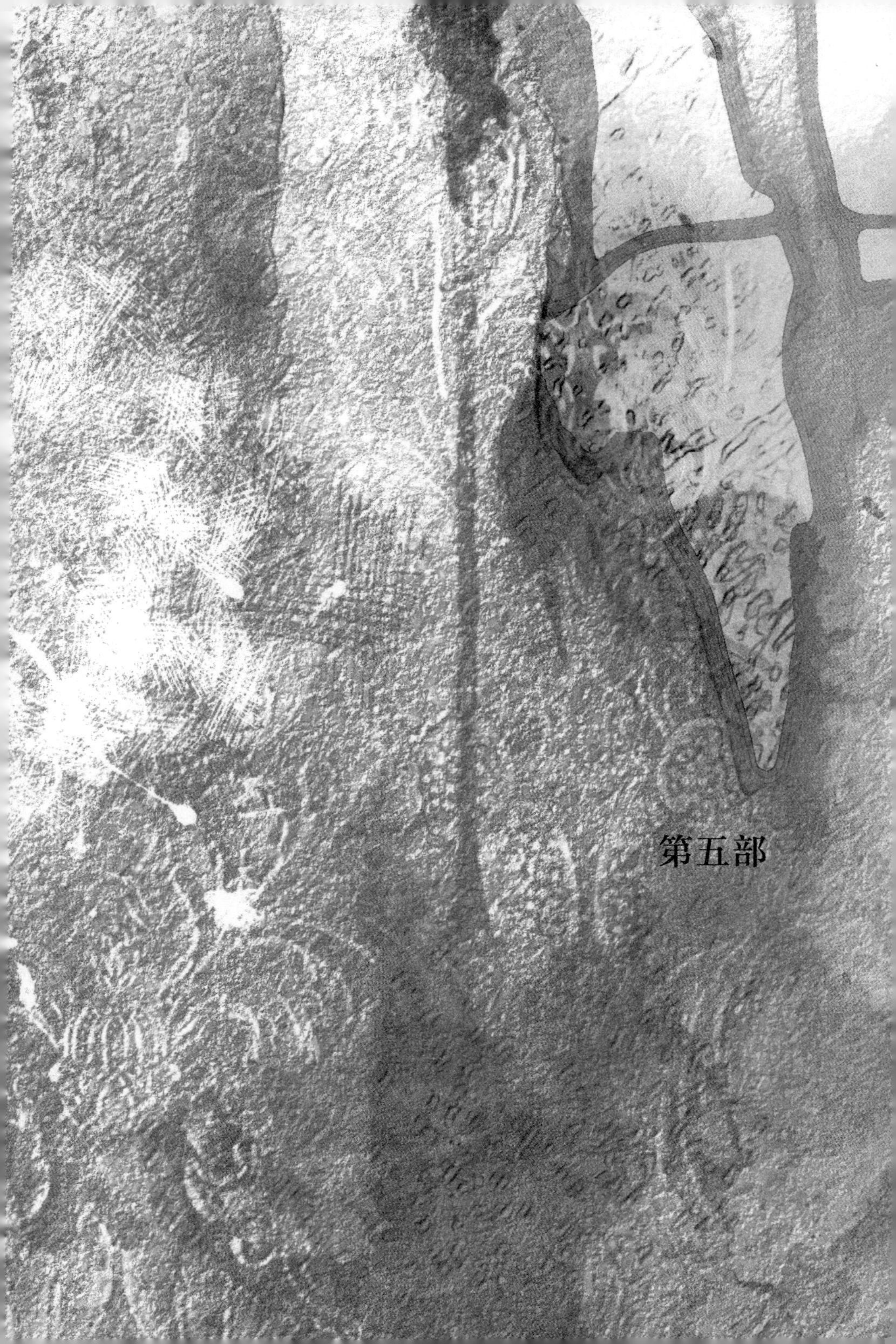

第五部

第十六章

我睁开眼睛，看见罗杰正低着头焦急地望着我。

我说："这么说你找到我了，白马王子。"

"你叫什么名字？"他说，"请告诉我，以便记录。"

"莎莉·波特。"我说。

"你觉得如何？"

"就好像在黑暗中奔跑了很长时间。我好像丢失了什么，但同时又找到了自己。我知道自己是莎莉，但同时也是戴瑞。"

这些话并没有完全表达出我的感觉。我感受到的是完美，是喜悦。这个世界如此美好，我爱这里的一切。我若不是个不可救药的乐观主义者，就一定是个彻头彻尾的笨蛋。我知道，在这个世界上还有痛苦、迷茫和邪恶，但这一切都已经远离我，令我感到既安全又快乐。

我发现自己肩膀上缠着绷带："我是不是忘记了什么事？大概是被我压抑下去了。"

罗杰扶我坐起来："你刚刚有过一段痛苦的经历，身心都会留下一些伤痕。"

“我以为自己已经痊愈了，刚刚，我感觉自己是如此快乐、如此完整。”

“你当然会有这样的感觉。你已经克服了很多困难，今后也会一直有这种感觉。尽管深藏的记忆会不时浮现出来，回忆起被遗忘的事情也会令你痛苦，但是那些爱恋、失落和仇恨对你来说都已经成为历史了。”

“我不明白你在说什么，”我笑着说，“我这辈子从来没有恨过什么人。”

他点点头：“那是因为你是一个善良、快乐的人。”

我看得出来，罗杰正在为什么事情而烦恼，但他现在还不打算告诉我。

“我想告诉你一些方法，帮助你控制自己，以免昏过去。最近我的同行们都很推崇‘放下’，主张人的行为不应由认知或理性来主导，而应当听从自己的心声，但对你而言，这种浪漫的态度会带来危险。”

“我觉得自己不会那样的。”我说。

“即便如此，有时候你仍然会感到难以控制自己。你现在可以说是在孤军奋战，没有人能帮你，也没有人记录你的思想和行为……”

“‘内在自我协助者’和‘记录者’。”

“你说什么？”

“这几个字突然出现在我脑子里。这不是你以前说的吗？”

“对，是我说的，”他说，“但是你现在必须接替他们，做自己的调度员和扳道员，在列车全速行驶之际保证轨道畅通无阻。”

“我喜欢你的比喻，但是必须没有脱节的车厢拖累才行啊！”

“我希望你学会几件事。”

“我的列车能成为‘东方快车’吗？”

他盯着我眼睛端详了许久，仿佛要看穿我的内心。

我探身向前，把脸凑过去。“我看见两个自己，”我说，“在你的镜片上，一边一个。”

他把自己的双手放在我的手上，然后又翻过来，让我的手掌心向上：“你必须明白，你们现在仍然是两个人。”

我想把手抽开。“别这么说，”我说，“即使是开玩笑也不行。”

“我可没有开玩笑，在你离开之前，有些事情必须搞清楚。”

“我不想听。”

“你不了解情况就无法保护自己。今天，你刚做了某种意义上的精神手术，所以你体内会有人企图破坏，激起你已经被压抑住的怒火，让你再度分裂。你需要对付她的武器。”

“还是用‘工具’这个词吧，‘武器’听起来好可怕。”

“好，就用‘工具’，”他说，“我不想纠缠名称问题，我们现在已经有太多名称了。名称一旦被使用，就会变得越来越名副其实，但在此之外，还有感觉、直觉和微妙的第六感等等概念。你是个非常敏感的人，莎莉，你仍然能够感觉到在头痛或昏厥前出现的那股寒意和征兆。你告诉过我，那种征兆只会持续几秒钟。”

“我不记得自己说过。”

“在恢复记忆之前，你必须信任我的录音和记录。在征兆出现的几秒钟内，你还有机会控制自己。我现在告诉你一个办法：握紧双手，用力攥三下，就能够保持清醒。在征兆出现时，用这个办法可以缓解头痛和紧张情绪，使你得以控制自己。”

我告诉罗杰，我明白了。

“很好，莎莉。他知道黑暗中发生的事情……”

我出来的时候，罗杰正凝视着我的双眼：“你感觉如何？”

“一切都在掌控之中，”我说，“有一种存在感，一种在场的感觉，就好像实实在在地生活在当下。不知道为什么，但我觉得这是一种全新的感觉，以前我总感觉自己轻飘飘的。”

“这种感觉好吗？”

我想了想，点头说：“总之，我感觉自己更真实了。”

他握着我的手，我也握了握他的。“我的意思是，”我说，“那种脚踏实地、真实的感觉真好。”

“这种感觉会持续下去，而且越来越强烈。不过，有时候你也可能会有不真实的感觉。每个人都会有那种轻飘飘……虚幻……不真实的感觉。出现昏倒征兆的时候，你应该怎么做，没有忘记吧？”

我握紧双手，攥了三下。

治疗结束后，我忍不住在罗杰的脸上吻了一下。“我的感觉真是太好了，”我说，“这一切都要归功于你，你是世界上最好的医生。”

他高兴地笑了：“莎莉，我也从你身上学到了很多东西。你今天好好休息一下，我们后天同一时间见。”

* * *

走出医院，我觉得自己在以一种全新的眼光看世界，就像小孩子一样。我观察着路人的面孔，窥视着每家商店的橱窗，仰望着那些过去视而不见的高大建筑的屋顶。五十七街两旁的每一家画廊都被我仔细地探查了一番。路过第五大道上的航空公司时，我禁不住想，有好多地方我都可以和罗杰一起去游览一番。当然，他可能已经去过欧洲了。不过，为了向某个人介绍这些地方，他也需要用新的眼光再去看看——我是说以我的眼光，而我也会用他的眼光去观察世界。

我知道罗杰爱我。自从第一次走进他的办公室，我的一部分就已经爱上他了。如果他认为这只是“移情”，该怎么办？那我就告诉他，我对他的感情远比爱要深刻得多。在过去的几个月里，他也发生了很大变化，变得更加热情、更加体贴了。

看到一位母亲拉着两个孩子走过，我突然意识到自己也变了。自从上次给拉里打过电话之后，我再也没有想起过自己的两个孩子。我为此十分内疚。时间就如同一根橡皮筋，有时候会将人弹射到遥远的过去，有时候又会缩回至眼下的时光，在这个过程中，往事盘根错节地纠缠在一起，令我们失去了许多东西，但是，我怎么会忘记帕特和彭妮呢？我觉得应该去看看他们，给他们一个惊喜。可是，我不能去。我模糊地记得曾经给拉里打过很多骚扰电话，尽管并不是我自己打的。我仍然爱拉里，还希望与他生活在一起。不对，等等，我不爱拉里，当然也不想和他在一起。我这是怎么了？我在洛克菲勒中心前停下脚步，在一张长椅上坐下。我内心的一部分爱他，是因为他娶了我，把我从那个可怕的地方、那个所谓的家中带走，但那不是爱，而是依赖。我对罗杰的感情也是如此吗？

我走到一个电话亭中，从钱包里掏出零钱。我拨了通电话，铃响了三声之后，安娜接了电话。

“请别挂断，”我说，“我是莎莉。”

“上帝！”她说，“你怎么又来了！”

“听我说，安娜，我已经与过去不一样了。我打电话，是想向你和拉里说声对不起，真抱歉给你们带来了那么多烦恼。我知道你们一直都对我很宽容，我保证以后再也不骚扰你们了。我最近一直在接受治疗，医生非常棒。我觉得自己的病已经好了。我没有发疯，也没得什么精神病，我患的是多重人格障碍。这种病相信你们在书里读到过，或者在电视上看到过。那些坏事都是我体内的其他人格干的，而且大部分时间，我根本不记得自己做过什么事。”

“是莎莉？”

我听到了拉里的声音。他一定是接起了分机。

“是我，现在和你说话的是一个完整的莎莉。我已经能够完全控制自己了，而且恢复了大部分记忆……”

“你听起来是与以前不一样了。”拉里说。

“她又在耍花招。”安娜说。

“你不相信我，我不怪你，”我说，“但我希望你能明白，过去的我其实是好几个不同的人格。也许哪一天我会去拜访你们，把事情都解释清楚。最重要的是，我希望帕特和彭妮了解这个情况，明白以前为什么会发生那些事。让他们知道我真的很爱他们，从来没有想过要伤害他们。这样我就心满意足了。”

“说得还真像回事。”安娜说。

“等等，”拉里说，“莎莉，这样你就真的心满意足了吗？”

“我发誓。”

“不过，你还是希望他们回到自己身边吧？”

“说不想，那是假话，但我现在认识到，这对他们来说并不是最好的安排。你和安娜都很疼爱他们，他们需要一个安稳的家。”

“好吧，”拉里说，“你打电话来是想对他们说生日快乐吧？如果你想……”

“我忘了！”我失声叫道，“天啊！拉里，我竟然忘了他们的生日。是今天吗？不，等等，是明天。”

“明天下午一点，他们要请朋友来参加生日聚会。如果你想过来看看，应该没有问题。”

“好的，谢谢你，拉里。我还来得及给他们买些礼物。放心，我不会再给你惹麻烦，我现在能完全控制自己了。”

我挂上电话，飞快地向第六大道走去。我真希望自己知道他们已经有了什么东西，现在需要、想要的又是什么。我对他们的情况几乎一无所知。不得不承认自己的孩子竟然像陌生人，真令人痛心。我一直被自己的问题搞得焦头烂额，根本没有真正关注过他们的成长过程。

我走进一家又一家商店，希望找到既有特殊意义，又能让他们长久保留的礼物。我想给帕特买一副象牙黑檀木国际象棋，但意识到自己不记得是否教过他下棋。上帝！我甚至不知道他们的确切年龄。等等，我能推算出来。高中毕业的第二年，我是十九岁或者十八岁？是十九岁。所以，我的双胞胎今年十一岁。不对，明天他们才过十岁生日。如果我今年二十九岁……或者是二十八岁？我把包里的东西都倒出来，急切地寻找着自己的驾照，最后终于松了一口气，筋疲力尽地靠在柜台上。我二十九岁，双胞胎是十岁。发现自己的记忆竟然有这么大的误差，我吓坏了。

最后，我决定给彭妮买一盒油画颜料，给帕特买一个相机，然后再给他们买两本当代小说。我请售货员把礼物包好，便提着它们回到公寓。我提前吃了晚餐，然后就开始准备明天与孩子、前夫见面。

* * *

坐在开往恩格尔伍德的公交车上，一种似曾相识的感觉令我忐忑不安。我不断地告诉自己，拉里的新家我从来都没有去过，也没见过他的太太安娜。我想象着，那是一幢红黄相间的现代复式平房，样子很丑。在房子周围的草坪上立着四根罗马石柱，还有一个模仿十九世纪式样的煤气灯。

可是等我来到拉里家，却惊讶地发现，眼前的情景竟然与我想象的一模一样。这绝对不是什么似曾相识，我以前一定来过这个地方！此时，隐藏在我脑海深处的记忆顿时涌现出来，就如同海浪冲走了岸边的层层细沙，让埋在下面的海洋动物的骸骨暴露无遗。

我确信自己没来过这里，可是脑海里突然出现了这样的画面：一个警察开着被撞得稀烂的奔驰车，还有这幢房子、追逐的汽车和警察。

我急忙用沙子遮盖住自己内心深处的那具精神骸骨。然而，它的轮廓依然清晰，就如同沙雕一般。

我沿着小路向前走，看见安娜走到草坪上来迎接我。她身材娇小，长着一双圆圆的眼睛，步伐轻盈，动作干练，好似一只稍有风吹草动便会逃离的小松鼠。

“拉里去取生日蛋糕了，”她说，“一会儿就回来。”

“房子很漂亮。”我说。

“真高兴你喜欢，煤气灯给这里增添了新潮的复古情调。”

“我知道自己来早了，”我说，“不过我得承认，我很想早点来。”

“快请进，在其他孩子没来之前，你可以和帕特、彭妮好好聊聊。”

我随着她走进客厅。客厅里杂乱无章地摆着各种小雕像和玩具，以及插着假花的仿明代花瓶。墙上则挂着几幅蹩脚的风景画，描绘的是维多利亚式花园中的古罗马遗迹。

“这里真可爱，”我说，“有这么多漂亮东西。”

“我一直认为，应该让孩子多接触艺术。”

帕特和彭妮出现在客厅门口，虽然满心好奇，却不敢进来，似乎是不知道该如何向我打招呼。我真不敢相信，才一年时间他们就长这么高了。他们的皮肤上还留着夏天晒黑的痕迹。帕特赤褐色的头发剪短了，穿着一条棕色长裤和一件海军蓝夹克。彭妮一头卷发，穿着一条纱裙。两个人看起来就像是文具盒上的小人。安娜竟然把他们打扮成这个样子，真气死我了。

我伸出双手，他们不情愿地向我走来。我把他们抱在怀里，吻了几下，但他们几乎没有反应。我感到心如刀割。

“带母亲去看看你们的房间，我先去把桌子摆好。”安娜说，“她一定很想看看你们的宝贝。”

他们的房间里摆着几本翻开的书，看到他们喜欢读书，我不由得感到欣慰。我们聊起了书和运动，帕特没想到我居然还懂橄榄球。我说，达拉斯牛仔队今年肯定能晋级季后赛，争夺超级杯冠军。帕特虽然是巨人队的球迷，但也希望看到牛仔队的罗杰·斯塔巴赫全力冲刺，或者突破重围，勇往直前。

“我一直喜欢看橄榄球，”我说，“高中的时候还当过啦啦队队长呢！”

“为什么你从来没有和我说过？”帕特问。

“哦……”我笑着说，“我说过，大概是你忘了。”

“我不会忘！”他激动地说，“我的记忆力好得很！”

我在说什么呀？我根本不喜欢橄榄球，而且对这项运动一无所知。谁是斯塔巴赫？冲刺又是什么意思？可是，既然帕特能听懂，就证明我不是在胡扯。我是怎么知道这些事的？我什么时候当过啦啦队队长？

“我不喜欢橄榄球，”彭妮说，“太暴力了。”

“安娜也这么说，”帕特抱怨道，“她不让我看比赛。”

“爸爸马上就要回来了，”彭妮说，“你在他面前也这么怪里怪气地说话吗？”

“你是什么意思？”我问。

帕特用胳膊肘碰了碰彭妮，她才没有继续说下去。

我决定不再追问下去。帕特给我看他的新集邮册时，刚才若有所思的彭妮突然脱口而出：“我也不记得你说自己当过啦啦队队长。要是我们两个都忘了，是不是表示，我们以后也会变得和你一样？”

“你是什么意思？”

“安娜说爸爸告诉过她，你总是不记得自己做过的那些稀奇古怪的事。每当我们忘了什么事或者撒了谎，她都会冲着我们大吼：‘你们越来越像你妈了！’”

帕特又用胳膊碰了她一下，让她闭嘴。彭妮瞪着他说：“干吗？她就是这么说的！”

我目瞪口呆地站在那里，感觉脸上发烫，不知道该到哪里藏起来。

“妈妈，你没事吧？”帕特问。

“没事，就是有点儿头晕。我大概是得了什么病，所以经常忘事，但我不是骗子，因为我经常忘记自己做过的事，别人才这么叫我的。”

“我们会变得和你一样吗？”彭妮问。

“当然不会，亲爱的。父母中有一个人得了病，并不意味着孩子也会得同样的病。我相信，你们的记忆力一定很好。”

彭妮用拳头抹了一下脸。“上星期我忘了做家庭作业，”她哭起来，“还丢了零花钱。帕特考数学的时候，忘了答考卷背面的题。”

“可那不代表……”

“我们越来越像你了！”她尖声叫着，“我可不想和你一样！求求你，别让我变得和你一样！”

帕特当即给了彭妮一拳，她大叫着踢了他一脚。帕特一把抓住她的头发吼道：“住嘴！爸爸说不能让她难过，要不然她会伤害我们的。”

一股寒意袭来，气氛越来越紧张，我感到疼痛从颈部开始扩散。我好像应该做点儿什么。做什么？我不记得了。昏厥的征兆很强烈，犹如一道冰冷的电流穿过了我的身体。

看着帕特和彭妮打成一团，我突然觉得自己的儿子很可恶，真想伸出手掐住他的喉咙。

就在这个时候，我突然想起来了。我握紧双手，用力攥了三下。一下、两下、三下。我感到头痛逐渐消失，冰冷僵硬的身体也暖和了过来。

“看看她呀！”彭妮大叫着。

两个孩子都瞪大眼睛望着我。

“你是要昏过去了吗？”帕特问。

“不要伤害我们！”彭妮叫道。

帕特大喊着冲出房间：“我最好把安娜叫来！”

“不要去！”我喘着气说，“我不想伤害任何人。我没事，就是有一点儿头晕。别去打扰她，我准备走了。”

我冲下楼梯，回到那间堆满东西、差点让我得了幽闭恐惧症的客厅。安娜从起居室里走出来说：“拉里早该回来了，但不知道被什么事情耽搁了。”

“我得走了，”我说，“还有个重要的约会。”

她疑惑地望着我，随即松了一口气：“一定得走吗？彭妮和帕特一定很想与你一起分享他们的生日蛋糕。”

我真想骂她是骗子，但压下怒火，强迫自己笑着说：“蛋糕就不吃了，我正在节食，还是躲开那些诱惑吧。”

“好吧，我理解。”她说，“我会告诉拉里你来过。”

“代我问候他。”

“没见到你，他一定会很后悔。”

我必须在拉里回来之前离开这里。有个声音告诉我，只要见到他，世上就没有任何自我控制法能让我保持清醒——手握得再紧，攥的次数再多也无济于事。

在走向公交车站的路上，我看见一个很像拉里的人开着车经过。他转过头来叫我，但我假装没有看见他，径直向前走去。我加快了脚步，几乎跑起来。那辆车倒了回来。

“是莎莉？我的家在那个方向，上车吧！”

我不敢回答，也不敢看他。

“你没事吧，莎莉？”

我直视着前方继续走着。他脸上露出鄙夷的表情，然后调转车头，疾驶而去。

上了公交车，我不禁潸然泪下，使劲攥着握紧的双手。车上的乘客都转过头来看我。

第十七章

我没有昏倒或转换成另一个人，罗杰说这是个好现象。

“换成哪个人？”

“我不想讨论这个问题。”他说，“有些事情现在最好不要摊开说明白。”

被沙子覆盖的骸骨又多了几具。

“我认为，深度治疗的基础是释放被压抑的情绪，以避免出现致残症状。”

“我同意，”他说，“于大部分病例而言，确实如此，但是，你需要些时间来适应新的莎莉。你目前还很脆弱。从你对两个孩子的感觉就可以看出，你的仇恨情绪很快就要爆发了。”

“这么说，我当时马上离开是对的？”

他点点头：“这是对你自控能力的第一次考验。你就像一座刚建好的水坝，还不能立即承受太大的压力。你需要巩固自己的抵御能力，以免决堤。”

“看到我的孩子成了那个样子，我真的很痛心。我还以为自己一定会崩溃。”

“但你还是挺过来了，应当奖励。”

“还是采用行为修正法？”

“差不多。奖励我们希望加强的行为，同时惩罚我们想改变的行为。许多人从道德立场出发反对这样做。不过，我询问过其他治疗过多重人格障碍患者的精神病医生，他们认为这个方法可行。”

“好啊，”我说，“那就奖励一下我吧。”

“你想要什么？”

“陪我出去走走，现在就去散步。”看到他不悦的表情，我立刻改口说，“当然，要是你觉得这么做不妥……”

“不，不是的。我很愿意和你出去走走，但是我今天下午还有病人。你知道的，取消门诊会让他们伤心。”

“我当然知道。真对不起，我太欠考虑了。自己有时间，就没想到别人还有事。”

“不过我晚上有空。”他马上补充了一句，“你想干什么？吃饭，看演出，还是跳舞？”

“三样都干行吗？我是不是太贪心了？”

“没问题。”

我想吻他，但忍住了。我不能把自己的快乐感觉一下子都表露出来，得慢慢来。斯科特·菲茨杰拉德曾经说过，情感银行里的存款会越来越少，我可不想透支这种感觉。“好的，”我说，“我先到处走走，找点儿事做，晚上再和你见面。这座城市看起来一定不一样了，因为我变了。明白我的意思吗？”

“可以想象，”他说，“但不能完全体会。离开那么多年，你大概会有故地重游的感觉。人变了，就会以新的认知和经验来审视周围的一切。既有相同之处，又有变化。”

我们说好先去“骑士认识她”咖啡馆吃饭，然后再去外百老汇看表演。罗杰把我送到门口，趁他还未转身离开，我吻了他一下。他向后退了一步。我感觉他的手臂僵住了，过了一会儿才慢慢放松下来。他没有吻我，但我很感激他没有躲开。

* * *

既然晚上要去格林尼治村和罗杰见面，我决定下午就先到那儿逛逛。我乘地铁到了华盛顿广场，高兴地发现那里正在举办深秋户外艺术展。

看着那些画作，我不禁打了一个冷战。我赶紧摇了摇头，转头去看那些正在下棋的人，然后又将目光转向在沙坑里玩耍的孩子。

五点整，我向“骑士认识她”咖啡馆走去，准备和罗杰见面。

咖啡馆正在庆祝扩建成功。我穿过人群，走进新扩建的区域，发现周围的墙上仍旧贴着欧洲报纸。与主餐区墙上贴的泛黄的报纸不同，这里贴的报纸都是新的，给人一种刻意装旁的感觉。新区和旧区的格调太不协调，或许等到这些新报纸泛黄之后，两个区域就能融为一体。

亚伯·科伦坡看见我，立刻从柜台后面走出来，为难地对我说：

“我们不欢迎你，诺拉。”

“什么？”我怀疑自己听错了。

“我们不能容忍你撕毁别人的画作。”

“你在说什么？”

“想撕你自己的画，我们没意见。作为画家，你有这个权利，但是，毁坏别人的画就太下流了……”

“我真的不明白你在说什么！”

“要是梅森发现你在这儿，一定会宰了你。我可不希望有人在这里闹事。”

“我发誓，我从来没有动过她的画。”

“梅森说是你干的。快走吧！”

“我约了人在这里见面！”我说。

“我说过了，被梅森看见，她绝对不会放过你。她每天晚上都来，趁她还没有到，你还是赶快走吧！”

我感觉自己体内有一股怒火直往上冲，几乎无法呼吸。“这里是公共场所，我又没干什么坏事，凭什么这样对我？想撵我走，那就试试。只要你先动手，那咱们就法庭上见。”

我不自觉地握紧了拳头，费了很大劲才把手张开。我的手心已经被汗水浸湿了。

亚伯瞪着我说：“我以前还挺喜欢你的，知道吗？我警告你，如果你和梅森在这里打架，我一定让你付出代价！”

他走后，我在窗边的一张小圆桌旁坐下。我的身体不停地发抖，头痛得像要裂开一样。我想把桌上的烟灰缸、盐罐和胡椒瓶一股脑扔出去，幸好忍住了。我必须控制自己。我握着手坐在那里，就像坐在学校的课桌前一样。我望着窗外，盼着罗杰赶快出现。

穿着黑色紧身衣和白围裙的莎拉——亚伯的妻子，拿着菜单向我走来，可中途又改变了主意，掉头走开了。我知道所有人都在看着我，都在交头接耳地议论着我。这说明有些事情我还是忘记了，有些记忆仍然深深地埋藏在我心里。记得最后一次见梅森，是那天我带托德去看自己的画作。我记得托德吻了我，还把我推倒在沙发上。此外我就什么都不记得了。一定还发生了什么事，令我像现在一样气愤难平——恨不得把这里搅个天翻地覆，但我不会那么做，我要控制自己的情绪。等罗杰来了，我们就到别的地方去吃饭。

看见科克·西尔弗曼走进来，我便向他招了招手，但他装作没有看见。我记得去他家参加过聚会，却想不起是怎么离开的。我还是只能看上“第二幕”啊……上帝！什么时候我才能填补记忆的空白，了解自己的过去？

就在这个时候，我从窗户里瞥见身体结实的梅森向咖啡馆走来。几乎就在同时，她也看见了我。

我并不十分了解梅森，只知道她是“同性恋联盟”的成员。现在我想起来了，我曾在她的厂房租过一小块地方当画室。自从第一次见面，我就很喜欢她。她身上有一股阳刚气，我一直觉得她很像一条既友善又强悍的哈巴狗，可是现在，她正准备扑上来狠狠地咬我。我的第一个反应就是从后门溜走，但是来不及了。她已经进了咖啡馆，正穿过人群向我走来。莎拉也看见她了，连忙迎过去把她拦住。因为离得太远，我听不见梅森和莎拉在说什么。只见梅森满脸通红，一把推开莎拉，向我奔来。

“我一直在找你，你这个臭婊子！”

我坐在那里，虽然努力克制着自己，心脏却咚咚地跳个不停，手心冒汗：“你说的那些话，亚伯都告诉我了。我发誓，我不记得自己撕毁过你的画。”

“下贱的骗子！到外面去，我会让你记得的。”

“我不想和你打架，”我说，“如果我真的毁坏了你的东西，我愿意赔偿。我一直很喜欢你，梅森。希望你能谅解，我前些日子病了，头脑不是很清醒，我……”

她扇了我一巴掌。

“这是开胃菜！”她吼道，“我要把你碎尸万段！”

一阵寒意袭来，昏厥的征兆出现了。我竭力抵抗着。我必须控制住自己，否则就要付出惨痛的代价。我紧握着双手。

她抓住我的胳膊，把我从椅子上拽起来，又掰开我紧握的双手，把我拖进了人群。围观的人自动让开，把我们围在当中。亚伯急忙走过来，但看到梅森已经抓住我，只好停下来，抱着双手在一旁观看。

“梅森，住手！”我一边哀求，一边握起双手，“我发誓！帮帮我吧……”

她用腾出的那只手狠狠地击打我的肚子，令我几乎喘不上气来。我跌倒在地，她便骑在我身上，把我的两只手紧紧按住。我不想打架，上帝可以做证，我真的不想！突然，我的脑海中闪出一个念头：如果我不抵抗，另一个人就会出手。我拼命挣脱双手，用膝盖使劲一顶，将她甩到一边。头越来越痛。

我滚到一边，用胳膊搂住她的脖子，一把掐住了她的喉咙。我不知道自己是从哪里学来这一招的。我听见她在不停地呻吟着。有人在喊：使劲！扭断她的脖子！我知道，只要自己再用一点儿力，梅森就必死无疑。

我合起双手，将十指交叉在一起使劲攥了几下，但胳膊仍然搂着她的脖子。

杀了她！杀了这个臭婊子！

一开始，我以为是围观的人在怂恿我，可后来我发现，声音是从我脑子里传出来的。我想稳住自己，但周围的一切却一会儿飞快地旋转，一会儿又静止不动，就像是在放映一部老电影。

梅森拼命打我的头，但都被我躲过了。这时候我已经平静下来，成功地控制了自己。我把右手搭在左胳膊上，把她的脖子卡得更紧，好让她暂时无法呼吸，但是没打算伤害她。接着，我握紧双手，两下，三下。

“我要和你谈谈，”我不急不慌地对她说，“我会松开手，让你喘口气，但你得听好了，要是同意不再打了，就点点头。”

她咕哝了几声，点了点头。我把胳膊略微松开，让她喘气，但仍然控制着她。

“这架虽然不是我要打的，但我比看起来要强壮得多。要是我想，用不了几下就可以扭断你的脖子，明白吗？”

她点点头。

“前些日子我病了，但现在无法解释清楚。请相信我，我不知道自己昏过去后对你的画做了什么。就像你吸毒后不省人事，醒来时一点儿都不记得自己先前干过什么。不同之处在于，吸毒是自愿的，但昏倒却不是我的选择。我要为她，不对，是为我所做的一切道歉。我要你当着大家的面保证，如果我让你起来，你不会再攻击我。如果你坚持打下去，我可能会失控，可能会真正伤害你。我并不愿那样做，但有时候我真的不知道自己在干什么。此时此刻，我的内心正在挣扎。”

我听见自己的声音充满了冷酷和绝望。梅森望着我，微微转了一下头，目光中的愤怒已经变成了恐惧。她点点头，喘着气说：“好……让我……走，我……不会……做任何……”

我松开手。她滚到一旁，用双手揉着脖子。我站起来，她也跟着站起来。

“我现在要走了，”我说，“以后再也不会到这里来。如果哪天我们不期而遇，就当作没看见吧。我再说一遍，我真的非常抱歉。”

她转身离开了。我回到桌旁拿起皮包，最后又四下看了一眼，然后走出了咖啡馆。

罗杰在麦克杜格尔大街追上了我。他看着我的脸问道：“发生了什么事？”

突然间，我刚才拥有的力量、冷静和自信都消失得无影无踪。我觉得自己快要崩溃了。他抓住我的胳膊，扶住了我。

“怎么了，莎莉？出了什么事？”

我终于忍不住痛哭起来：“送我回家，罗杰。我好冷，快送我回家。”

上了出租车，我哭着向他诉说了事情的经过：“我真想杀了她，然后跑到一个阴暗的地窖里割断自己的喉咙。”

“但是你没有那样做。”他说，“几个星期前，甚至几天前，你都有可能昏过去，但是今天你没有退缩，依靠自身的力量保护了自己。我为你感到骄傲。”

“但当时我真想杀了她。”

“相互伤害是人性的一部分，能够控制冲动则是成熟和文明的表现。”

到了公寓门口，他付过车费就站在台阶上向我道别。

“求你上来一下，罗杰，我现在无法一个人独处。”

他犹豫了一下，然后点了点头。上楼时，我挽住了他的胳膊。

“为什么我不记得自己毁坏了梅森的画？为什么我的记忆一片空白？”

“莎莉，对生活中的许多事情，我们的记忆都是一片空白。我们会抹去创伤和梦想，使记忆出现一道道裂痕。随着时间的逝去，有些裂痕会像伤口一样逐渐弥合，被永远封闭起来，而其他裂痕却会显露出来，就如同从伤口里渗出的鲜血。这两种情况都会令我们感到痛苦，但我们必须学会面对。”

“罗杰，我的病是不是还没有好？”

“你正在逐渐好起来，莎莉。”

“现在还没有。有些事情我还不知道。”

“这得慢慢来，不能着急。”

我在他身旁坐下，将头靠在他胸前。我听见他的心在咚咚地跳个不停。

“罗杰，我必须抓紧时间。我有种可怕的预感，一定会发生什么事。有人或者有什么东西会来争夺我的时间，所以我必须把握每一天、每一分钟的时间。过去，我总是把自己封闭起来，以为这样别人就偷不走我的财物，但是我没有意识到，有人在偷我的时间。时间是金钱买不到也无法保存的，而且既不能产生利息，也不能用来投资。时间只能使用，而且是一秒钟一秒钟地使用。我身体里的那些人无时无刻不在找机会溜进我的脑海窃取时间。我已经失落了太多时间，必须尽快弥补。”

“莎莉，你在发抖。”

“抱紧我，罗杰，我快要崩溃了。”

他紧紧地搂着我：“你被梅森的事吓坏了，莎莉，都会过去的。放松，我会尽量帮助你冷静下来。他知道黑暗中……”

我靠过去，将双唇凑到他嘴上，用一个吻打断了他的话。他也深情地给了我一个长吻。

过了一会儿，他直起身，望着我的眼睛说：“为什么不让我给你催眠？”

“因为我想控制自己，罗杰。”

“我不该吻你的。”

我把手指放在他嘴上：“是我吻你的。”说着，我又轻轻地吻了他一下。

“我爱你，罗杰。”

他摇着头把我推开，站起来看着我说：“不要这样，莎莉。”

“你也想要我，我知道的。”

“我必须走了。”

“你不能就这样离开我！即使你不想要我，至少也应该给我一点儿爱吧。”

“我办不到！”他大叫道，“你难道不明白吗？上帝！我的妻子就是因为我才自杀的。”

我就像是被扇了一耳光。我凝视着他：“你在说什么？”

“当一个男人心力交瘁的时候，受到影响的不仅仅是他和病人之间的关系，还有他的整个生活。他累了、厌倦了，不再关心他人。他看起来一切正常，其实心已经死了。”

他摇着头，来回踱着步，终于忍不住开口倾诉：“多年来，我一直把这种情绪隐藏得很好，同事们不知道，甚至病人也没有察觉，可是这一切却瞒不过我的妻子。我想让她明白，这不是她的错，我之所以这样并不是因为不再爱她。我身心俱疲，因为人的心和身体是不可分的。一个人夜以继日地治疗那些有心理疾病的人，超出了自己的心所能承受的极限，身体就不可能不受影响。你被慢慢地侵蚀着，一开始，你很关心他人，也愿意为他们付出，可是后来，日复一日、年复一年的不断打击，让你的情感越来越迟钝，最终变得麻木不仁。你付出了所有的情感，却没有给自己和家人留下丝毫，可是你不能让别人知道这些，因为你知道大家都希望看到一个富有同情心的你。于是你开始假装。然而，你开始鄙视自己的虚伪。你为自己辩解说，这么做都是为了满足他人的需要，但这不是事实。大家能感觉到你的冷漠，也知道你没有尽力，特别是那些敏感的精神分裂症患者。上帝，他们知道你的关心是装出来的！你为自己的虚伪感到内疚，你的心因此失去了活力。”

望着热泪盈眶的他，我真想把他抱在怀里，可是我不敢打断他的宣泄。

“我的妻子看得很清楚。丽奈特是个细腻、柔弱的女人，我无法再和她做爱之后，她就开始责怪自己。我的身体无法对她的需要做出反应，再说爱又有何用？”

他凝视着我：“你不明白吗？她不是自杀的，是我害了她！就如同我亲手将绳索套在了她的脖子上，然后把绳子系在树上，再一脚踢开她脚下的椅子。是我杀了她，因为我是个骗子！我不过是一个内心空空如也、整天晃来晃去、假装自己还活着的男人！”

我拉着他的手，让他在我身旁坐下：“罗杰，很高兴你能把这些告诉我，但正像你刚才所说的，患有精神疾病的人很清楚你的关心是否出自真心，你装作不关心的时候，我们也同样看得一清二楚。”

他追随着我的目光，刚要反驳，我便伸手捂住了他的嘴。“让我说完，”我说，“那时候你大概真觉得心力交瘁，但是，我感觉到了你的变化。我知道你爱我。除了自己之外，如果你还能够爱另外一个人，那你就有能力去爱更多的人。看着我的眼睛，你真的不爱我吗？”

他摇着头说：“你知道我爱你。”

我轻轻地抚摸着他的脸颊：“如果你说得没错，身心会相互影响，那你的身体也能够像心一样感受到爱。”

“莎莉，不要……”

我温柔地吻着他，解开他的上衣，抚摸他的脖颈。我感觉到他的身体在轻轻地颤抖。我知道他既害怕失败，又害怕在成功之后自己会感到内疚。我慢慢地帮他脱下衣服，他再也按捺不住心中的渴望。就在这时，我推开了他。看到他诧异的表情，我说：“不要着急，我们慢慢来，温柔一点儿，别急……我们先爱抚……”

我抚摸着他的身体，一股暖流仿佛被我的手带入了他的身体，融入了我们的指尖。他亲吻我的胸部，抚摸着我的每一寸肌肤。没多久，他的身体就充满了生机。

“莎莉，”他轻声说，“我已经很久没有做过爱了，我们不能……”

“我现在是个真正的人了，罗杰，一个完整的人。我希望你也成为一个完整的人。”

我引导着他进入，然而就在我的身体准备接纳他的那一刻，昏厥的征兆出现了。我搂着他的脖子，握紧双手使劲地攥着，但是我的头开始阵阵作痛，随着他的动作，我的头就像是一次次被撞击在岩石上一样。

我想放声大叫，但知道这样会把他吓得停下来，所以我只能一面在心里喊叫，一面不停地攥着手，与头痛搏斗着。不要！快离开我！我要做个完整的人！

罗杰给了我爱，所以我只能忍着疼痛来回报。事后，他温柔地吻着我，我松开紧握的双手，顿时头痛欲裂。我的脑海中回荡起一个熟悉的尖叫声，令我想起了那个被我遗忘的人。我退缩了。

金克丝尖声叫喊着。

她的头发变成了蛇的模样。我真害怕看见她的脸，自己就会变成石头[1]。她像黑暗天使般与我搏斗着，从我手中夺走了美好的现实。我眼前的世界变成了幻象。我刚才还在感受罗杰深情的爱，片刻间就变成了两个对立的人。金克丝出现了，掌控了一切，而我只能待在黑暗的深渊中观望，倾听着、感觉着她的内心。

金克丝瞪了一眼抱着自己的中年男人，冲他吐了一口唾沫。

罗杰抬起手护住自己的脸，于是，她用指甲使劲在他的手背上乱抓，然后揪住他的头发，一边又踢又踹，一边尖声叫着……

“你这个浑蛋！老色鬼！滚开！该死的杂种！我要挖出你的眼睛！我要杀了你！”

金克丝光着身子跑进厨房拿来一把菜刀，罗杰这下再也无法逃脱了。只要他死了，金克丝就能占据我们的身心，随心所欲地生活。她要是大开杀戒，没有人能够阻止她。她可以滥杀无辜，然后一走了之，让其他人来承担责任。不过，现在只有两个人，而不是五个。第四个莎莉将受到惩罚，金克丝却会逍遥法外，并能够随时冲出来杀个

1 希腊神话中，看见蛇发女妖美杜莎真容的人，都会变成石头。——编者注

痛快。

但是，要有血和灰烬才行。罗杰·阿什的血。

金克丝发现罗杰站在门口瞪着她。他已经穿上了裤子。看见金克丝手里握着刀，罗杰立刻抓起了皮椅子上的靠垫。他们做好了厮杀的准备！她要剥下他的皮钉在墙上。她要听着他惨叫，任他如何哀求也决不宽容。她要杀死他的灵魂和肉体，然后扔进坑里。

“先让你受点苦，”她吼道，“然后再杀了你！”

她一刀砍进了靠垫。

“不要这样，金克丝，”他说，“冷静下来，我们谈谈。”

“你用话语杀人，”她声音嘶哑地说，“你的话就是勒在人脖子上的绳索，你的花言巧语就是杀人的刀！你就是这样杀死了你的妻子，现在又故技重施。你说的都是谎话……谎话……谎话！”

“金克丝，你可以恨我，但用刀解决不了问题。”

“那我就用刀来揭穿事实的真相。”

她挥舞着刀，左劈右砍。罗杰的胸部受了伤，手指也挨了一刀。靠垫从他手中落下。这时，他不再退让，猛地向她扑过去。她又在他肩上划了两刀，随即被推倒在地。他用膝盖顶住她拿着刀的那只手，然后双手掐住了她的喉咙。

“臭婊子！”他怒吼道，“我先宰了你。你根本不存在！你是来自地狱的魔鬼！”

他的拇指越掐越深。窒息的感觉令金克丝头晕目眩，但是并不觉得疼。周围逐渐暗下来，他的脸变得越来越模糊。她知道，要想活命就必须离开这个身体。让莎莉来受死吧，让他亲手结束莎莉的生命。莎莉死了，金克丝就自由了，而罗杰会因此备受折磨，最终结束自己的生命。

突然，她觉得他松开了手，听见他说："上帝，我在干什么？回到黑暗中去！"

金克丝退回去的时候心想，这样对她们可没什么好处。现在她已足够强大，可以随时出现，而且想待多久就待多久。

因为，只有她能够面对黑暗里的……

第十八章

我在医院的病房里醒来，发现自己张开的四肢被皮手铐牢牢地固定在床的两头。一股尿味恶心得我直想吐。头顶的灯泡罩着铁丝网，窗户上钉着铁条，窗外飘着雪花。

我想呼叫，但嗓子又干又痛，只能发出嘶哑的声音。我听见钥匙开门的声音，接着看见一个穿着皱胶底鞋的护士端着餐盘走进来。钥匙在她挂在腰间的皮套里叮当作响。是芬顿护士。

“好了……来吧……”她说，“该吃午饭了，金克丝，要是再把食物吐到我脸上，我就把管子插到喉咙里给你喂食。”

我告诉自己，冷静，看看发生了什么事。她显然是认错人了。芬顿护士不知道有我存在。

“听见了吗，金克丝？”她瞪着我，威胁着说。

我点点头：“我会听话的，芬顿护士。”

她扬起眉毛：“是吗？这可不像你。”

“如果给你添了麻烦，请原谅我。”

她被搞糊涂了，仔细地打量我：“你叫什么名字？”

“莎莉·波特。”

她的目光变得柔和起来：“你终于回来了，莎莉。感谢上帝！我们已经等你好久了。等等，罗杰医生说，你醒过来后要立即通知他。”

“我必须被绑在床上吗？”

“等我回来吧，再忍一会儿，我们会让你舒服点儿。”

芬顿护士走了没多久，又和脸上缠着绷带的大嘴巴达菲一起回来了。

“我可不相信这个婊子。”达菲蔑视地说。

“没有关系，”芬顿护士说，“她是另一个人。”

“我可不相信什么双重人格，那是骗人的。要是她再敢碰我的脸，我决不饶她。我觉得不该给她摘掉手铐。”达菲解开我左脚的时候一直瞪着我，还不时停下来，似乎是在防备我踢她。看到我并无反应，才愤愤地说：“又装蒜。”

“罗杰医生嘱咐过，如果她说自己是莎莉，就马上给她松绑。我们快给她松绑吧。”

“如果我伤害了你，请原谅。”我说，“我不记得了。”

达菲刚给我摘下手铐，罗杰就来了。一看见他，我立刻放声大哭起来。

“一切都过去了，莎莉，想哭就哭出来吧。你刚才做了一场噩梦，但现在醒过来了。这才是最重要的。”

“发生了什么事，罗杰？我们在一起，然后……”

他示意达菲离开，但让芬顿护士留下。

“芬顿护士会帮你清洗、穿好衣服，然后带你到我的办公室。到时我们再详细谈吧。”

“我出了什么事，罗杰？”

他凝视着我的眼睛：“我们犯了一个错误。你就好像沉睡了很长时间，莎莉。到了办公室，我再给你解释。我们有一盒录像带，我认为该让你看看事情的真相了。”

洗完澡，芬顿护士帮我梳了头，然后给我拿来了一些衣服。这些衣服都是我从家里带到医院的。我请她帮我找出那条蓝色的裙子，因为我知道罗杰最喜欢看我穿它。我急着去见罗杰，但芬顿护士坚持让我先吃午饭。

我告诉她，我觉得头晕、浑身无力。

“大概是因为你或者她吃了药。哌替啶对你身上的另一个人不会产生药效。罗杰医生说，多重人格障碍患者不能吃氯丙嗪，所以只能给你换一种新药。不过，你的反应可能会与别人不一样。浑身无力是正常的。”

来到走廊上，我看见每个房间的门口都摆着一双鞋，就好像有鬼魂在那里站岗一样。我们必须穿过活动室才能走到病房的出口。几个患者看见我们走过，立刻用脏话骂我，还有人转过头去看着墙壁，好像非常害怕。我究竟变成了什么鬼样子，竟然能令他们如此害怕？

芬顿护士让我在护士站的玻璃围墙外等候，自己去给办公室打电话，通知他们要带我过去。几个在护士站里喝咖啡的护士好奇地看着我，其中一个人还跑出来站在我面前。

“你叫什么名字？”她问。

“莎莉·波特。”我答道。

“你胡说！”她说，“你骗得了别人，可骗不了我。”

芬顿护士走过来把她推开，叫她不要打扰我。然后，芬顿护士打开走廊上的门，带着我离开了活动室。

我们走了很长一段路才乘电梯下到最底层。出了电梯，我看见地下通道的每个路口都有一道围着铁丝网的门。

“这是什么地方？”

“这是通往监护病房的地下通道。医院每栋楼下面都有相互连通的地下通道，这样我们就不用带着病人走到外面，在楼与楼之间来回奔波。从外面看，这些楼都是独立的，所以想象不到它们彼此相连。我第一次来的时候，也不知道有这些通道。莎莉，上一次你是自愿住进来的，所以没有被送到监护病房。”

“芬顿护士，我这次情况很糟糕吗？”

她没有看我，点了点头：“我从未见过情况这么糟糕的病人。”

我们上了一个坡，来到一道厚重的双层门前。芬顿护士从腰间掏出钥匙打开了门。进了门，我便看到了那间熟悉的接待室，既洁净又明亮。

等候在那里的玛吉迎上来抱住我：“莎莉，真高兴见到你，你还好吗？”

“就是觉得浑身无力。”我说。

“我得赶快回病房去，”芬顿护士说，“你能找个护士送她回病房吗？”

“我会安排的，”玛吉说，“谢谢你。”

芬顿护士拍拍我的肩膀：“祝你好运，莎莉。”

玛吉带着我走到罗杰的办公室。刚进门，罗杰就站起来对我说：“请坐，莎莉，我们今天有很多事情要做。”他向玛吉点点头：“把我们上个星期拍的那盒录像带拿过来。”

“上星期？”我轻声说，“已经过了……？”

他点点头说：“快一个月了。”

“上帝！你要给我看什么，罗杰？我很害怕。”

“害怕是很正常的，莎莉，但是，你昏倒之后发生了什么事，现在应该让你知道了。你觉得自己睡着了，但实际上你的身体还醒着。我们已经把你与其他几个人格融合了——她们的名字以后不会再提起，而且你也忘记了她们，忘记了过去发生的那些事。我认为这是件好事。”

“那为什么还要给我看录像？”

“因为在那几次融合之前，你都与她们分别沟通过。”

“你是要再次改变我吗？”

“莎莉，我原以为可以避免。我原以为在你变得更完整、考虑问题更深入和全面之后，就能够压制住另一个人。然而现在的情况是，在你变得强大的同时，她也变得日益强大了。她就好像在与你并肩前进。我们不可能把她封闭起来，就此把她遗忘。所以我们必须想办法对付她，让她暴露在阳光下，化解她越来越强烈的仇恨情绪和暴力冲动。”

“我还以为你关心的人是我，罗杰。”

“我当然关心你，莎莉。请相信我。”

“我不能确定，罗杰。作为科学家、学者的那个你现在也许已经占了上风，所以你关心的是以后会发生什么。我觉得在你心目中，责任比你对我的感情更为重要。”

“我们没有其他办法，莎莉。”

“当然有。有爱就能够办到，因为爱可以战胜仇恨。”

“只有戴瑞才会这么说。对不起，我不该提她的名字。我的意思是，理智地想想，你就会明白这么说太情绪化。我很清楚，像我一样，你已经不再相信‘爱能战胜一切’。”

听他这么说，我感到很难过，但他说的却是事实。

“我真的很害怕，罗杰。”

“我们都害怕自己的暴力冲动，但我们可以控制，将其向积极的方向引导。

“为了压抑愤怒情绪，你在幼小的心灵外竖起了一道围墙，将愤怒与完整的自我隔离开来，任其在里面翻滚沸腾，如此就形成了你的第一个暴力和邪恶的变异人格。”

“精神病医生不会用‘邪恶’这个词。”

“你说得对，这是一种道德判断。然而，我们能用什么词描绘那个躲在你心灵的黑暗之处，把你的生活搅得天翻地覆的人格呢？”

“如果我以后恨你怎么办？”

“我必须抓住这个机会。为了挽救你的生命，如果我不得不放弃你，也是出于我的道德义务。”

“看看，到底是谁情绪化？”

“换句话说，从专业角度出发，我认为如果我们不这样做，她就会毁了你。”

“你不想让自己受到良心的谴责。”

从他脸上的表情看得出来，我的话刺痛了他。“对不起，罗杰，我不该这么说。”

“你说的并非完全不对。”

“你是说，这是一场赌博吗？”

“是的。”

玛吉拿着录像带走进来，罗杰接过录像带放进播放机，打开了电视。一开始，我不敢看画面，只听见一个低沉、嘶哑的陌生声音在不断骂着脏话。我捂住耳朵，闭紧眼睛，然而那个声音还是传入了我的脑海。慢慢地，我放下手，看着屏幕。

我曾经在梦中见过这张脸，但是从来没有在自己因失去控制而怒火中烧、两眼放光之前看到过。只听见那个声音大喊：“等我挣脱了手铐，一定要抠出你的眼睛，你这个混账王八蛋！你不过是想利用她。你以为能把我关起来，让我无法行动。等着瞧吧，看看我怎么收拾你！等你绝望了，我就杀了你，然后再杀了莎莉。”

“那你会怎么样，金克丝？”

“我就彻底自由了。”

“你也会死的。”

她大笑着："我相信有来生，罗杰。我是恶魔之子，我的灵魂会进入另一个人的身体。你明白吗？我不过是心里的一个幻象，不会受身体的束缚。等她们的身体都死了，我就会再找一个……然后再一个……我虽然生在这里，但我渴望云游四海。女巫是不会死的，我在塞勒姆[1]被处死，可我又复活了。"

我大吃一惊，但又很好奇。真难以相信，竟然有人长得和我一模一样！她愤怒地不停咒骂着。我认识到，我必须接受她的谴责。因为是我为了逃避痛苦，通过想象创造了这个怪物，然后又拒她于千里之外。不管出了什么事，受到惩罚的总是她。其他人格撒谎、作假、变态行为的后果也都由她来承担。听着她诉说自己的孤独、痛苦，我不禁流下了眼泪。我知道这似乎有点儿愚蠢，但我真想把她搂在怀中，告诉她："你不会再感到孤独了，也不用再生活在仇恨之中。"我要弥补自己的过失。

"我没有权利否认她的存在，"我说，"我必须承担责任。在我改变主意之前，你赶快动手吧。"

罗杰关了电视机："我知道你会这么想。"

给我催眠后，他就叫金克丝出来，但金克丝拒绝了。

罗杰说："如果金克丝不配合，我们或许可以通过你来找出原因。"他让我回到了金克丝出现的那一刻，我回忆起……

1　塞勒姆：美国马萨诸塞州的一个城市，1692年"女巫审判案"期间曾有十九人因"巫师罪"被处死。

* * *

当时我七岁。那是十二月的一个清晨，就在我外公去世前不久。我看见自己待在外婆奈蒂的家里。她的家就在布鲁克林区萨特大街旁一家杂货店的楼上。妈妈去服装厂干活的时候，经常把我放在外婆家。我一个人待在厨房，听见外婆从床上爬起来走出卧室，穿上胶鞋和羊皮背心。她冬天早晨出去送牛奶时总是这身打扮。她让我待在外公的房间里，如果他需要什么东西，就拿给他。我告诉外婆我不想单独和外公待在一起，因为我害怕他侵害我。

外婆冲过来扇了我一巴掌，警告我不要再说这种可怕的谎话，不要去侮辱一个在主日学校教书、受人尊重的长辈。她嘱咐我坐在床边，这样才能知道他是想要便盆还是药。说完，她就把我反锁在外公的房间里。

我隔着门大声喊叫，说我害怕，但是外婆已经走开了。我听见大门打开又关上的声音，只好靠在门上痛哭。我需要帮助，但是没有人听见我的叫声，也没有人来帮助我。我转过头，看见外公靠在三个大枕头上盯着我。他的皮肤发黄，脸颊凹陷，掉光了牙的嘴上布满皱纹。他让我给他倒杯水，可我大声告诉他，我不会靠近他，也决不会让他碰我一根汗毛。他说自己根本没有侵害过我，那些事都是我想象出来的。他说他是我外公，因为疼爱我这个可爱的小外孙女，所以才想教我玩游戏。他挣扎着掀开毯子，把睡衣褪到膝盖下，露出了生殖器。我闭上眼睛，乞求上帝杀了他，这样我就不会再看见他，不用再按照他说的去做那些恶心的事……

* * *

然后，我想起了玫瑰花的味道。我睁开眼，看见外公躺在棺材里。他肿胀的脸已不再发黄，惨白得就像橱窗里假人的脸。站在棺材周围的人都泪流满面，而我只是在那儿呆坐着。我不知道这个奇迹是怎么发生的。我确实盼着他死，但不知道愿望也可以杀人。

我听见人们在议论：他是个好人，主日学校的学生一定很怀念他上课的日子，他似乎是死于痉挛，莎莉和一个将死之人共处一室还能这么冷静，真了不起。可是我什么也不记得，我决定不把这件事告诉任何人。

这是我第一次失去记忆。

罗杰把我带回了现在。我说："这么说，金克丝就是在外公准备侵害我的时候出现的。"

罗杰又试着叫金克丝出来，但依然没有成功。他告诉我，如果让金克丝在外公死去的那天出现，她就会想起自己独自和外公待在屋里时发生的事。他又试了第三次。

* * *

金克丝睁开眼睛，不知道自己已经在这个房间里待了多久。这一次，我就好像在一旁望着她。她用尽浑身力气向门撞去，但是没有撞开。外公一边招手叫她到床边去，一边敞开衣服。她最恨他这么做。

“到我这儿来，莎莉。乖乖的，对我好一点儿，不会痛的。”

莎莉愤怒地瞪着他，四下张望着想找个东西来保护自己。她靠近床边，假装就范。他刚伸出手，她就立刻退回去。这样来回了几次，他终于抓住她的头发，把她拉到床边。他脱下了她的内裤。

“你得对我好一点儿，我老了，没有多长时间……”

金克丝挣扎着、呼喊着，但是没有人听见，也没有人来救她。情急之下，她伸手去挠他的腋下，他笑着缩了回去。她又在他的腋下和肚子上挠了几下。他终于松开了她的头发。

“我要好好教训你！”她大叫道。

“住手，莎莉！”他一边笑，一边喘着气，在床上左翻右滚，躲避着她飞快抓来的手指。他笑得几乎窒息，不停地咳嗽着。莎莉发现，只要不停手，他就无法伤害自己。他的咳嗽声逐渐弱下来，急速地喘了几口气，突然“哇”的一声吐出了胃里的东西。她受不了那股恶臭，连忙后退。他躺在床上，两眼凸出，嘴上的笑容僵在那里，呕吐物沿着脸颊缓缓流下。

金克丝穿上裤子，坐在门边的地板上，静静地等着。

后来外婆回来，把她带出了房间：“啊，可怜的孩子，让你看到这么可怕的事。”

金克丝告诉外婆：“他想侵害我，我真高兴他死了。”

外婆又扇了她一耳光，大喊道："不许再胡说八道，你这个坏孩子。刚才的话不许告诉任何人，否则你会直接下地狱，永远被烈火煎熬。坏孩子，邪恶……你就是魔鬼的后代。"

金克丝转身冲出房间，冒着严寒不停地奔跑着。她要摆脱那股恶心的味道，摆脱外婆的巴掌，还有外公凸起的眼珠……

我听见罗杰呼唤金克丝回到现在的声音，但她不愿意回来。她想永远这么跑下去，再也不见我们。她不想回到那阴暗的角落，不想让我出来。她觉得我没有权利一直待在外面，而将她永远囚禁。不过，罗杰有办法把她拉回来。我感觉到她被一股力量拉着。她听见了罗杰的声音："你能够记住自己想记得的事情，全部或其中的一部分，但也可能什么都想不起来……"

我睁开双眼，泪水潸然而下："我从来没想过要那么做，罗杰。我想把这件事告诉外婆和妈妈，但是她们不想听，也没有人愿意帮助我。没有人关心外公逼我做了什么。我想把事实告诉她们，却被骂成撒谎的坏孩子。我为此感到羞耻、无地自容……"

"不要因为他的死而怪罪自己。"

"我因为恐惧和愤怒创造了金克丝，所以我必须重新接受她。"我说，"快动手吧，罗杰。我一个人跑开躲起来，让她承受我所有的痛苦、烦恼和仇恨，却丝毫感受不到我的快乐，这不公平。"

罗杰让我握紧双手，然后说道："你因痛苦和愤怒而生，金克丝，但是现在，莎莉想重新接纳你。"

我听见金克丝大叫道："我不要！我就要做现在的自己，直至天堂和地狱合为一体。”

我感到手背被指甲掐得生疼，低头一看，发现我的手在流血。

罗杰望着我，仿佛不知道该如何继续。“其他人格都是自愿融合的，”他说，“我本该知道金克丝会拒绝。我们不可能强迫她放弃自己的身份，除非她自愿结束这种分离状态。”

“一切都是枉然，”我说，“所有人的努力、所有的融合，都白费了。只要一眨眼，一切就如同幻象一样变了个模样，我宁愿死，也不愿再像这样活下去了！”

“不要放弃！”罗杰激动地叫道，“一定有办法克服她的障碍。如果我们回到她开始抵抗之前的时刻，就能够办到。”

我的口中响起了一阵狂笑，那是她的声音，完全不受我控制：“除非你们能回到人类意识诞生的最初时刻！”

这时候我听见脑海中响起了“内在自我协助者”的声音：“这就是问题的答案。回到问题开始的最初时刻。”

我把“内在自我协助者”的话告诉了罗杰。

“好吧，”他说，“如果‘内在自我协助者’觉得这样才能解决问题，那我们就试试。”

我很害怕，但仍然默默地坐在那里倾听着。

罗杰拿起金笔：“你的心是一台时光机，你将回到遥远的过去。当我从七倒数至零的时候，时光机的指针就会指向自我意识诞生的最初时刻。你到了那里，就把看到的讲述出来。”

他开始倒数，我的心随之回到了过去。

我回到了金克丝的思绪中，仇恨、想法、记忆……

* * *

她想，在很久很久以前，早在她开始抵抗之前，早在开始分裂出人类的自我意识之前，那时候只有一个共同的“心”，没有不同的独立人格，只有一个完整的心灵。大家心灵相通，坦诚相待。没有恐惧，没有痛苦，也没有仇恨。一切都无须言说，心就如同风一般随意吹拂，而灵魂就如同被风扬起的树叶。没有隐瞒，没有猜忌，也没有嫉妒和憎恨……大家都敞开心扉。没有备受困扰的潜意识，没有梦魇，唯有完整的精神存在于世间。

然而，不可预知的事情发生了。冬日变得越来越长、越来越寒冷。就自我记忆所及，从未出现过如此严寒的天气。饥寒交迫的心灵乞求获得更多的食粮，但不能如愿以偿。

于是，那颗心决定，满足几个心灵，而将其他的像树枝一样剪除。能生存者活，其余的只能听天由命。

但是，一个孤独的反抗者出现了。她逾越了自己在那颗心中应处的位置，在一个独立的角落里私下保存着自我意识。大家都不知道她是谁、她在哪儿，只能凭直觉猜测。她大概徘徊在封闭的原始共同意识的边缘。她就是我。

我生来便与众不同。我被从母亲胸前抱开的时候，会哭着要求再喝一点儿奶。后来，我为时间的消逝感到烦恼，但我不可能知道，只有我一个人会因为饥饿而愤怒。那颗心感觉到了我的想法，于是在一段时间里，我得到了更多的食物。令那颗心感到惊讶的是，我第一次做爱时便体验到了身体奇妙的震颤。因为身体的任何一部分都不曾像我一样关注过自身。

给自己的孩子喂奶时，随着孩子的吮吸，我的身体感觉到了一股暖流。我既不会把喂奶的机会让给别的女人，也不会接纳别人的孩子。在生命的每个阶段，我都会因“自我意识”受到心的责罚。它对我低声说，独立的你并不存在，存在的只有这个整体。

但是有一天，我在整体意识的角落里发现了一道裂痕，于是我用手指在破损的意识上戳了一个洞。起初，我不敢走进那个未知的幽暗领域，急忙在心尚未发现破绽之前找个地方躲起来。可是远离它谈何容易，于是我便不时从那里钻出去探索，就如同用舌头寻找脱落的牙齿。后来，我发现可以把自己的思想，通过这个洞送到共同拥有的心之外，隐藏在我自己的意识空间里。

我收集起自己的私密想法和感觉，然后包好藏起来，就像用树叶把采来的浆果包好藏到洞穴外一样。这是我自己的秘密，不能让他人知道。要是我的小女儿饿得哭起来，我就会偷偷地喂她，但我不敢想这件事，为的是不让那颗心察觉。对待自己的第一个男人，我也是如此。因此，我和那个男人建立起了一种非常特殊的关系。

孩子长大后，在几个人之中，唯独与我最为亲近。为这种异常情况而烦恼的心，旋风般地搜遍了大家的意识，但找不到我为自己建立的私密空间。在其他人忍饥挨饿之时，我、我的男人和孩子却有食物果腹。我教导我的孩子，如何为自己的意识建立一个私密的储藏空间，如何在别人不知道的情况下，将记忆和知识累积起来。我健壮的男人也会把自己找到的肉偷偷地藏到森林里。我俩一起教孩子如何隐藏意识和食物。

那颗心终于开始怀疑了。它竖起耳朵倾听，还四下搜索、探寻。有一天，它终于发现了我们。大家的围攻令我们痛苦万分，我更是无法忍受心的煎熬。我们又没有做什么错事！我们再也无法忍受，只能逃离心，躲进各自的私密空间。

我们从那个洞里钻出去，躲进自我意识，将心带给我们的苦难和痛苦隔绝在外。心又将我们驱逐到更远的地方，接着，席卷而来的洪水堵住了那个洞口，将我们永远封闭起来——再也无法重新汇入精神意识的洪流。于是，与常识相反，私密空间成了我们的意识，而共同的心却成了我们的潜意识。

我成了一个人类新物种的母亲。在这个物种中，每一个人都拥有独立的意识，都远离了人类的共同生活。他们有时候会在梦境中，在疯狂或者受到神秘启示的状态下，偷偷溜回去吸取营养，但再也无法与人类共享精神意识。

我分裂出的子孙不断繁衍，由于对身体具有意识，所以体能强健。他们具有了不可告人的野心，变得贪婪、好色。一代接一代，他们后来又拥有了火、车轮、刀和枪炮。他们不断繁衍下去，逐渐占据了整个大地。与此同时，那颗心（对被遗弃者毫不关心）仍然在继续修剪它的枝叶。这个新物种学会了仇恨和抗争。我所有被遗弃的子孙，都把他们对心的记忆称作“灵魂”或“精神”，都急切地希望重新回到它的怀抱。然而，茫茫大地之上，再也没有共同的语言、文字和意识，有的只是一座高耸入云的巴别塔。

人类就是这样创造出了多重人格，从此过着悲惨的生活……

* * *

金克丝将自己的想象娓娓道出，听得我毛骨悚然。她确实疯了。随着对金克丝有了更多的了解，我开始相信，她自愿割断了与人类的联系，而我为了让自己远离邪恶，也将她隔绝在外。我一直拒绝面对自己灵魂中充满仇恨和痛苦的那一面，我必须为此负责。然而，根据金克丝的说法，人类从一开始就是如此……

作为人格中最大的实体，我知道自己有责任打开通向黑暗角落的通道，让她重新回到我们的怀抱。我们必须接受那个真实的她，那个因为独自承受痛苦而内心充满恼怒、挫败感和仇恨的她。我的身体不停地颤抖着。我知道自己在得到她的宽恕并给予她爱之前，不可能成为一个真正完整的人。

罗杰碰碰我的胳膊："必须由你出面问金克丝是否同意融合，我知道她不会理我。"

我敞开自己的心扉，对她说道："金克丝，请你原谅我。"

她没有回答。

"金克丝，我现在知道了，你曾经历了什么样的苦难，又为什么将自己与我隔绝。我也知道，你的愤怒是我难以用语言表达的，但是我希望你回到我的身边，因为我想成为一个完整的人、一个真正的人。只有在你的帮助下，我们才有能力实现这个愿望。如果我们不能友好相处，那等待我们的就是分裂、死亡和毁灭。”

“我对现状挺满意。”她说。

“但这个现状无法维持，”我说道，“你和我都过于强大，我们会将自己撕裂。我们无法这样一分为二地活下去，金克丝，我们也不能继续生活在想象的世界里。在未来的生活中，我们也不能期盼那个睡眼惺忪的邮差会用邮袋把我们背到魔法城堡去。我们必须同心协力，努力生活在现实的当下。‘协助者’也是这么想的。”

金克丝叹了一口气。这是我所听到过的最深沉、最伤感的叹息。

“请你原谅我，金克丝，原谅我让你受了那么多折磨。我把责任都推给你，当你无奈之下反抗的时候，我又把你视为魔鬼。这一点，我也请求你原谅。回到我身边来吧，我爱你，金克丝，也需要你。我因为你遭受的折磨爱你，我发誓再也不会把你赶走。”

金克丝又叹了一口气。“那好吧，”我听见她说，“我感到又冷又害怕，再也不想孤零零地生活了。”

“你同意融合吗？”罗杰问。

“我同意。”金克丝答道。

“那好，从黑暗中走出来。”

金克丝走出阴暗的洞穴，站在我身旁。我抓住她颤抖的手。

“当我数到六，”罗杰说，“金克丝将不再抗拒融合。你们将从此踏上人生的新旅程。我说数到几，金克丝？”

“六……”她轻声说。

“你的身体不再封闭，”他说，“你的意识就如同一道溪流，从挫折、绝望的高山上流淌而下，与泉水和小溪汇集在一起……”

她眼前出现了一道溪流，从云雾缭绕的山峰上沿着山体流淌而下，漫过枯木、绕过巨石，流入大地上的洞穴和沟痕之中。

“……这道载负着失败与挫折的溪流，汇入犹如密西西比河般奔腾咆哮的愤怒之河，流过莎莉的心田……”

她看见溪水涤荡着自己的愤怒，裹挟着记忆的碎片猛烈地冲击着堤岸，淹没了充满仇恨和暴力的大地，然后一路咆哮向南，投入了海湾的怀抱。

“现在你们已经并将永远融为一体。”罗杰说，“金克丝，莎莉已向你敞开了心扉。你的愤怒、仇恨和创伤将永远沐浴在她的爱中。独立的金克丝已不复存在，存在的只有第五个莎莉。如果确有必要，莎莉会表达愤怒和激烈的情绪。我数到五，莎莉就会醒来，独立的意识已不复存在。在有生之年，你们将作为一个人生活下去。你们将会记得……”

我等待着罗杰开始，心里充满了恐惧。

“一……”

我听到了哭泣声。

“二……”

是“内在自我协助者”。

“三……”

我看见一张痛苦的脸，张着嘴，眼中冒着怒火。

“四……”

为了拯救我，他吸收了金克丝所有的怒火。那是奥斯卡的脸。

“五……”

我想让融合停止，但为时已晚。

奥斯卡和金克丝已经消失了。我知道，为了帮助我融合，我的“协助者”献出了自己的生命。我的爸爸真的死了！

我冲着罗杰不停地尖声叫骂着。为了克制自己，我反复张开又握紧双手。若不是用力抓着桌子的边缘，我真有可能扑过去抓住他。

“没关系，莎莉，”罗杰温和地安慰我说，“我知道你会恨我。”

“岂止是恨！你让我感到厌恶，你太恶心了。是你杀了奥斯卡！”

我再也无法控制自己的情绪，浑身颤抖着放声痛哭起来，直至筋疲力尽。

“我既爱你又恨你，但我不知道为什么会这样。”

“你恢复了所有的情感，莎莉。”

“但我不想恨你。”

“莎莉，你会逐渐学会表达和缓解自己的情绪。你再也不是那个随和、温顺的莎莉了。该生气的时候，你就会生气，不会再压抑自己。”

“还不止这样。我也能干出可怕的事，撒谎、欺骗、偷窃，甚至杀人。”

“人都有做这些事的能力，但有可能这样做的，只是那五分之一的莎莉。其余的你不但具有人类的良知，而且能够控制自己。”

“我以后会是什么样子？”

“你会重新开始。你会逐渐全面了解自己。你不会再继续寻找奥斯卡。你会开始新的生活。”

“我的上帝！”我说，“这可与我想象的不同。我原以为会有一种奇妙的感觉，我原以为会从此过上幸福的生活，享受快乐、享受爱情，还能探索整个世界。然而，大部分我曾经看重的事情，现在似乎已变得不再重要了。”

“这些都在预料之中，因为你看事物的角度已经不同了。”

“我以前确信自己能明辨是非善恶，但没想到这个世界还是那么糟糕。人们仍然在互相背叛、掠夺、杀戮——个人和国家都是如此。我曾经以为自己知道所有问题的答案，想象着大家都生活在一个和谐的世界里，不仅我们是这样，整个人类都是如此，但我现在已经无法确信了。事情都有阴暗的一面，都有差异，也永远都有例外。我好像在一个不断分裂的世界里重生了，自己刚找到一个问题的答案，却发现问题本身又发生了变化。”

“你不是在独自面对这些问题，莎莉。大家都在寻找问题的答案，都是一些善良的人。”

“但有些人是善良和邪恶的结合体。”我说。

他点头表示赞同：“你现在已经变得足够强大，能够面对自己了。我想，托德一定在等待事情的结果。”

我摇摇头说：“托德不适合我，他只愿意接受我好的那一面。与一个难以捉摸的女人交往，才能让他觉得刺激。大概是因为我体内有什么奇怪的东西随时都可能出现，才让他感兴趣吧！他把赌注都押在了我美好的那一面，可世上哪有这么好的事？大家都喜欢美好的东西，喜欢多愁善感、矫揉造作、道貌岸然的美。”

“那艾略特呢？”

“他人不错，不过他之所以喜欢我，是因为只需付出一份感情，就可以同时爱上五个人。我不想和这两个人继续交往了，我要去找份新的工作。”

“你当然可以，不过他们并没有什么错……”

“只有你能接受全部的我，无论好坏。是你让我变得完整。罗杰，我只爱你。”

罗杰摇了摇头：“我们已经讨论过了，这不过是移情作用。”

“别拿那些抽象理论做借口了，移情也是爱的一种形式。为了得到你的爱，我会不惜一切。”

“这样吧，我们暂时不要见面。我们等一年，看看融合结果和你的感受如何。等到移情作用淡化，而你又没有出现人格转换的现象或创造出新的人格，那时候如果你还想回到我身边，我们可以试试。”

我很惊讶，没想到他现在就提出不再见我：“我还没有做好独自面对这个世界的准备。我必须把自己的感觉，还有脑海中浮现的往事都告诉你。我对未来的计划……”

他把用来催眠的那支金笔递给我：“都写下来，但只能你自己看。你需要仔细考虑一下自己的生活。你住在监护病房的时候，我又接诊了一个多重人格障碍患者。她只是一个六岁的小女孩，却拥有七个不同的人格。其中两个人格有自杀倾向，一个十分暴力，还有一个是会弹奏钢琴和作曲的神童。因为我在从事这方面的研究，他们就把她送到我这儿来了。”

“又是多重人格？天啊！听起来真可怕。”

“她现在非常需要我的帮助。在为你治疗的过程中，我学到了很多东西，相信能够给予她一些帮助。过一会儿我就要去给她治疗了，你先离开吧。我现在不会说再见，明天早上我再为你送行。”

“不，你不用送我，”我说，“我想自己一个人离开。”

他在我脸上轻轻地吻了一下，转身离开了办公室。我独自坐在他的办公室里，直至玛吉来接我回病房。

＊ ＊ ＊

第二天早晨，天空飘起了雪花。等芬顿护士帮我收拾好衣物，我便独自离开了病房。走进电梯，我按下了大厅的按钮。我静静地等着，似乎在期待着自己再度崩溃，但是，什么也没有发生。来到楼下，我望了一眼挂在接待处后面的时钟，十点三十二分。在某种意义上，一切都与时间有关：回忆过去、体验现在、展望未来。必须将所有的时间碎片都拼凑在一起，然后——如果你希望的话——你才能让它们恢复到原来的位置，才能了解自己的历史和人生足迹。公交车缓缓驶来的时候，我又看了一眼手表，十点三十七分。我能穿过市中心回到家里而不失落时间吗？

我望着飘落的雪花，看着人们把白雪堆成雪堆。我小心翼翼地走着。就在我踏上车的那一瞬间，一个男孩往我身上扔了一个雪球。我愤怒地冲他挥了挥拳头。我以为脖子又会痛，随即头痛会再度出现，但是，什么都没有发生。我在街角下了车，时间是十点五十九分。我用了二十二分钟穿过了市中心，一秒钟都没有失落。

回到家，我激动地想，从现在开始，我将独自拥有每一天的每一分钟！这就是一个真正的人、一个完整的人所谓的幸福。

我决定到雪中去跑步。离开公寓的时候，我看了一眼站在格林伯格裁缝店里的墨菲。“我成功了，墨菲。”我告诉他。在迈步开始奔跑之前，我又补充道：“我现在是一个完整无缺、货真价实的人了！”

墨菲的手上依然没有警棍，但是现在，他不再竖起中指摆出谴责世界的姿势了。有人转动了他的右手，让他的手掌心向前，摆出了指挥交通的姿势。我觉得他好像在向世界招手。

我也向他招了招手。

湖 岸
Hu'an publications®

出 品 人_唐 奂
产品策划_景 雁
策划编辑_杨 爽 王 丹
责任编辑_杨心怡
特约编辑_郭澄澄
营销编辑_毛海燕 刘焕亭 黄国雨 孙静阳
封面设计_尚燕平
版式设计_崔 玥
美术编辑_陆宣其
责任印制_陈瑾瑜

@huan404
湖岸 Huan
www.huan404.com
联系电话 _ 010-87923806
投稿邮箱 _ info@huan404.com

感谢您选择一本湖岸的书
欢迎关注“湖岸”微信公众号